四季的情趣

外国经典散文名家名译

谢大光◉主编

天津出版传媒集团
百花文艺出版社

图书在版编目（CIP）数据

四季的情趣 / 谢大光主编. -- 天津 : 百花文艺出版社, 2014.1
(外国经典散文名家名译)
ISBN 978-7-5306-6400-1

Ⅰ. ①四… Ⅱ. ①谢… Ⅲ. ①散文集-世界 Ⅳ. ①I16

中国版本图书馆 CIP 数据核字(2013)第 302118 号

选题策划：李家文　　**装帧设计**：刁子勇
责任编辑：李家文　　**责任校对**：魏红玲

出版人：李华敏
出版发行：百花文艺出版社
地址：天津市和平区西康路 35 号　**邮编**：300051
电话传真：+86-22-23332651（发行部）
+86-22-23332656（总编室）
+86-22-23332478（邮购部）
主页：http://www.bhpubl.com.cn
印刷：唐山天意印刷有限责任公司
开本：787×1092 毫米　1/32
字数：129 千字　**插页**：3
印张：9.5
版次：2014 年 1 月第 1 版
印次：2014 年 1 月第 1 次印刷
定价：22.00 元

目录

一年四季

〔俄罗斯〕普里什文

一年四季千变万化，其实除了春、夏、秋、冬以外，世界上再没有更准确的分法了。

自然晴雨表

一会儿细雨蒙蒙，一会儿太阳当空。我拍摄下了我那条小河，不料把一只脚弄湿了，正要在蚂蚁做窝的土丘上坐下来(这是冬天的习惯)，猛然发现蚂蚁都爬出来了，一个挤一个，黑压压的一群，待在那里，不知要等待什么东西呢，还是要在开始工作以前醒醒头脑。大寒的前几天，天气也很温暖，我们奇怪为什么不见蚂蚁，为什么白桦还没有流汁水。后来夜里温度降到零下十八度,我们才明白:白桦和蚂蚁从结冻的土地上,都猜到了天会转冷。而现在,大地解冻了,白桦就流出了汁水,蚂蚁也爬出来了。

最初的小溪

我听见一只鸟儿发出鸽子般的"咕咕"叫声,轻轻地飞了起来,我就跑去找狗,想证明一下,是不是山鹬来了。但是肯达安静地跑着。我于是回来欣赏泛滥的雪融的水,可路上又听见还是那个鸽子般"咕咕"叫的声音,并且一再一再地听见了。我拿定了主意,再听见这响声时,不走了。于是慢慢地,这响声变得连续不断起来,而我也终于明白,这是在不知什么地方的雪底下,有一条极小的溪水在轻轻地歌唱。我就是喜欢这样在走路的时候,谛听那些小溪的水声,从它们的声音上诧异地认出各种生物来。

亮晶晶的水珠

风和日丽,春光明媚。青鸟和交喙鸟同声歌唱。雪地上结的冰壳宛如玻璃,从滑雪板下面发出裂帛声飞溅开去。小白桦树林衬着黑暗的云杉树林的背景,在阳光下幻成粉红色。太阳在铁皮屋顶上开了一条山区冰河似的,水像在真正的冰河中一样从那里流动着，因此冰河便渐渐往后面退缩，而冰河和屋檐之间的那部分晒热的铁皮却愈来愈扩大，露出原来的颜色。细小的水流从暖热的屋顶上倾注到挂在阴冷处的冰柱上。那水接触到冰柱以后，就冻住了，因此早上的时候，冰柱就从上头开始变粗起来。当太阳抹过屋顶，照到冰柱上的时候，严寒消失了，冰河里的水就顺着冰柱跑下来，金色的水珠一颗一颗地往下滴着。城里各处屋檐上都一样，黄昏前都滴着金色的有趣的水珠。

背阳的地方还不到黄昏时，早就变冷了，虽然屋顶上的冰河仍然后退着，水还在冰柱上流，有些水珠却毕竟在阴影处的冰柱的末尾上冻结住，并且愈结愈多。冰柱到黄昏开始往长里长了。而翌日，又复艳阳天，冰河又复向后退，冰柱早上往粗里长，晚上往长里长，每天见粗，每天见长。

春装

再要不了几天，过那么一个星期，大自然便会用奇花异草，青葱的苔藓，细嫩的绿茵，把森林中这满目败落的景象掩盖起来了。看着大自然一年两度细心打扮自己形容憔悴、恹恹待死的骨骼，着实令人感动：它第一次在春天，用百花来掩盖，免得我们再看见；第二次在秋天，用雪来掩盖。

榛子树和赤杨树还在开花，金色的花穗现在还被小鸟惹得飘下蒙蒙花粉来，但是毕竟物换星移，这些花穗虽还活着，好时光却已过去了。现在满目都是星星一般的蓝色的小花儿，娇俏妩媚，令人叹赏，偶尔也会遇见瑞香，一样有惊人的美色。

林道上的冰融化了，畜粪露了出来，数不尽的种子仿佛嗅到了粪香。从云杉球果和松球果里飞到了它的身上。

稠李凋谢了

白色的花瓣纷纷落在牛蒡、荨麻和各种各样绿草上，那是稠李凋谢了。接骨木和它下面的草莓却盛开起花来。铃兰的一些花苞也开放了，白杨树的褐色叶子变成了嫩绿色，燕麦苗像绿衣小兵一般散布在黑色的田野上。沼泽里的薹草高高地站立着，在黑魆魆的深渊里投下了绿色的影子，一些小甲虫在黑色的水中飞快地转着圈子，浅蓝色的蜻蜓从一个绿茵茵的薹草岛上飞到另一个岛上。

我在荨麻丛中的发白的小径上走着，荨麻的气味重得使我浑身发痒。成了家的鸫鸟们惊叫着把凶恶的乌鸦赶开了自己的窝，赶得老远老远。一切都是很有趣的：数不清的动物生活中的每一件小事，都说明着大地上的和谐的生命运动。

杨 花

我拍摄白杨树上的鞭毛虫，它们正把杨花纷纷撒落下来。蜜蜂儿迎着太阳顶风飞着，犹如飞絮一般。你简直分辨不出，那是飞絮，还是蜜蜂，是植物种子飘落下来求生呢，还是昆虫在飞寻猎物。

静悄悄的，杨花蒙蒙飞舞，一夜之间就铺满了各处道路和小河湾，看去好像盖上了一层皑皑白雪。我不禁回想起了一片密密的白杨树林，那儿飘落的白絮足有一厚层。我们曾把它点上了火，火势就在密林中猛散开来，使一切都变成了黑色。

杨花纷飞，这是春天里的大事。这时候夜莺纵情歌唱，杜鹃和黄鹂一声声啼啭，夏天的鶺鸰也已试起歌喉了。

每一回，每一年春天，杨花漫天飘飞的时候，我心里总有说不出的忧伤：白杨种子的浪费，好像竟比鱼在产卵时的浪费更加大，这使我难受而不安。

在老的白杨树降白絮的时候，小的却把肉桂色的童装换为翠绿色的丽服：就像农村里的姑娘，在过年过节串门游玩的时候，时而这么打扮，时而那么打扮一样。

人的身上有大自然的全部因素；只要人有意，便可以和他身外所存在的一切互相呼应。

就说这根被风吹折下来的白杨树枝吧，它的遭遇多么使我们感动：它躺在地下林道的车辙里，身上不只一天地忍受着车轮的重压却仍然活着，长出白絮，让风给吹走，带它的种子去播种……

拖拉机耕地，不能机耕的地方用马来耕；分垄播种机播种，不能机播的地方用筐子照老法子来播，这些操作的细节令人看不胜看……

雨过后，炎热的太阳把森林变成了一座暖房，里面充满了正在生长和腐烂的植物的醉人芳香：生长着的是白桦的叶芽和纤茸的春草，腐烂的是别有一种香味的去岁的黄叶。旧干草、麦秆以及长过草的浅黄色的土墩上，都生出了芊绵的碧草。白桦的花穗也已绿了。白杨树上仿佛小毛虫般的种子飘落着，往一切东西上面挂着。就在不久以前，去岁硬毛草的又高又浓密的圆锥花絮，还高高地兀立着，摇来摆去，不知吓走过多少兔子和小鸟。白杨的小毛虫落到它身上，却把它折断了，接着新的绿草又把它覆盖了起来。不过这不是很快的，那黄色的老骨骼还长久地披着绿衣，长着新春的绿色的身体。

第三天，风来散播白杨的种子了。大地不倦地要着愈来愈多的种子。微风轻轻送来，飘落的白杨种子越来越多。整个大地都被白杨的小毛虫爬满了。尽管落下的种子有千千万，而且只有其中的少数才能生长，却毕竟一露头就会成为蓊茸的小白杨树林，连兔子在途中遇上都会绕道而过。

小白杨之间很快会展开一场斗争：树根争地盘，树枝争阳光，因而人就把它们疏伐一遍。长到一人来高时，兔子开始来啃它的树皮吃。好容易一片爱阳光的白杨树林长成，那爱阴影的云杉却又来到它的帷幕下面，胆怯地贴在它的身边，慢慢地长过它的头顶，终于用自己的阴影绝灭了爱阳光的不停地抖动着叶子的树木……

当白杨林整片死亡，在它原来地方长成的云杉林中西伯利亚狂风呼啸的时候，却会有一棵白杨侥幸地留存在附近的空地上，树上有许多洞和节子，啄木鸟来凿洞，椋鸟、野鸽子、小青鸟却来居住，松鼠、貂常来造访。等到这棵大树倒下，冬天时候附近的兔子便来吃树皮，而吃这些兔子的，则是狐狸：这里成了禽兽的俱乐部，整个森林世界都像这棵白杨一样，彼此有千丝万缕的联系，都应该描绘出来。

我竟倦于看这一番播种了，因为我是人，我生活在悲伤和喜悦的经常交替之中。现在我已疲乏，我不需要这白杨，这春天，现在我仿佛感到，连我的“我”也溶解在疼痛里，就连疼痛也消失了——什么都不存在了。我默默地坐在老树桩上，把头捂在手里，把眼盯在地上，白杨的小毛虫落了我一身，也毫不在意。无所谓坏的，无所谓好的……我之存在，像一颗撒满白杨种子的老树桩的延续。

但是我休息过来了，惊讶地从异常欢愉的安谧之海中恍然苏醒,环视了四周,重新看到了一切,为一切而欣喜。

第一只虾

雷声隆隆,雨下个不休,太阳在雨中露脸,一条宽大的虹从天的这边伸到那边。这时候稠李开放了,一丛丛的野醋栗欹斜水面,也转绿了。第一只虾从一个洞中探出头来,微微动了一下触须。

春天的转变

白天,空中的一个高处挂着"猫尾巴",另一个高处云团浮沉,犹如一大队数不尽的船只。我们真不知道天会刮旋风,还是逆旋风。

到了傍晚,才都明显起来:正是在今天傍晚,梦寐以求的转变开始了,没有打扮的春天要转变为万物翠绿的春天了。

我们到一片野生的森林中去侦察。云杉和白桦之间的土墩上残留着枯黄的芦苇,使我们回想起春天和秋天的时候,这片森林该是如何密不透光、无法穿越的。我们是喜欢这种密林的,因为这里空气温暖宜人,万物春意深浓。突然近旁水光闪了一闪,原来那是涅尔河,我们欢欣若狂,直奔了河岸去,仿佛一下子到了另一个气候温暖的国度,那里生活沸腾,沼泽上的百鸟争鸣不休，大鹬、沙雉发着情，好像小神马在阴暗下来的空中驰骋，野乌鸡呼唤着伴侣，白鹤几乎就在我们的身边发出喇叭般的信号；总之，这儿的一切都是我们所喜爱的，连野鸭也敢落在我们对面的澄清的水中。人的声音一点也没有：既没有鸣笛声，也没有发动机的嘟嘟声。

就在这个时刻，春天的转变开始了，万物茁长，百花争艳。

柳兰

转眼夏天到了，在森林的荫凉处，散发着像瓷一样白的“夜美女”的醉人芳香。而在树桩旁边的向阳地带，伫立着我们森林中的丰姿英俊的美男子——柳兰。

河上舞会

黄睡莲在朝阳初升时就开放了，白睡莲要到十点钟左右才开放。当所有的白睡莲各个争奇斗艳的时候，河上舞会开始了。

旱 天

大旱仍没有完。小河干透了,只留下些原来被水冲倒、可以当桥过河的树木,猎人追索野鸭时走出来的小路也还留在岸上,沙地上却有鸟兽的新鲜足印,它们是照老例到这儿来喝水的。它们一定能在什么地方的小深水坑里找到水喝的。

小白杨感到冷

在秋高气爽的日子里,云杉树林的边上聚集着颜色深浅不一的幼小的白杨树,一棵挨着一棵,密密匝匝,似乎它们在云杉林中感到冷,伸到林边来晒太阳取暖。这真像我们农村里的人,也常出来坐在墙根土台上,晒太阳取暖。

落叶期

茂密的云杉林中出来一只兔子,走到白桦树下,看见一片大空地,就停下了。它不敢径直走到空地对面去,只顺着空地的边,从一棵白桦到另一棵白桦绕过去。但在中途又停下来,侧耳细听着……要是在森林中怕这怕那的,那么在树叶飘落、窃窃私语的时候,就最好别去。那兔子一边听,一边老觉得后面有什么东西窃窃私语,偷偷地走近来。当然,胆小的兔子也可以鼓起勇气，不去回头看，但这里往往有另外的情况：你倒不害怕，不受落叶的欺骗，可是恰恰这时有个东西，趁机悄悄地从后面把你一口咬住。

降落伞

连蟋蟀也听不见草丛中有自己同伴的声音，它只轻轻地叫着。在这样宁静的时候，被参天的云杉团团围住的白桦树上，一张黄叶慢慢地飘落下来。连白杨树叶都纹丝不动的宁静时候，白桦树叶却飘了下来。这张树叶的动作，仿佛引起了万物的注意，所有云杉、白桦、松树，连同所有阔叶、针叶、树枝，甚至灌木丛和灌木丛下的青草，都十分惊异，并且问："在这样宁静的时候，那树叶怎么会落下来呢？"我顺从了万物的一致要求，想弄清那树叶是不是自己飘落下来。我走过去看个究竟。不，树叶不是自己飘落下来的，原来是一只蜘蛛，想降到地面上来，便摘下了它，做了降落伞：那小蜘蛛就乘着这张叶子降了下来。

星星般的初雪

昨天晚上没来由飘下了几片雪花，仿佛是从星星上飘下来的，它们落在地上，被电灯一照，也像星星一般烁亮。到早晨，那雪花变得非常娇柔：轻轻一吹，便不见了。但是要看兔子的新足印，也满够了。我们一去，便轰起了兔子。

今天来到莫斯科，一眼发现马路上也有星星一般的初雪，而且那样轻，麻雀落在上面，一会儿又飞起的时候，它的翅膀上便飘下一大堆星星来，而马路上不见了那些星星以后，便露出一块黑斑，老远可以看见。

森林中的树木

一片皑皑白雪。森林中万籁俱寂，异常温暖，只怕雪都要融化了。树木被雪裹住，云杉垂下了沉重的巨爪，白桦屈膝弯身，有的甚至把头低到地上，形成了交织如网的拱门。树木就像人一样：云杉在无论怎样的压力下面，没有一棵会弯腰屈膝，除非折断完事，但是白桦，却动辄就低头哈腰。云杉高耸着上部枝叶，傲然屹立，白桦却在哭泣。

在下了雪的静谧的森林中，戴雪的树木姿态万千，神情飞动，你不禁要问："它们为什么互不说话，难道见我怕羞吗？"雪花落下来了，才仿佛听见簌簌声，似乎那奇异的身影在喁喁私语。

潘安荣　译

四季生活

〔俄罗斯〕沃罗宁

每当清晨，我拉起用木条制成的黄色百叶窗时，都能看见她。她高耸、挺拔，永远伫立在我窗前。秋夜，她消融在幽暗之中，不见了；而你若相信奇迹，便会以为她走到别的地方去了，因为不见了。但刚一露出曙光，白昼的一切尚在酣睡，隐约感到清晨的气息时，她又已出现在原处了。

我凝视着她，不禁萌生出奇思异想。她想必有自己的生命吧。又有谁知道，如果苍天赋予我认识大自然全部完美的感官，也许我眼前会展现出一个神奇的世界。这个世界具有一切生物所固有的伟大和渺小的感情，这些感情人是无法理喻的。然而我仅有五种感官，况且由于人类历尽沧桑，这些感官已不那么灵敏了。

而她生机勃勃！她日益茁壮，逐年增高。如今我得略微抬头，才能从窗口看见她那清风般轻盈的、透亮的树梢。可十年前半个窗框便能把她容纳下。

春

她的枝条刚刚摆脱漫长的严冬，还很脆硬，犹如加热过度的金属。春风吹过，枝条叮当作响。鸟儿还没在枝叶浓密的枝头筑巢，然而她已苏醒。这是一天清晨我才知道的。

邻居走到她跟前，用长钻头在她的树干上钻了个深孔，把一根不锈钢的小槽插进孔中，以便从槽中滴出浆汁。果然，浆汁滴了出来，像泪珠那样晶莹，像虚无那样明净。

“这并不是您的白桦。”我对邻居说。

“可也不是您的。”他回敬我。

是啊，她长在我的围墙外。她不是我的，但也不是他的。她是公共的，确切些说，她谁的也不是，所以他可以损害她，而我却无法对他加以禁止。

他从罐子里把白桦树透明的血液倒进小玻璃杯里，一小口一小口把它喝干。

“我需要树汁，”他说，“里面有葡萄糖。”

他回家去了，在树旁留下一个三公升的罐子，以便收集葡萄糖。树汁像从没有关紧的龙头里一滴一滴地迅速流下来。既然流出这么多树汁，那么他破坏了多少毛细管哟？……她也许在呻吟？她也许在为自己的生命担忧？我不得而知，因为我既没有第六感觉，也没有第七感觉，更没有第一百感觉、第一千感觉。我只能对她怜悯而已……

然而，一个星期后，伤口上长出一个褐色的疤。她自己治好了伤口。恰恰这时她身上的一颗颗苞芽鼓胀起来，从苞芽里绽出嫩绿的新叶，成千成万的新叶。目睹这些浅绿色的雾霭，我心里充满喜悦。我少不了她这棵白桦树。我对她习惯了。我对她永远伫立在我的窗前已经习惯了；而且在这不渝的忠诚和习惯中，蕴蓄着一种令我精神振奋的东西。的确我少不了她，尽管她根本不需要我。没有我，就像没有任何类似我的人一样，她照样生活得很好。

夏

她保护着我。我的住宅离大路一百米左右。大路上行驶着各种车辆：货车，小轿车，公共汽车，推土机，自卸卡车，拖拉机。车辆成千上万，来回穿梭。还有灰尘。路上的灰尘多大啊！灰尘飞向我的住宅，假若没有她，这棵白桦树，会有多少灰尘钻进窗户，落到桌子上，被褥上，飞进肺里啊。她把全部灰尘吸附在自己身上了。

夏日里，她绿荫如盖。一阵轻风拂过，它便婆娑起舞。她的叶片浓密，连阳光也无法照进我的窗户。但夏季屋里恰好不需要阳光。沁人心脾的荫凉比灼热的阳光强百倍。然而，白桦树却整个儿沐浴在阳光里。她的簇簇绿叶闪闪发亮，苍翠欲滴，枝条茁壮生长，越发刚劲有力。

六月里没有下过一场雨，连杂草都开始枯黄。然而，她显然已为自己贮存了以备不时之需的水分，所以丝毫不遭干旱之苦。她的叶片还是那样富有弹性和光泽，不过长大了，叶边滚圆，而不再是锯齿形状，像春天那样了。

之后，雷电交加，整日价在我的住宅附近盘旋，越来越阴沉；沉闷地——犹如在自己身体里——发出隆隆轰鸣，入暮时分，终于爆发了。正值白夜季节。风仿佛只想试探一下——这白桦树多结实？多坚强？白桦树并不畏惧，但好像因灾难临头而感到焦灼，她抖动着叶片，作为回答。于是大风像一头狂怒的公牛，骤然呼啸起来，向她扑去，猛击她的躯干。她蓦地摇晃了一下，为了更易于站稳脚跟，把叶片随风往后仰，于是树枝宛如千百股绿色细流，从她身上流下。电光闪闪，雷声隆隆。狂风停息了。滂沱大雨从天而降。这时，白桦树顺着躯干垂下了所有的枝条，无数股细流从树枝上流下，像从下垂的手臂流到地上。她懂得应该如何行动，才能岿然不动，确保生命无虞。

七月末，她把黄色的小飞机撒遍了自己周围的大地。无论是否刮风，她把小飞机抛向四面八方，尽可能抛得离自己远些，以免她那粗大的树冠妨碍它们吸收更多的阳光和雨露，使它们长成茁壮的幼苗。是啊，她与我们不同，有自己的规矩。她不把自己的儿女拴在身旁，所以她能永葆青春。

那年，田野里，草场上，山谷中，长出了许多幼小的白桦树。唯独大路上没有。

若问大地上什么最不幸，那便是道路了。道路上寸草不生，而且永远不会长出任何东西来。哪里是道路，哪里便是不毛之地。

秋

太阳躲开我的住宅，也躲开白桦树。树叶立刻开始发黄，而且越来越黄，仿佛在苦苦哀求太阳归来。但太阳总是不露面。瓦灰色的浮云好似令人焦虑的战争的硝烟，向天宇铺天盖地涌来，又如巨浪相逐，遮蔽了一切。云片飞得很低，险些儿触及电视天线。下起了绵绵秋雨。雨水淅沥淅沥地下着，从一根树枝滴落到另一根树枝上。霪雨不舍昼夜，一切都变得湿漉漉的了，土地不再吸收雨水，或者是所有的植物都不再需要水分了吧。

夜里，我醒来了。屋里多么黑暗，多么寂静啊！……只听见雨珠从树枝上滴下时发出的簌簌声。萧瑟而连绵不绝的秋雨的簌簌声好生凄凉啊。我起了床，抽起烟来，推开窗户，于是看见了她那在秋日的昏暗中依稀可辨的身影。她赤身露体，任凭风吹雨打。翌日清晨，寒霜突然降临。随之又是几度霜冻，于是白桦树四周铺上了一圈黄叶。这一些全都是发生在寒雾中。然而，当树叶落尽，太阳露出脸来时，处处充满忧郁气氛，尤其是在她周围，因为就在不久前，这里还是青翠葱茏，一切都光艳照人，欣欣向荣。过去，一切都是这样美不胜收，朝气蓬勃，如今却突然消失了。将要下起蒙蒙细雨来，树叶将要腐烂发黑，僵硬的树枝将要在冷风中瑟缩，水洼将要结冰。鸟儿将要飞走。死寂的黑夜将要拖得很长。在冬季里它将会更加漫长。暴风雪将要怒吼。严寒将要肆虐……

冬

我离开家了。我不能留在那里，为不久前还使我欣喜和对生活充满信心的事物的消亡而苦恼。我搭机飞向南方。到了辛菲罗波尔之后，我便改乘出租汽车了，我又惊又喜地仔细观看温暖的南国的苍翠。一见黑海，我便悄声笑了。

浩淼、温暖的海。我潜进水里，向海底，向绿色的礁石游去。我喝酸葡萄酒，吃葡萄，精疲力尽地躺在暖烘烘的沙滩上，眺望大海，观看老是饥肠辘辘，为了一块面包而聒噪的海鸥。接着我又游进温暖的海水，攀上波峰，滑下浪谷，又攀上去。我又喝酸葡萄酒，吃烤羊肉，钻进暖烘烘的沙子里。在我身边的也是像我一样从自己的家园跑到这片乐土来的人们。大伙儿欢笑啊，嬉戏啊，在海滩上寻找斑斓的彩石，尽量不想家里发生的事情。这样会更轻松、更舒坦些。但要抛弃家园是办不到的，就像无法抛弃自己一样。

于是我回家了。四周一片冰天雪地。她也兀立在雪堆里。我不在时，刺骨的严寒逞凶肆虐，把她的躯干撕破了。撕裂得虽不严重，但落上一层雪的白韧皮映进我的眼帘。我抚摸了一下她的躯干。她的树皮干瘪、粗糙。这是辛勤劳作的树皮，同南方的什么“不知羞耻树”的树皮迥然不同。这里，一切都是为了同霪雨、暴雪、狂风搏斗。所以，像平时见到她时那样，我又萌生出各种奇思异想。我暗自揣度：你看哪，她不离开故土，不抛弃哺育自己和自己的儿女的严峻的土地。她没有离去，而只是把自己的苞芽藏得更严实，裹得更紧，使它们免遭严寒的摧残，开春时迸发出新叶，然后培育出种子，把它们奉献给大地，使生命万古长存，永葆青春。是啊，她有自己的职责，而且忠诚不渝地履行这些职责，就像永远必须做那些为了生存下去而必须做的事情一样。

北风劲吹。像骨头似的硬邦邦的树枝互相碰撞，噼啪作响。刮北风的时间一向很长，一刮就是一个星期，两个星期。这一来，一切生物都得倍加小心，更何况天气严寒呢。好在我的住宅多少保护着她。但她毕竟还要挨冷受冻啊。严寒要持续很长时间，以致许多羸弱的生命活不到来年开春。但她能活到这个季节。她挺得住，而且年复一年地屹立在我的窗前……

曹世文 译

四季的情趣

〔日本〕宫城道雄

一位远走南洋的熟人，阔别十年之后突然来访。他说：“我常回日本，不过总是在夏天回来，没赶上过日本的冬天。这次回来幸好是冬天，很想好好领略一下日本冬天的风味。”而我拥有四季，并不感到对生活的厌倦。

首先，春天到来，熏风吹拂，浑身酥暖。每年一到春天，便有一只小鸟飞到我的住处来，明年还会以同样的声音鸣叫，来的时间也似乎相同。这样相遇三年，从声音的高低和音色来判断，是同一只鸟无疑。我根据这印象谱写出《春来到》一曲。心想，连鸟儿也每年过着同样的生活呀！

春天的早晨，它似乎在告诉人们要抓紧工作，令人内心充满希望。当朝晖射进自己的窗户时，就感到该做点什么工作了。

春天的中午过后，如果是风和日丽、闲适静谧的日子，当感到和煦的日光爬上自己的面颊时，便传来省线电车驶过的声音。这一切使人感到悠闲自在，连听到院内鸟儿振翅起飞或高声鸣叫，都令人陶醉。

周围一丝风也没有，好像陡然忆起似的刮来一阵微风，庭园中的树叶和矮竹子叶摇曳不定，给人以舒畅之感。自古以来，每当月夜，人们往往思念故乡旧友以及遥远的往事。春闲之夜，来到昏沉欲睡的廊檐边，心头不禁涌现许多往事。

外面传来赏花的人们熙熙攘攘的声音时，而我独自蛰居家中潜心学习也是桩乐事。春夜外出散步更让人心旷神怡，我虽不能亲眼目睹朦胧的月光，但我的身子却感到了这一点。这样的夜晚也常想起往事。

春雨连绵之日，听着各种雨声作曲时，心神集中，完成得好，尤其在夜间，睡卧在被窝里，倾听着院中落雨声是很有趣的。这时心中意识到春雨在敲打着刚刚发芽抽叶的树木。

雨天外出，一边听着雨落在雨伞上的声响，一边朝前走，怡然自得。这时，穿鞋的足音，不如穿高木屐的声音悦耳。

由春入夏，雨前或气候突变时，不知怎的，市内电车和汽车声，在我听来宛如海啸。

夏天，大清早起虽也心情爽快，但究竟不如夜晚更好。

蚊烟香的气味，扇团扇的声音，都让人喜爱。一到夏天，也许因为门窗四敞大开的关系，近邻变得更近，各种声响传进我的耳中。夏夜吹横笛的声音最为美妙。被蚊子咬虽然讨厌，可是两三只蚊子一起飞来，发出的嗡嗡声宛如觱篥，也叫人难舍。同时，静听着电风扇的哼叫声，仿佛远海落日，波浪起伏的声音。这时，就像孤独一人被抛弃在那里，一种莫名的寂寞、悲凉之感油然而生。所以我时常默默地倾听电扇的声音。

夏天，我也不太愿意去避暑。因为出门在外，不如在家方便。怕麻烦别人，所以我尽量不去。虽说如此，近两三年来，却也时而出去一游。从去年起，夏天到叶山的家去住。盛夏，海岸喧闹异常。我住的地方背后便是山，下面连着海，房子正好位于半山腰。大海的喧闹对我的影响倒不大。因为身在山坡之上，可以尽情享受山间风趣。

早晨，群鸟争鸣。我去到房后，侧耳聆听这鸟鸣之声。有的长鸣，有的声声短啼，有的宛似人类嘲笑别人时的笑声，而有的声音低而悠长，犹如在召唤别人。根据我这些个观察，心里常想，鸟类的世界里也有语言。刚才还成群结队猬集此处的鸟群，不久之后，好像全飞走了，周围一片寂静。到某个时间，它们又都回到原来的地方来了。

在山上，茅蜩这种蝉叫得很起劲。原以为它傍晚才叫，它却从早起就叫。当然它最喜欢在黄昏时叫，我不知道山上太阳偏移的情况,但在白昼也常听到它叫。茅蜩的叫声,照我的观察,声音高低只有两类,是固定不移的。这就是以相差半个音来鸣叫。用日本高调来说,一个以 do 音在叫,一个以 xi 音在叫。在哪儿听也是如此。在街里,只听一只叫固然也不错,以半音之差,百蝉齐鸣,其妙趣简直无法形容。听着听着,似乎被吸进了奇妙的音的世界。

躺在被窝里静听海滨机帆船起航出海,也是种乐趣。船渐渐离岸远去,以为船声大概听不见了,不料却还能听得见。自己的心仿佛也随船远去。我认为海滨的夏天同样是很好玩的。

盛夏时节,开始叫的是梨蜩,蜈蜈蝉和茅蜩一到寒蝉叫起,便知秋天临近了。

我儿时时常看到的是,一到初秋,空中打闪。听祖母说,这是稻谷丰收的预兆。其实,我就是从这闪电中体察到初秋的气氛的。

我曾记下这样一点,一到立秋,奇怪的是,蟋蟀等似乎固定在同一时刻开始叫。在立秋这天前后,秋虫便陆续开始唧唧鸣叫。而且我经常最早听到的秋虫声是蟋蟀的叫声,其次是变色吟蛩的叫声。有趣的是最初只有一只,顶多两只左右在叫,日子一长,叫的虫就多了起来。

一进入初秋,不知不觉地风也变了。八月过半,便感到空气澄澈,头脑清晰。我的曲子,一年当中,完成于秋天的最多。

我总是吊起金属的风铃来,喜欢听风吹铃的响声。秋风吹得铃响,声音虽无变化,也让人感到莫名的寂寞,好像它与从前的响声不同。风力恰到好处时,铃声悲凉而清晰;狂风大作时,挂着的长纸条皱皱巴巴发不出声来,即便有声,也是干巴巴的,让人想到已是晚秋了。还有秋天的阳光,照儿时留下的记忆,似乎带有黄色。

街里举行秋祭时,在大鼓、笛子等祭神的音乐伴奏下,抬着神舆走过的声音,凑近去听倒不如远远地听更有祭祀的情调。我喜欢祭祀的气氛,就我来讲,永远不希望废止这类活动。

到秋天,小鸟等也以和春天不同的声音在叫。老鹰沉静的叫声,给人以悠然之感。而且两只对叫比一只独鸣更有意思。也是听祖母说的,老鹰一叫,三天之内准下雨,是因为一下雨会冲走它父母的坟墓,所以它发出悲鸣。我至今还认为,一听见老鹰的叫声,不出三天就该下雨了。

秋夜,虽整夜聆听秋虫的声音,我也不感到厌倦。草云雀等不间歇地拉长声叫个不停。用短促的断音听的是变色吟蛩,保持准确的拍节来叫的是蟋蟀。油葫芦的样子听说挺严肃,而声音其实比草云雀等还要平淡无奇,这倒也颇为有趣。油葫芦的叫声先高后低,我用音调笛子一比,最初是用比 xi 低半个音的声音叫起,然后变成比 la 低半个音的了。这声音听起来清亮柔和。

瘠螽叫时，开始是咻的一声，停一下，然后嚯的一声，收住翅膀，那拍节很有趣儿。蝈蝈儿、金琵琶也很有意思。但不论怎么说，人们最珍爱的是金铃子，把它推上秋虫的王座是有道理的，它的叫声高雅，可说最能代表秋声。

听秋虫叫，有趣的是，不管什么虫子，只要是同类的虫子，叫声的高低无大差别是很可怪的。即使有差别时，顶多不过半音。

谈到虫子，我记起一件事，内田百闲先生有一天下午提着虫笼子来到我家。内田先生对音的世界颇有研究。这天他带来的是草云雀，我说："这草云雀我的院子里有。"第二天，他打发人送来了金琵琶。送来的时候，正赶上我练习弹筝很忙，所以竟不知道什么时候送来的。练筝结束，身子非常累，连话都懒得说，对于唱呀拉呀都感到厌烦，对弟子们也没好气儿。就在这时，金琵琶突然叫了起来。我就像听见了朋友安慰的话语一般，本来浑身累得软瘫瘫的，怎么都不得劲，这时仿佛全身的疲乏霍然消失，顿时身心轻松，非常快活。使我深感到朋友的可贵。那只金琵琶现在还活着，我走过走廊时，常常停下步来，倾听它的叫声。

秋月高悬的夜晚，我虽看不见，但能感觉到它，并且心里立即想象出儿时看见过的月亮。

秋天的落叶声，给人以似凄凉又似怕人之感，颇像梅特林克的《盲人》中的无形的东西。躺在被窝里听，这种感觉更加强烈。

秋末，一场晚秋雨过后，虫声也有声无力时，便感到苍凉的冬意袭人。再过一阵子，虫声一下停止，就到枯叶飞舞之时了。初冬，遇上晴和天气，如同小阳春一般。

秋天的食物松蕈上市时，最富于秋意。秋天吃用松蕈做的菜，非常可口。春天吃竹笋，初夏吃鲣鱼，实际上，人们往往因食物而忆起季节来，也会联想起往事。有个故事说：有个穷木匠，人们不敢随便给他小豆饭吃，如果在平常干活儿的日子给他小豆饭吃，他便撂下活计不定跑到什么地方去玩。这是因为祭祀之日必定吃小豆饭，他把这事牢记在心的缘故。

到了冬天，我便想起儿时看见过的青橘子，因为是刚摘下来的，皮硬，一摸疙疙瘩瘩的，同时气味也最强烈。这些，使我意识到初冬的来临。

入冬，把一直敞开着的拉门关闭起来，面向长火盆一坐，产生一种安适感。

冬夜，围着火盆，家人闲话；或跟彼此不客气的来客无休止地闲聊，不觉就是深夜，这也是别有风趣的。

吃食里，一家团圆吃肉素烧是件乐事。近来汽车多了，已享受不到了。从前我常送艺上门，夜间坐人力车回家，饿着肚子经过饭馆门前，眼睛虽看不见，但也能知道现在正走过什么饭馆的门前。不坐车步行时，各种饭菜的香味，更易钻进鼻孔。闻着鸡素烧的香味、西餐馆的气味，还有鳝鱼馆子的味儿，忍受着寒风吹扑面颊和脖颈，又冷又饿又累，不禁胸中涌起快些到家安享家庭温暖的念头。这时，回家便是个乐趣。

话头有些岔开了，我在汉城时，一个寒冷的黄昏，从北汉山刮来刺骨的寒风。我暖呼呼地坐在车上。那时父亲在釜山的衙门里做事，薪俸微薄。我忽然想到父亲现在干什么呢？想到父亲的处境，遂给他寄去了钱。这不算孝敬父母，只不过是在天寒时才想起来的。还有，听见枯树的声响，便会想起朋友及其他许许多多的事。

我一到冬天，因惧怕寒冷，便懒散地躺在被窝里用功。这也不用点灯，仰面而卧，用手摸着读放在肚皮上的盲文书，或使用点字的工具书写。越到寒冷的深夜，越能沉下心去。一边听着拉门咔嗒咔嗒作响，一边作曲，格外舒畅。即便熬个通宵，也绝不感到劳累，而且用脑子，不久身子也会热起来的。不作曲时，照这样子读书，也能安下心去，字句容易印入脑海。这是盲人所独有的世界，那乐趣是好眼睛的人想象不到的。我常在自己的头脑中进行合奏，想象着音的世界，很有意思。

某精神病科的博士给我讲过这样的事，即有所谓内声，如心里想着神谕之类时，就能听到那声音。当我们想象着某种音乐时，照样也能听见那音乐。当然它与精神病科所说的神谕不同，但却很相似。

我在四季当中，对冬雨不太喜欢。雪对谁来说都是好东西。大体上雪是不声不响的，但下大了时，也能接连不断听到细小的声响。雪打在树叶上的声音和雨不同，非常有趣。还有不是雪，而是霰敲打发硬的树叶，发出的声响也很有趣。

下雪的早晨，在寂静无声中积下厚厚的雪，听着行人从雪上走过的声音，宛如听船上在摇橹。我在雪天喜欢到外面去走走。雪花敲打着雨伞，和雨点不同，让人心情愉快。走着走着，发现个子在变高，还有人闪到路旁去，敲打塞进木屐齿里的雪，极富于冬天的情趣。

雪后放晴，朝阳一照，雪开始融化，水滴落下发出各种声响。有的地方融化滴落得非常快，还有的地方竟以三连音滴落，而慢慢滴落的似乎是因为惧怕什么。我想象着在山里发生大雪崩时该是什么样子，于是想起波涛发出的哗哗声。树枝等也有沉甸甸地折落的时候。由于天气寒冷，白天化不尽，到了半夜，出乎意料，雪吧嗒一声落地，吓人一跳。

我一到冬天，最怕北风。凛冽的北风刮来，我的心情沉郁，身上也不得劲。在这样的日子，偏巧碰上有重要的演奏，便常因产生不出兴头而感为难。

还有，冬天邻近的山丘一下雪，我的住处即便不下，凭身上的冷感也能觉察到附近在下雪。妻子常常嘲弄我说："一到冬天，不定什么地方在下雪呀！"其实下没下我都知道。

我最喜欢冬天刮南风。这种时候，心绪好，身子也舒展。

总之,细细体味四季的气氛,有种用口形容不出的乐趣。

程在里　译

季节

〔日本〕井上靖

人在幼小的时候，对季节的感觉是非常敏锐的。我在少年时代度过的真正的夏天和冬天，如今再也看不到了。春天和秋天也一样，我在儿时经历的真正的春天和秋天又到哪里去了？

我是在伊豆长大的。这地方气候温暖，适宜居住。每年下两三场雪，只是薄薄的一层，道路也不会被连连封锁几天的。所以，这里同东北地方和北陆地方那种典型的冬季生活迥然相异。不过，冬天给我的印象，依然是颇为严峻的。

每天早晨，当我走到流经庭院一隅的小河边洗脸的时候，就发现近旁的铁桶和木盆里结着冰花。直到现在，我一想起幼年时代的冬天，想起那些铁桶、木盆以及放在厨房角落里的水缸，眼前首先浮现起漂荡着冰片的水色。不管结不结冰，水总是碧清的，十分宁静。它仿佛摒除了外界一切干扰，静得叫人有点难受。今天，再也见不到那样的水了。其实，盛在那些铁桶、木盆和水缸里的水是否真的呈现碧清的颜色，我也说不清，今天回想起来，它只不过是作为严冬的象征，留在我幼小的心灵里罢了。

高中时代是在金泽度过的，短短的三年，使我了解了雪国的生活。我父亲在弘前的军队里供职，我也到过弘前，尝过那里冬季生活的滋味，然而，都不像我幼年时期在伊豆经历的冬天那样严峻。看来，只有纯洁无邪的童心，才能深切地感知冬天最本质的内涵。

几年前，当我坐飞机飞越北极圈上空的时候，联想起儿时每天早晨看到的碧清的河水。透过层层叠叠的云雾，远远可以窥见下面的海水，实在有些可怕。那片片断断的海的颜色，正是我小时候从水缸里看到的颜色啊。除了"严峻"这个词儿，再也无法形容它的样子了。我想那碧海的深处，正隐伏着我幼年时代经历过的寒冬呢。

在伊豆，要是节令来得早，一月底梅花就开了。寻常，进入二月以后，梅花才开始吐露雪白的花朵。我家院子里有好多梅树，其中有几棵是老梅。我喜欢梅花始于少年时代。大概早春这样的季节，可以荡涤一个少年的伤感吧。过了五十岁之后，就更热爱梅花了。现在我一想起梅花，想起梅花盛开的季节，心中就别有一番情趣，这是其他任何东西所无法替代的。

幼年时代，我对于所有的花都漠不关心。那时不懂得梅花和樱花美在哪里。眼前无论开着什么样的花儿，总是视而不见。现在我有两个孙儿，一个八岁，一个五岁，他们俩对于花也没有什么兴趣。我把他们抱到盛开的樱花树下，或带他们到玫瑰园前面，都丝毫不能惹他们心动。要是旁边有条小狗呢？他们立即会被吸引过去的。

梅花虽然没有给我留下片断的记忆，但我却还记得别人抱着我去闻梅香的情景。

伊豆半岛的西海岸，住着我祖母的远房亲戚，每年到我家来两三趟。他是个中年汉子，每次来总爱跟我这个小孩子一道玩。他把我抱起来，两手高高地举着。单凭这一点，我就对他产生了特殊的好感。每逢我一看他进门，就感到快乐降临身边了。

有一次，他领我在院子里散步。我俩走到梅花树旁，他抱起我，把我的脸凑到花瓣上。

“闻闻看吧，可香啦！”

“嗯。”

又走向另一棵梅树。

“这棵梅花呢？”

“挺香的。”

"说得好，就是香嘛！"

我记得当时就是这样一番对话。也许因为这段往事，我不知打何时起养成了一个癖好，一看见梅花就凑过脸去。现在院子里的梅树一着花儿，我就时常闻闻它的香气。要是有幼小者在旁边，我准把他抱起来，叫他也嗅嗅梅花的幽香，就和我从前那样。我想，在他幼小的心灵里，也会产生我所体味过的那种心情吧。一想到这里，我就觉得快活。尽管这个指望不太可靠，但我总觉得在童稚的心田里，埋下了一颗种子：让他知道什么是馥郁的梅香。

"闻闻看吧，可香啦！"

"嗯。"

这虽然是一副莫名其妙的神情，但也许充分领会到了我的心意吧。

盛春的季节，给我留下了两个片断的记忆。

一是在春天的漠漠黄昏，我同祖母两个人一起去观看露天浴槽里给马洗澡的情景。西平温泉澡堂外面，有个二尺来深的浅浅的方形水池，汇集着从温泉里淌来的热水。澡堂当然设在房子里，这浴槽却在露天，是附近农家为了洗刷农具砌成的。它至今依然深刻地印在我的脑子里。

那时，祖母带我到西平洗完温泉之后，就去隔壁露天浴槽旁看马儿洗澡。马站在浅浅水池里，一个汉子先用铁桶给它浇水，然后再用稻草、麦秸什么的一点一点仔细揩拭马的身子。我每逢想起这件小事,总有一种明朗的色彩映在我的眼前。我不知道那时是否赶在春日的黄昏,然而,春天溟蒙的暮色,却时时飘荡在我片断的记忆之中。我和祖母坐在附近的石头上, 专心致志地望着给马洗澡这件极为平凡的事,总是看不够。

还有一件,也是跟祖母一起,步行离家走十分钟的路,去给樱菩萨上供。樱菩萨在通往长野村落的大道上,那里长着一棵大樱树,树根旁边供着一尊小小的石像。在我的印象里,祖母带我去也似乎是在春天的黄昏,但认真考究起来,我却记不清楚是春天的黄昏,还是夏天或秋天的黄昏了。不过,我还是当作春天黄昏发生的事加以回忆,春天黄昏所特有的洁白而明朗的色调,一直萦聚在我和祖母的身旁。

我之所以一概当成春日黄昏发生的事,是因为确实存在着使我不得不朝这方面回想的因素。看马儿洗澡是在春天的黄昏,给石菩萨上供也是在春天的黄昏。前一个记忆,闪耀着春日黄昏明丽的色彩;后一个记忆,却多少带有春日黄昏寂寥的情调。

不光这两件,我对黄昏的记忆很多,总之,黄昏在我幼年的心里,激起过不寻常的波澜。

不论哪一个季节,当夜幕从广阔的田野上低垂下来的时候,对儿童们来说,总是寂寞难耐的。他们玩得再火热,一发觉黄昏来临,就急急忙忙跑回家去。他们拼命跑啊,一刻也不肯停留。

未上小学之前，黄昏对我来说，既寂寥又恐怖。正在村头玩耍的孩子们，突然发觉黄昏到了，都一齐向家里奔。只要一个人领了头，其他孩子都跟着跑起来。在孩子们奔跑的同时，凄清可怕的暮色便从四方压了过来。

有的孩子像骑马一般，噔噔噔一跳一跃地跑；有的孩子只顾低头狂奔。不管哪种跑法，都是为了尽快摆脱黄昏的凄凉和恐怖。

但是，季节不同，黄昏具有的寂寞和恐怖也多少有些差别。那是上小学以后，我在校园、田野和广场上游玩的时候，每当黄昏到来，眼望着渐渐变浓的暮霭，不觉有些凄然，可并不感到有什么可怕。我一个劲儿往家里跑啊，跑啊，想起那时的心情，就像只身漂游过无边的大海一样。这种情况大多发生在夏天。

对我来说，凄清的黄昏伴随着恐怖，是在晚秋向冬天过渡的寒冷时节里。一近黄昏，黑暗立即袭了过来。

"啊，快逃！"

我怀着这样的心情跑回家去，后面仿佛有什么追逐似的。

那时候，正值大正初年，我的家乡伊豆天城山麓，冬季一到傍晚，就有一种名叫"粉婆儿"的白色小虫，在暮色茫茫的空中飞舞，看上去像在水里上下游动。"粉婆儿"是白头老太婆的意思。孩子们挥动桧树枝子，用树叶粘住那棉絮状的小虫。“粉婆儿”看起来是银白色的，但由于气候变化，有时那白色多少泛着青灰的底子。

孩子们从地面上跳起来，挥舞着树枝，这是他们冬日黄昏的游戏，当“粉婆儿”的光点渐渐融进夕霭的时候，孩子们便扔掉树枝，各自跑回家去。刚刚还在用树枝拼命捕捉白色小虫，这回自己却像被一只无形的大手粘住一般，心里惶恐不安。冬天的黄昏，对于我是如此的可怖。

陈德文　译

季节[1]

〔印度〕泰戈尔

季节的差异不独是色彩的差异，也是职能的差异。不同色彩掺杂的现象时有发生。杰斯塔月[2]的棕褐乱发，飘人斯拉万月[3]的云层，飘着飘着变成了黛青色。帕尔衮月[4]的葱绿中，年迈的布萨月[5]企图延长枯黄。然而在自然法则的王国里，这些反常现象难以持久。

夏季可称为"婆罗门"[6]。他遏制绿色快乐的扩展，踢飞枯

---

❶印度一年分为六季，即：夏季、雨季、秋季、雾季、冬季、春季。

❷印度 2 月，公历 5 月至 6 月。

❸印度 4 月，公历 7 月至 8 月。

❹印度 11 月，公历 2 月至 3 月。

❺印度 9 月，公历 12 月至 1 月。

❻印度的四大种姓是：婆罗门（僧侣和学者）、刹帝利（武士和贵族）、吠舍（手工业者和商人）、首陀罗（农民和仆役）。

叶，点燃祭火，进行寻求抑欲之路的苦修。当他诵毕吠陀经文，凝神屏息，天气异常闷热，枝叶不动；但徐徐呼气时，大地瑟瑟抖颤。水果是他的主要食品。

称雨季为"刹帝利"不算为过。他的开路先锋隆隆地敲击鼙鼓，他头缠阴云的头巾，威武地莅临。他不满足于蝇头微利，征服乾坤是他的壮志。他奋勇厮杀，占领茫茫天宇，成为八方天地的首领。一行行棕榈树下淡蓝的雾岚里，听得见他的战车嘎嘎行驶。他的弯刀不时拔出刀鞘，刺入"方向"的胸膛。他的箭壶里装着取之不竭的神箭。他的脚镫铺着草绿绸缎，头上葱郁密叶的华盖垂着一绺绺金色花的璎珞，身旁立着被擒获的东方女神，含着眼泪，用喷洒过花汁的纨扇为他扇风，手镯上嵌的闪电灼灼闪光。

冬季是吠舍种姓。稻谷熟了，他起早贪黑，收割、打场，忙得不可开交。原野的花篮里盛着绿豆、豌豆、荞麦丰收的喜讯。一群黄牛趴卧在牧场上反刍。场院里竹箩装满粮食。码头上满载的货船即将起航。木轮车在土路上缓慢地行进。家家户户响起舂米的声音，准备欢庆米糕节。

以上谈了三种主要种姓。至于首陀罗种姓，不言而喻是秋季和春季了。前者为冬天后者为夏天提兜拎包。这体现了自然与人类的区别。自然界里，侍奉意味着美，谦恭是光荣的同义词。自然的殿堂里，首陀罗种姓绝不低贱；承担责任者拥有全部饰物。秋天的蔚蓝披巾缀有叶状的金饰。春天芳香的鹅黄纱巾印着姹紫嫣红的繁花。他们穿着多彩的绣鞋在阡陌上漫步,臂钏、耳环、戒指镶嵌着数不胜数的宝石。

至此介绍了五个季节。人们常说一年六季,那纯粹是为了弄双配对罢了。他们不知道单数中酿成自然的千姿百态。用 2 去除 365 天——头两个数字 36,除得尽,最后的小数字 5,可不好摆弄。成双成对的太多了,不免令人厌倦。所以不知从哪儿跑出一个 3 来,撼动一大串 2,奏响乐调繁复的歌曲。宇宙的圣殿里,单数这魔鬼不让偶数的天国昏睡,并破坏仙伎优哩婆湿[1]足铃的节奏。天宫音乐会上调整紊乱的节奏时,韵律的乐趣之泉喷涌而出。

一年分六季当然也是有道理的。吠舍种姓人被踢到三种主要种姓的底层,但他们人数众多,构成庞大的社会基层。从这个角度而言,一年最主要的是秋季和冬季,这两季拥有完满的丰熟。农作物成熟的秘密过程,贯穿所有的季节,表现出来则是在秋冬两季。因而人们视野开阔地观察它们,看到年份的少年、青年、老年的三个形象和成就。它在秋季身着新装,炫人眼目;在雾季遍野显示成熟的刚健之美。冬季它的果实装满家家户户的箩筐。

人们本可以将秋季、雾季、冬季合并为一个季节,没有这样做是因为他们喜欢层次分明地观赏自己的收获。期望的东

[1] 印度古代著名剧作家迦梨陀娑的神话名剧《优哩婆湿》中的女主人公。

西是一个，把它反复抚弄是一种享受。一张票面大的纸币携带方便，换成同样价值的厚厚的一沓，可以得到心理上的满足，故而人们分解了收获的季节。秋季、雾季、冬季里有庄稼的宝库，家庭主妇的寓所由三部分组成。[1]林木的家庭主妇只有内宅、外宅两部分——春季和夏季。法尔衮月芒果树开花，杰斯塔月芒果成熟。春天闻到香气，夏天品尝果实。

一年当中，只有雨季孤单无伴。他与夏季毫无共同之处；夏季贫困，而他富有。秋季的境遇也与他迥然不同。秋季拍卖了全部财物，河流、田野、码头等等全已写在他人名下。债务人大多忘恩负义。

人们从不剖析雨季，是因为无论从哪个角度说，雨季与人的家庭关系并不密切。诚然，全年的水果、作物倚仗他的恩泽，但他并无足够的资财去宣扬自己的奉献。他不像秋季那样在旷野、河埠、果园大肆宣传自己如何慷慨大方。既然不存在直接的施纳关系，人们对雨季便不抱收获的希望了。

雨季是没有需求的季节。实际上，他的一切需求是被音乐、嬉闹、幽暗、光亮、活跃和肃穆掩盖了。在印度，雨天意味着憩息，是赋闲的时光。

印度每个季节都有一两个节日。想看到哪个季节奇妙地占有她的心，就应在音乐里作一番调查，因为音乐泄漏内心

[1]孟加拉地区的住宅分内外两部分，这里的三部分是指秋季、雾季、冬季。

的隐秘。

严格地说，只有春季和雨季拥有乐曲。在音乐典籍里，可以为每个季节提供乐曲，那是理论上的认识。至于广为流传的，我们知道，春季有帕桑特调和巴哈尔调，雨季有梅格调、穆拉尔调、德斯调等等。在歌曲的村庄举行选举，雨季必定大获全胜。

诗魁迦梨陀娑迎接雨季，为雨季戴上他的曼达格朗特韵律的永不枯萎的花环。❶一些平日忙碌的人揶揄那是无稽之谈。在他们看来，云纱飘拂、雨铃叮当的月份，脱离了一切事情的束缚。它凉荫遮盖的时辰的篮子里，装的尽是闲话的物品。他们的想法并不荒唐。假如人们冲出杂事的圈子，在臆想的天宫赢得席位，畅饮闲聊的美酒，而雨季这仙童在棕色发髻上挂着素馨花花串，负责往他们的玉盅里斟酒，那么，让我们欢迎乌黑的雨云，对它致以崇高的敬意！那么，来吧，所有的闲人，所有富于幽默感和想象力的人！雷雨的长鼓已经敲响，来吧，所有热血沸腾的人，远处传来了狂舞的号召！饱含人世千古离愁的泪泉已开始奔流，冲决重重阻碍，来吧，忠贞的情女，家务事的小屋已经上锁，通往集市的路上杳无人影，在道道闪电的陪伴下上路吧！从花香浮荡的林地，湿风带来了消息：绿荫

---

❶指迦梨陀娑的名诗《云使》。

斑驳的藤架下，坐着世代苏醒的期待。

白开元　译

说 春

〔英国〕约翰逊

眼前，每块土地，每丛树林都
　是碧绿一片，
眼前，柔美的大自然最漂亮的
　面孔已经显现。

——厄尔芬斯通

每个人对自己的现状都会很不满足，多少总要驰骋幻想去寻找未来的幸福，而且，会凭借解脱眼前困惑他的烦恼，凭借他获得的利益，去把握时间以谋求改善现状。

当这种常常要用最大的忍耐盼来的时刻最后到来时，幸福却往往并不降临，于是，我们接着又以新的希望来自我安慰，又用同样的热望翘盼未来。

如果这种心情占了上风，人们就会把希望寄托在他难以企及的事物上，而也许就真会碰上运气；因为他不是仓促从事，并且，为了使幸福更加完善，他还会注意采取必要的措施，等待幸福时刻的到来。

我很早就已经认识了一位有这种性情的人，他迷于幸福的梦想中，这给他带来的损害要比妄想通常产生的损害少得多，同时，他还会常常调整方案，显示他的希望之花常开不败，也许不少人都想知道他是用什么方法得到如此廉价而永恒的满足。其实他只是把困难移到下一个春天，他于是得到了这种暂时的满足；如果他的健康可以得到补偿，那么春天就能补偿；如果因价格昂贵而买不起他所需要的东西，那么，在春天，这种东西就会跌价。

事实上，春天悄然来到却往往并无人们所想象的那种效益，但人们常常这样肯定：可能下次会顺利些，不到仲夏很难说眼前的春意就令人失望；不到春意了无踪迹的时候，人们总是经常谈论春天的降临，而当它一旦飘然离去后，人们却还觉得春天降临。

同这样的人长谈，在思索这个快乐的季节上，也许会感到极大的愉快。我满意地发现有很多人也被同样的热情所感染（这样比拟是无愧的）。因为，我相信，岂有优秀的诗人面对那些花瓣，那阵阵柔风，那青春的颤音而不显露他们的喜爱？

即使最丰富的想象也难以包容那金色季节的静穆与欢欣，而又会有永恒的春天作为对永不腐朽的清白的最高奖赏。

的确，在世界一年一度的更新过程中，有一种莫可言传的喜悦展现出无数大自然的异宝奇珍。冬天的僵冷与黑暗以及我们眼见的各种物体所裸露出来的奇形怪状，会使我们向往下一个季节，既是为了躲避阴冷的冬天，也是因为喜欢晴朗的春天；温和的景色把每一朵含苞的花带入我们的眼帘里来，我们就把这花当作报春的使者，认为它在通知我们：更加愉快的日子就要到来了！

春天为我们的心灵提供了我们能享受的一切，如此轻松地解除了我们心头的焦虑和感情上的纷扰，可以让我们闲适欢愉。田野和森林的新绿，飘逸着令人沉醉的特有馨香，到处倾泻着的欢乐声；动物因食物增加和天气温和显然都十分喜悦；赋予整个大地一副快乐的神态，从大自然的微笑中，显露出来。

然而，也有一些人并不喜欢这阳春烟景，他们匆匆掠过了千姿百态的乡间秀色，而把时光和思想耗费在牌戏、集会、酒馆、聊天上。

当一个人不能忍受与别人相处在一起的时候，总有某种不正常的情形，这是不带欺骗性的，想要求得解脱，或者因为他厌倦人生，万念俱灰，这种由外力推动而非意向转移产生的心情，肯定是借助于外来事物，也许因为他害怕某些不快闯入心里，力求避免失败的记忆，对灾害的恐惧，或某种更悲惨的思想。

那些被悲哀夺去沉思乐趣的人们，可以适当地专心于有趣的消遣，如果这些消遣无害的话；那些害怕未来痛苦而导致不幸的人们，必须努力清除这种危险。

走笔至此，我应当转到那些成为他们思想负担的事物上来，因为他们需要的是值得回忆的目标。大自然的神秘虽已展露，但他们并未得到什么快乐和教训，因为他们永远也无法学会识别那些特征。

一个德国作家发挥了这种似非而是的说法：懂得走路的人不多，的确，有不少人并不懂得带着愉快的希望去散步，他们待在家里，心情相同的伴侣好像就已给他们提供了散步的快乐。

有些动物从接近的物体上借来某些颜色，但偶一改变位置，就变了色调。同样，每个人也应当尽力去感受自己周围的事物，因为，如果他的注意力始终固定在某一地方，一旦变易位置，就看不见新目标。心灵应当向新思想敞开，要从旧思想的控制下解放出来，因为旧思想容易导致消遣方面。

一个已习惯于以新事物自娱的人，会在大自然的产物中找到无穷无尽的物质蕴藏，而不会遭人妒忌或怨恨。某些艺术作品，即使已有定评，缺点依然在所难免！但人们常期望找到新理由去崇拜天下的权威，也有人希望能利人利己。毫无疑义，很多蔬菜和动物可能都有起巨大效用的特性，但是，他不必穷究精研，只要做到常规实验和密切注意就足够了。化学家们有关他们可爱的汞所说的一切，就汞的整个形成而论，也许人人都相信是确切的，但假如在它上面要消耗千万条生命，那么汞的一切化学性质就很难发现。

人类应该具有各种不同的趣味，因为生活赋予并需要如此众多的乐趣，它既不希望，也不要求我们都是博物学者，但是，假如给那些不健康、不舒坦并缺乏充分快乐来源的人指出一种新鲜的消遣方法，是不适当的，向那些每天都感到负担沉重的人说还有很多他们从未见过的东西，也是不切实际的。

对大自然的作品增强了好奇心的人通往幸福的途径便多，因此，我要把青春的沉思奉献给读者中的年轻人，要他们原谅我要求他们立刻去利用一年的春天，利用生命的青春；当那些新鲜影像深深印在他们的心灵上时，就要去热爱天真活泼的欢乐，并且有一种追求知识的热情，而且，要记住，枯萎的春天会造成荒年；要记住，青春的花朵，虽说美丽愉快，但也不过是大自然早已安排妥当，要为秋天的果实所做的准备而已。

黄绍鑫　译

春天

〔法国〕纪德

从前(我说的是我年轻的时候),情况可不是这样。

那时,我们不会容忍冬天假装退场,然后当一切已布置停当,准备把新的明媚春色搬上舞台时,它突然卷土重来,重新登台。在我年轻的时候,冬去春来,人人心中有数。兰波就能够写道:“欧夏莉告诉我,春天到了。”这之后,就再也不需要生暖气了。不像如今,演员连自己扮演什么角色都闹不清,结果就乱演一气。十年或十五年以来,春天就没有成功地出过场。大家眼巴巴盼望开演,可是什么也没准备好。刺骨的寒风从娇嫩的新叶上刮过。果树花开得太早,它们等待天空接台词,等待和煦的微风,却空等了一场;蜜蜂都给冻僵了,授粉因此受到影响。人们嘀咕道:“看来推迟了。”于是又陷入了沉思默想，或重新埋头读书。可是，不管怎么说，戏已经开演。人们从书本上抬起眼睛向外望去，却遗憾地看到，性急的植物只顾演它自己的，对整个戏班子里其他人姗姗来迟，还没登台，似乎并不怎么在意。

在我年轻的时候，冬天是倒退着离去的，一步一步让出自己的位置。它终于说完了最后一句台词。太阳是可以信赖的，植物的液汁可以放心地上升，饱满的花蕾可以放心地绽放。如果说，春天来迟一点我们还可以接受，那么它这样犹犹豫豫，在与严冬的搏斗中丧失了自己的从容和妩媚，变得都叫人认不出来了，这令我们实在无法接受。一看这阵势，我就知道今年又要发生什么情况了：夏天像紧贴在冬天屁股后头来到了。

至少今年，我在回巴黎去领略那料峭的北风和愁容不展的天空之前，先让奥林匹斯山那美丽的废墟半掩在花丛里了。我恋恋不舍地离开希腊，穿过南斯拉夫，心情异常兴奋，一路观赏一丛丛的野丁香，各种各样的果树，诸如樱桃树和梨树；它们在风中摇曳，显得那样天真烂漫，这里那里间杂一棵妖艳的桃树，全都比我记忆中它们应有的模样美丽得多。水边还生长着一种黄色的花，一朵朵特别大，形状像阿福花，我还不认得，真想知道它的名字。

春天的形象是由许多回忆叠印形成的。对我来讲，过去的回忆现在又加上了雅典那些优美无比的公园留下的印象：

儒岱公园里一条小径,两边的绿树搭成一条拱形长廊,还有一块宽阔的空地,整个儿覆盖在芬芳的紫藤花下,四周有不少长凳。许多清闲无事的人,来这里坐上个把钟头,谛听鸟儿歌唱,把阿尔巴尼亚被占领的现实忘到脑后。

我不记得自己小时候对春天是否很敏感。我想,在小孩子眼里什么都是新鲜的,因此奇迹也就不会使他们格外吃惊。人生的春天是伴随着少年时期的到来而开始的。当心里充满朦胧的爱情,同时抱着保持贞洁的决心,而肉体产生阵阵骚动不安的欲望时——只有这时,人才明白奇迹般的春天到来了,禁不住独自暗暗体味。是的,要对春天敏感,就得有某种默契,自己也得投入进去。这时,黎明时分听见乌鸫啼啭,少年突然战栗一下(那时我与母亲住在科马耶街,我的卧室窗外是一个幽深的花园)。他听见自己的秘密突突直跳,心想这一下可泄露了,不禁双颊绯红,过了一会儿才放下心来:全城还在梦乡中呢,只有他自己一个人听见,这仅仅是乌鸫和他之间的事情。及至成年男子醒来时,就听不见鸟儿啼唱了。

(那之后不久,我去卡尔瓦多斯省度复活节假期……)凡是不曾在黎明之前起身的人,对春天里带着瑟瑟的颤抖、模糊的沙沙声和絮语溜进荆棘丛的东西,都一无所知。兴奋的少年受到莫名的骚动折磨,离开暖和的床铺,去寻觅秘密的钥匙。这时,东方的天边现出了鱼肚白。他像一个越狱的囚犯，溜出自己的卧室，在还黑糊糊的走廊里摸索前进，蹑手蹑脚地走下楼梯，小心翼翼避开一踩就会吱嘎响的梯级，生怕把母亲惊醒。他拔掉门闩，打开大门，就到了辽阔的晨空底下，只身一人，欣喜若狂，手舞足蹈；他穿过庭院的脚步轻极了，脚下的沙砾几乎没有发出任何响声。他沿着林间小径，跑进林子，仰起头接受树枝上摇落下的朝露。他似乎与野兽串通好的，狍子见了他不逃走，松鼠躲到树后面和他闹着玩。他走到林子边缘，在湿漉漉的休闲地里，看见发情的公野兔和母野兔在嬉戏。他如痴似醉，抬头望一眼父母还未睡醒的住宅，听见远处响起了晨钟。

自那之后，我见过摩洛哥平原上开满橘黄色的金盏花，蓝色的旋花和争奇斗艳的其他许多花，真是万紫千红，美不胜收。在康塔拉的棕榈树下，我见过高高的棕榈枝叶之下，杏树繁花似雪，引来成群嗡嗡的蜜蜂，而杏树下是大麦田。我见过布利达赫公墓(咳！那地方现在成了一座兵营)遍地玫瑰盛开，它的圣林里鸟鸣喈喈。我在康复期间经常去那里，觉得整个大自然和我一样，终于摆脱了冬眠，正在苏醒。我见过伦巴第平原绽露最初的笑容，见过罗马和佛罗伦萨处处是鲜花……

几年前，我去阿尔卑斯山区高原上，想观看在阳光最初的爱抚下生命最初的悸动。可是我到得太早。光秃秃的草地上，融化的雪水形成了小小的湖泊，倒映着苍劲的冷杉和枯瘦的落叶松。一丛丛欧石楠,看上去只有等待死亡了。什么都没有准备好,大自然还在赌气呢。仿佛适值幕间休息,我处在正换布景的舞台上。这舞台上的东西被幕布挡住,等待锣响的观众看不见,却给我冒冒失失闯上来看见了。那一丛丛去年的枯黄的蕨草,还带着冬天的潮湿没有吹干,令人不禁联想到正在搬家的房子里,地板上凌乱地扔着发霉的草垫子和脏兮兮的拖布;那种擦地板的拖布,我想是叫做粗麻布拖把吧。我回转身离开那里,想去更令人愉快的地方。刚离开那座死气沉沉的森林,爬上一座小丘,一块空地突然映入眼帘,还散布着大片未化的残雪,却有许多小小的番红花,洁白、柔软、娇嫩,迫不及待地要发表它们的意见,不顾自身的脆弱,从厚厚的、软绵绵的苔藓下冒了出来。我感动得直想流泪,因为在死亡的包围下重申对生命的热爱,是再感人不过的。同样,在荒凉的沙地里,淡紫色的、挺大株的列当,也出乎意料地显示出令人信服的生命力。去年春天在奥林匹斯山的废墟上也是这样。

记得……过了图古尔之后,我们骑着马,行走了好长时间,越过一座座寸草不生的沙丘,向一座贫穷的村庄走去。那个村子里只有几座低矮的、沙子色的房屋,似乎对季节的交替无动于衷。村子中央是一所伊斯兰学校,全村为数不多的阿拉伯人,看来都过着十分悲惨的生活。他们大概都是一些隐修士,只与真主保持着联系。一位隐修士把我们引进一个内院。院子里没有一点阴影、一丝凉风，但当间却辛勤、仔细地培植着一株很娇弱的灌木，在季节的催促下，居然开了几朵花，尽管周围全是光秃秃的。我们指着那几朵芳香的花，引路的阿拉伯人感动地露出了微笑，简单地说道："茉莉花！"我们顿时热泪盈眶。

是的，正是所有这些重叠的回忆，在我的头脑里形成了春天抽象的印象。也正是这一切，使我在初春到来之时，总是惴惴不安。我希望能够同时看到所有地方春回大地，所以我无论在什么地方，都感到不太自在，即使在世界上最美丽的花园里，抑或在库韦尔维尔我那座小小的花园里，那园中每朵花我都挺熟悉。一旦气温转暖，天空变得湛蓝，我就希望自己消失在整个大自然之中，被微风带走，无牵无挂，到处飘荡。咳！人永远只能在某个地方，只能是一个人！

春天是一个变化的季节，准备的季节，希望的季节。含苞待放的花蕾和盛开的花朵，欲望和占有，进步和完美，青年和成年，这一切我都喜欢前者。这并不是说夏天有什么令人失望的东西，但这是个达到顶峰的季节，不久就要开始走下坡路了。维克多·雨果说："夏天是窝巢的季节。"那么，春天则是爱情的季节。花如果不与茎连在一起，人一走近就会逃逸，就像昆虫和鸟儿一样，因为大地上的人的本能，至少在他还没有更好地明白自己的作用之前，就是妨碍和惊吓他不想为有用的目的去驯养的东西。人善于掌握一切对自己有用的东西。同时,为了物质方面的利益,唉!人也善于阻碍自己周围的一切东西获得快乐。人开辟的花园很美,而且可以变得更美。可是,人往往又去破坏它们,把它们弄得乱七八糟,完全失去了和谐。假如人能发挥创造精神,保护珍稀的东西——珍稀的东西几乎总是娇弱的——假如人能更尽心尽力地促成他人的快乐,而不是为了建立自己的支配地位,而牺牲他人的快乐,那么"世界的面貌"就可能焕然一新。

可是, 每个春天为我们表现的这种追求快乐的热情,与充分成熟的夏天一样是骗人的。我们看到的得志者,它们与失败者、被淘汰者、没有获得幸福者比较起来,其数目始终是很小的。达尔文对这个战场作了触目惊心的描绘。这个战场就是每一小块土地,而在每一小块土地上,一切生物都必然相互竞争,为了生存、快乐和爱情,残忍地、绝望地相互斗争。在植物界,最强壮、适应性最强者,总是排斥和窒息弱小者,抢夺它们为获得快乐而渴望得到的养料、空气和空间。我们如果不俯下身子去看,根本见不到那些弱小者,看到的都是胜利者。春天,整个大地似乎献给我们一首快乐的颂歌,这是因为我们一直对 Vae Victis[1]这个说法充耳不闻。即使在同一株植物上,在同一棵树上,有多少沉睡的叶芽永远不会苏醒,

---

[1]拉丁文,意为:失败者该死。

有多少花蕾永远不会绽放，有多少花朵永远不会受粉，或者它们试图吸取充分的液汁，却是徒劳，因为液汁被更贪婪、位置更优越的邻居吸去了。在我们的果园和花园里，园丁常常有意地造成这种悲剧，以便培养出更大朵的花，更大个的果，专横地扼杀了其他孪生兄弟姐妹的希望。

在动物界，我们所看到的都是那些幸福的伴侣，其他受排斥、受伤害者都躲藏起来了。某些种类的动物，例如昆虫，我们知道只有百分之一达到交配结合，其他动物则只有千分之一。有时，一个雄性甚至唯恐有失地独霸了一群雌性，其他雄性靠近就要倒霉；当然倒霉的也可能是独霸者。就种类之间而言，即使不是一个种类为了生存而牺牲另一个种类，它们之间也是通过残酷的竞争获得平衡的。这种平衡是经过不断的斗争，即为争夺生存空间和食物而不断进行的斗争获得的。幸福情景的实现，是建立在残废者或弱小者几乎立即被消灭的基础之上。大自然的行为就像大洋洲的某些部落一样。据说那些部落在某些节日期间，让病人和老人爬到一棵树上，然后摇晃那棵树。那些体力衰竭抓不牢的人，就成了牺牲品。这之后，远方来的游人所看到的这个部落，当然是欢乐、强壮的一群。

当然，要从这些情况引出什么教训，那是不谨慎的。况且，我并不是以醒世作家的身份在这里说教。我不是那种时时、处处寻求、汲取教训，却并未因此而变得更明智的人。我也不是说下面这种话的人：

我幻想夏天永远留驻。

我觉得不如勉强将就现有的东西。我从交替变化中比从一成不变中获得更多的消遣和乐趣。赤道地区永恒的夏天令人遗憾，因为它妨碍大地回春。正如圣-阿芒[1]精彩地说的：

在这些地方，
橘子同一天成熟和发芽，
一年到头不分秋冬春夏。

因此，你永远不知道处在什么季节。我喜欢四季分明，不愿让不同类型的东西混淆不清。我在百花间忘掉果实，而把空谈留给冬天。

罗国林　译

[1]法国诗人，1594—1661。

春日迟迟

〔美国〕霍桑

那翘企已久的芳馥春天，尽管迟来几周，终于还是来了，这一来，古宅的檐苔墙莓，处处一派生机。明媚的春色已经窥入我的书斋，不由人不启窗相迎；一刹那，郁郁寡欢的炉边暖流与那和畅的清风顷刻氤氲一处，几给人以入夏之感。窗扉既已洞开，曾经在淹迟冬月伴我蛰居斗室之内的那一切计数不清的遐思逸想——浸透欢戚乃至古怪念头的脑中异象，浥满朴实黯淡的自然的真实生活画面，甚至那些隐约于睡乡边缘、瞬息即逝的瑰丽色泽所缀饰成的片片梦中情景，所有这一切这时都立即逸出，消释在那太空之间。的确，这些全都让它去吧，这样我自己也好在融融的春光下另讨一番生活。沉思冥想尽可以奋其昏昏之翅翼，效彼鸱鸮之夜游，而全然不胜午天的欢愉阳光。这类友朋似乎只适合于炉火之畔与冻窗之旁，这时室外正是狂飙啸枝，冰川载途，林径雪封，公路淤塞。至于进入春夏，一切沉郁的思绪便只应伴着寒鸟，随冬北去。于是那伊甸园式的淳朴生活恍若又重返人间：此时活着似乎既不需思考，也毋庸劳动，而只是熙熙和和，怡然自乐。除了仰承高天欢笑，俯察大地苏生而外，此时此刻又有什么值得人去千辛万苦经营？

今年春的到来所以又是步履疾迅，主要因为冬的延稽过久，这样即使兼程退却，也早超出其节令期限。不过半月之前，我还在那饱涨的河边见着巨块浮冰滚滚而下。山腹个别地带而外，眼前茫茫大地覆雪极厚，其最底层尚是去年十二月间雪暴所积。骤睹此景，几乎令人目呆，不解何以这片僵死地面上的偌大殓布方才铺上，便又撤去。但是谁又能弄清那阳和淑气会有恁般灵验，不管它是来自周遭的岑寂物质世界，还是人们心底的精神冬天？实际上，多日以来，这里既无暴雨，也无燥热，只是好风南来，不断吹拂，而且雾日晴天，都较和煦，另外间或降场小雨，但其中总是溢满幸福欢笑。雪仿佛在幻术下已经突然隐去；密林深谷之中虽然难免，但是眼前只剩下一两处还未消净，说不定明天再来，还会因为踪影全无而感到怅惘。的确，新春这般紧逼残冬，以前还未见过。路边的小草已经贴着雪堆钻出头来。牧场耕地一时还没有绿转黄回，完全变青，但也不再是去年深秋一切枯歇时的那种惨淡灰暗色泽；生意已经隐隐欲出，只待不久即将焕发成为一派热闹景象。个别地方甚至明显地绽露出来——河边一家古旧红色农舍前面的果园南坡就是这样——那里已经是浅草茸茸，一色新绿，那光景的秀丽，就是将来繁花遍野，也将无以复加。不过这一切还大有某种虚幻不实之感——它只是一点预示，一个憧憬，或者某种奇异光照下的霎时效果，以致目才一瞬，便又转眼成空，风韵逸去。然而美却从来不是什么幻象；不是那里的点滴苍翠，而正是它周遭广阔的深黝荒芜土地才更能给人携来梦想和渴望。每时每刻都有更多的土地被从死亡之中拯救出来。刚才朝阳的灰色南岸还几乎光秃无物，但现在已是翠映水堤。再细眄视，浅草也在微微泛绿！

园中树木虽还未抽芽著叶，但也已脂遂液饱，满眼生机。只需魔杖一点，便会立即茂密葱茏，蓊森浓郁，而如今枯枝上的低吟悲啸到时也会从那簇叶中间突然响出一片音乐。几十年来一向荫翳西窗的那株着满苔衣的老柳也必将首先披起绿装。说起柳来，历来总是啧有烦言，理由无非是这种树的外皮不够干净，因而看去每易产生黏湿不洁之感。的确，我常以为，树木要想得人喜爱，必须叶表光滑，皮表爽利，另外木质纹理也都贵乎缜密坚致。然而柳也自有其特长，它总是以它那袅娜轻盈的风姿最早就将美的希望与现实像喜讯那样携给我们，而最后才把它黄而不萎的叶子撒落地面。另外整个一冬，它们那蔫黄的丫杈之上总是晴光如炽，因而即使是最凄其晦暝的天气，也都予人以一种欣欣之感。遇到雾雨云天，柳会令人忆起可爱阳光。我们古宅的郁郁园柳如果齐被砍掉，以致冬天它们的雪顶再无灿烂金冠，夏日周围也无参天翠黛，那时将会失去多少风韵。

我书斋窗下的淡紫丁香同样也已开始生叶；不消几天，只要伸出手去就会触着它那最嫩绿的高枝。这些丁香，由于不复年轻，久已失去其昔年的丰腴。从内心，从理智，从常情乃至从爱好讲，我们都已不再满意它们的外观。老年一般受人尊敬，但是联系到丁香、蔷薇或者其他观赏性的花木，便恐怕未必如此；这些尤物，既以美为其生命，便似乎只应活在它们的不死青春——至少在其衰竭到来之前就该及时死去。美的树木乃是天上的圣物，按其生性本应不死，但是后来移到人间，也就不免要失掉其原有权利。一丛丁香竟然活到老迈不堪，辈分高高，这事本身便有几分滑稽可笑。这一比譬似乎也同样适用于我们人生。那些风致翩翩，生来便仅为给整个世界添色增美的人，按理也合应早些死去，而不该活到鬓发苍苍，皱纹满脸，正如我窗下那丛丁香不该苔皮厚厚，萧索枯萎。这倒并非是说在价值上美将逊于不朽。不，美应永远存在下去；也正为此，所以每当我们看到美被时间战胜，便将产生不快之感。另一方面讲，苹果树却可以活至老耄而不致遭到物议。它们完全可以爱活多久便活多久，也尽可以将其自身盘曲虬蟠得全然不成形状，然而霜皮瘦枝之间，却又红花着梢，夭夭灼灼，一树春色。它们尽可以这样一副模样而仍不失人的尊重，尽管收成时节，结果寥寥。这不多的几枚果实——或者仅是它们毕竟结过这点微弱回忆，至少总算是对世俗之于长寿者们的历来无情要求有了几分交代。看来人间的花木要想在世上享有寿数，除了开花应该美丽之外，还必须结出一定数量的果实，以服众口；否则仅具莓衣苔皮之类，而再无其他，则于合宜一端，势将人情天理，两难相容。

严冬的广大雪毡一旦撤去，这时最触目惊心的便是那暴露在眼前的种种污秽杂乱。依我们的偏见看来，自然也并非生性好洁。去岁的物华芳菲，如今因已转成奇形异状，一片灰暗，势不能不影响到眼前的明媚风光。路边道周，去秋的败叶到处成堆，其中甚至不乏狂飙摧折的整条断枝，如今早已霉黑腐烂，一两处还有鸟的残巢留在上面。至于花园之内，豆蔓的卷丝，笋圃的枯根更是随处可见，有些白菜甚至因为秋收人的大手大脚而被活活冻毙在那泥土里面。真的，通观世间万物的全部生命形式，死的遗迹在它们当中竟是何等的错杂一处和很少例外！无论是思想的壤土，还是心灵的园圃乃至感官的世界里面，都往往有枯叶残存下来——那些我们已经弃置不顾的思绪感情。天风既无力将它们驱出世外，大地也不能把它们收入虚无。但是这些对于我们又有何意义？为什么我们的生活与乐趣便不能是另外一种样子？因而我们的今生亦即人类的初生，我们的欢乐恍若他们的欢乐，于是再也无须在那些世代的旧物堆上(尽管从那里面也曾焕发出不知多少美丽神奇)践踏着朽骨而生存,步履着遗迹而作乐。想来那伊甸的春天必曾是无比的美妙,那里纯洁的处女地上绝无陈年积月的旧日宿叶去传播腐烂,初民的浑朴心中也不知将那过时的经验弄成盛夏,弄成残秋[1]!那个世界才真真值得一活。——啊,你这牢骚大家,恐怕正是因为此生此世过于繁缛华茂和撩人心意,你才编造出这么多的无聊埋怨来吧。说是那里没有腐朽。那里的每个灵魂都是他自己伊甸园中的第一初民。——但是我们呢?我们则是居处于一所苔痕密布的古老宅邸,履践着往昔历代的旧日足迹,而与共朝夕的侣朋则是一名死去牧师的孤寂亡灵[2]。然而言之可怪,所有这一切反常的情况却因了精神的康复之力而被弄得未全虚幻。设使人的精神何时失去了这种力量——亦即设使这些枯枝、腐叶、古宅以及旧日的鬼魂一旦全都返回它们的当年面目,而今天的翠绿青葱反而成了它们的破碎梦影——但愿那时这种精神不必再长留在我们尘世之中。那时或许唯有天上的清氛能再振起它那泰初之时的浑然元气。

然而从这里黑楸与冬青树下的园中甬道面一跃驰入那无极太空,这又会是何等出人意料的非凡飞行[3]!且让我们暂

---

[1]指对前人经验的随意张大或贬抑,有乱加篡改,损益任情之意。
[2]这里亡灵指这座宅院的已故主人吕伯莱牧师,详见前篇。
[3]飞行指上面说的返回到人类初期的伊甸仙园。

时脚踏实地吧。这个花园虽然平常，草在这里却长得很快，石墙脚下，屋角隐处，都已丝丝冒出，特别在那朝阳的台阶地方，也许因为条件优越，已经是细草芊芊，迎风摇曳。我观察到，有些杂草——尤其是一种沾指即染上黄色的——竟然汁饱叶鲜，经冬都未死去。我说不清何以它们独能免遭其同族类的命运而幸存下来。如今它们既已成了长老耆宿，自不免要对其花草儿孙讲点死生道理。

说起春天的赏心乐事，我们又怎能忘记禽鸟？就连乌鸦也会受人欢迎，因为它们正是更多美丽可爱的羽族的乌衣信使。它们在融雪之前便已经前来看望我们，虽然它们一般喜欢隐居树荫深处，以消永夏。我有时也去打扰它们，但见到它们高栖树端的那副如做礼拜的虔敬神情，确也不无唐突冒犯之嫌。偶然引颈一鸣，那叫声倒也与夏日午后的岑寂无比相合，其声大而且洪，且又响自头顶高处，非但不致破坏周遭的神圣肃穆，反会使那宗教气氛有所增加。然而乌鸦虽然一副道貌和一身法衣[1]，其实却并无多大信仰；不仅素有剪径之嫌，甚至不无渎神之讥。相比之下，在道德方面鸥鸟倒是更为可尊。这些海滨岩穴中的住户与滩头上的客人正是赶趁这个时节翔来我们内陆水面，而且总是那么轩轩飘举，奋其广翼于晴光之上。它们在禽鸟之中最是值得一观；当其翔驰天际，

[1]耶教僧侣一般着黑色服装，故有此喻。

那浮游止息几乎与周遭景物凝之一处，化为一体。人的想象不愁从容去熟悉它们；它们不会俄顷即逝。你简直可以高升入云，亲去致候，然后万无一失地与它们一道逍遥浮游于汗漫的九陔之上。至于鸭类，它们的去处则是河上幽僻之所，另外也常成群翔集于河水淹没的草原广阔腹地。它们的飞行往往过于迅疾和过于目标明确，因而看起来并无多大兴味，不过它们倒是大有竞技者们的那副死而无悔的拼命精神。此刻它们早已远去北方，但入秋以后又会回到我们这里。

说到小鸟——亦即林间以其歌喉著称的鸣禽，以及好来人们宅院，好在檐前园木筑巢因而与人颇为友善的一些鸟类——这些要想写好，那就不仅需要一支十分精致之笔，而且一颗饱富同情的心。它们那些曲调的猝发简直仿佛一股春潮从那严冬的禁锢之下骤然溃决出来。所以把这些音籁说成是奉献给造物者的一阕颂歌，确也不为言之过高过分，因为大自然对这回归的春天虽然从来不惜浓颜丽彩多方予以敷饰点缀，但在凭借音响以表达生之复苏这番意思上却是不出鸟声一途[1]。不过，此刻它们的抒放还仅仅带点偶发或漫吟的意味，尚非是刻意求工之作。它们只是在泛泛论着生活、爱情以及今夏的栖处与筑巢等问题，一时还不暇稳坐枝头，长篇大套地谱制种种颂歌、序曲、歌剧、圆舞或交响音乐。其间急

[1]比较我国的“以鸟鸣春”的话。

事也常提出，大事也常通过匆忙而热烈的讨论，加以解决，但是偶然情不自胜，一派秾郁繁富的细乐也会嘤然逸出，恍若金波银浪一般的滚滚流溢于天地之间。它们的娇小身躯也像它们的歌喉一样忙个不了；总是上下翻飞，永无宁日。即使是三三两两飞避到树梢去议论什么，也总是摇头摆尾，没个安闲，仿佛天生注定只该忙忙碌碌，因而其命虽短，所过生涯却可能比一些懒人的寿数还长。在我们所有的禽羽族中，那名叫燕八哥的（其中两三个细类似乎颇能相得）也许是最喜鼓噪的一种。它们往往成群结伙（比那因了鹅妈妈❶而永垂不朽的那“二十四位”还更享名），啸聚树端，而那喧嚣吵闹的激烈实在不亚于乱哄哄的政治议会。政治当然是造成这类舌战激辩的主要原因，不过与其他的政客不同，它们毕竟还是在彼此的发言当中注入了一定的乐调，因而总的效果倒也不失和谐。然而在这一切鸟语之中，听起来最使我感觉优美欢快的再无过于一座高大堆房（尽管那里面阳光微弱，并不明亮）里的燕子呢喃；那沁人心脾的感染力量甚至超过红脖知更。当然所有这些栖居于住宅附近的禽羽之族仿佛都略通几分人性，也多少具备一点我们的那个不死的灵魂。早晚晨昏之际，我们都能听到它们在吟诵着优美祷文。仅仅不久之前，当那

❶鹅妈妈为伦敦于1697年间出版的一本童话中的借托叙述者。书中所收童话大多自17世纪法国诗人查理·贝克特的作品转译而来。至于“二十四位”指其中一篇里的乌鸦，它们一共二十四只，胜喜鼓噪生事，经常啸聚林间，极喧嚣吵闹之能事。

夜色还是昏昏，一声浏亮而激越的嘤鸣已经响彻周遭树端——那音调之美真是最适合去迎接绛紫的晨曦和融入橙黄的霞曙。试问这小鸟何以要在午夜吐放出这般艳歌？或许那乐音是自它的梦中涌出，此时它正与其佳偶双双登上天国，而不想醒来，自己不过瑟缩在新英格兰[1]的一个寒枝之上，周身全被夜露浸透，以致不胜其幻灭之感。

昆虫也是春的最早产物。许多我完全叫不上名字的小虫早已蠕蠕雪上。不少肉眼难辨的细物正在晴光之下嗡嗡嘤嘤，密如雾霭，不久飞入暗处，又恍被吞噬，渺不可见。蚊蚋已经开始奏起它们那生人微怖的细弱号角。黄蜂也在纷纷袭击着晴窗。蜜蜂还曾闯入室中，来报花信。蝴蝶甚至在雪消之前便已飞来，但寒风之中实在不无伶俜索莫之感，尽管一身彩衣，萦金缭碧，富丽非凡。

田野林径之间一时还春色不浓，少人光顾。日前外出时，一路之上还见不着紫堇银莲，或者其他一些像样花草。但是去登登对面小山，以便辨识一下春的足迹，还是完全值得。我自己便一直在追踪着它的一切微细变化。周围河水一道，蜿蜒作半圆形，所经草地因过去悉属印第安人，此水至今犹仍其旧名[2]。然而那里地卑水阔，日照之下，大有浮光耀金之感。近岸一带，成行树木几半浸水中，稍远，但见灌丛处处，簇出

---

[1]泛指美国东北六州之地。
[2]河的名称不详，也有可能指康河的一条支流亚沙白溪。

水面，仿佛在仰首吸气。其中最奇特的是一些零星巨树，孤立于死水之中，水面也较宽阔，广袤可数哩许。一些树身由于浸水过深，尽失其比例匀称之美，见后始知其天然形状之可爱可贵。今年春汛期间，河水虽未泛滥成灾，但是浸地之广，也为近几十年来所仅见。事实上它已漫过石栏，致使公路个别地段几可荡舟。不过此刻已见退势，水中孤屿渐与大片土地相连，其他一些汀渚也慢慢冒出积潦，仿佛前所未见的新造之陆。眼前种种实在酷似尼罗河畔的退水情景——除了没有那种黑色沉积，另外也恍若诺亚时代的滔滔天水[1]，所不同者，这些重见天日的陆面之上到处洋溢着一派盎然生意，因而给人的印象仿佛一切概出新造，而非因为浸淫陷溺过久，非洪水不足以尽洗其污秽。这些新出水的岛屿实在是整个景物中最青葱的部分，只需那融和的春光一到，登时便将绿满郊原。

感谢上苍给了我们春天！试想整个大地——还有人类以及与他们息息相关的旧地故乡——又将是怎么一副模样，如果生命只是这般孜孜矻矻，一刻不停，从来没有任何新的东西定期来复，以便给它注入一点蓬勃生机？难道这个世界真会变得完全不可救药，以致连春天也不能给它携来一丝新

---

[1]据《圣经》记载，人类传至诺亚时期已经相当繁庶，但却放侈邪辟，不知敬神，罪孽深重，不可救药，深触上帝之怒，因遂决定降落洪水，以尽灭世人，独诺亚一家以虔诚故，幸得保全。事见《圣经·创世记》6至9章。

绿？难道人们也都变得那么衰朽不堪，以致他们青春时代最微弱的阳光也永远不再射入心扉？绝不会的。我们这座古宅的墙莓阶苔此刻已是一片烟景；曾经在这里居住过的慈祥牧师不也是在此处重返其青春，在这骀荡的春风里成为九十之童吗？不论年老年少，如果一个人竟然连这春天的欢乐活泼也都一概摒弃不顾，这个人的灵魂真将是槁木死灰，哀莫大焉！对于这样一副心灵，我们不仅万难寄予重整乾坤之厚望，也无从邀得对那些为了崇高信仰与正义事业而英勇奋战的人们的些微同情。说到我们的一年四季，夏天总是但以眼前为务，而不思将来；秋天富饶丰赡有余，但过趋保守；冬天则已完全丧失其美好理想，只知在瑟瑟的寒风之中重温其往日迷梦；因此唯有春天，那生意盎然的春天，才是这变动不居的序时之中的最好时节。

高健　译

常风　校

春之先驱(外二篇)

〔日本〕岛崎藤村

每下一场雨,温暖便增加了几分。从二月下旬到三月初,樱树和梅树的蓓蕾次第打苞儿。背阴的雪渐渐融化,灰色的地面呈现出黄色来。春雨喜降之后,湿漉漉的梅枝泛着新红。草屋顶上长时间埋在雪层里的青苔骤然返青。温馨的风吹拂着,青空的颜色也逐渐加浓。那像羊群一般变幻莫测的白云和黄云,宛若春之先驱,乘着微风飘飞。

我对着饱含春之光辉的西南天空,留心眺望这些云彩。猛然间,云层出现了,渐渐地扩大,变长,眼看着向南流动,随后便消失了。这时,第二朵云层又在同一位置出现了,一样地层开。柔和的乳白色的天空里,白云带着些微灰色的影子,远远地飘浮。这景象实在美极了。

第一朵花

“再热再冷到彼岸”[1],这是当地人常说的话。听到“彼岸”这个词儿,心里轻松多了。我感到五个多月漫长的冬天就要过去了。直到这个时节,槲树没有落叶,石楠树也带着坚实而硕大的蓓蕾,在风雪之中挺立过来了。这些树木便是逝去的季节的一个小小的纪念。

我们从学校教室的窗户所看到的樱树,枝枝干干都泛着艳红的颜色。回家向庭院里望去,苹果和柿子映着围墙,那无限的情趣看也看不够。气候变暖了,羽化的飞虫早已在檐下集结成群。我曾向你介绍过这里的杂草,三月的石垣缝里,长出了黄狼子草、小豆草、蓬艾、蛇草、人参草、鸡儿肠、大小米荠菜和其他数也数不清的草类植物。三月二十六日这一天,我又看到石垣的泥土里,长出了又白又小的荠菜花和带着紫斑的无名的草花。这是我在山上看到的第一朵花。

山上的春天

贮存的青菜吃光了,葱和马铃薯之类也很少了。新鲜的蔬菜上市尚有一段时间。这时节,每天早晨只能喝些裙带菜

---

[1]“彼岸”指春分或秋分前后的一段时间,过了“彼岸”,天气就会转暖或变凉。

酱汤。春雨晴明的早晨，青烟沿着家家户户的土墙爬行，看到这种情景，想到天气就要和暖起来，但食物的匮乏，又令人徒然叹息。论起那满是油气的冻豆腐，看到挂在墙上的黄色的豆腐块儿，又使人大为扫兴。“买草饼啰——”淡雪的道路上，女人踩着水渍渍的地面走动着。听到她的叫卖声，令人欣喜。

三月末到四月初，到你居住的城市去了一趟。回到山上时，感到气候相差实在太大了。在东京时，正是樱花时节，乘火车经过上州一带，那里的梅花正开，等到翻越过碓冰山口，轻井泽还是一派冬天的景色。我在山上看到的春天姗姗来迟。当我用同一双眼睛，从车窗眺望武藏野的遗迹时，我不能不想到：“啊，下起了轻柔的细雨哩！”不过，小诸不像轻井泽那样冷，火车驶到这里，可以看到干枯的田野里骤然间萌出了小麦。枯黄的旧叶和青郁的新叶交混在一起，远远望去非常好看。

打从四月十五日起，我们就能欣赏到繁花似锦的世界了。憋足气力的梅花到那时一起开放，紧接着是樱花。樱花之后是李、杏、茱萸，雪白的花朵在我们周围争奇斗妍。打开厨房的门，走进庭院，无处不充溢着花的香气。我带领学生来到怀古园，春天虽然短促，但春深四海，它使我们的心儿都陶醉了……

陈德文　译

春将至

〔日本〕井上靖

过了年，把贺年片整理完毕，就会感到春天即将来临的那种望春的心情抬起头来。

翻看年历，方知小寒是 1 月 6 日，1 月 21 日为大寒。一年中，这时期寒气最为凛冽。实际上日本列岛的北侧正被厚厚的积雪覆盖着，南半部的天空也多是呈现着欲降白雪的灰色。当然也有时遍洒新春的阳光，却不会持久，灰色天空即刻就会回来，寒气也相随而至，不几天即将降雪吧。

严冬季节，寒气袭人，理所当然；在这种情况中等待春天的心情，是任何人都会产生的。不光是住在无雪的东京和大阪，即便是北海道和东北一带雪国的人们，依然是没有两样的。总之，生活在全被寒流覆盖着的日本列岛的一切人，不管有雪，抑或是无雪的地方，只要新年一过，都会感到春日的临近，而等待着春天。

我喜爱这种等待春天的心境。住在东京的我，尽管是很少，但也能捕捉到一点春天的信息。今晨，从写作间走下庭院中去，只见一棵红梅和另一棵白梅的枝上长满牙签尖端般小而硬的蓓蕾。

我的幼年在伊豆半岛的山村度过，家乡的庭院多梅树，初春季节齐放白英。没有樱树，也没有桃树，只种了一片小小的梅林。也许是由于幼年时代熟悉梅树，直到过了半个世纪的现在，依然喜爱梅花。梅花，对于我，已经成为特殊的花。

如今，故乡家院里的梅树减少了，而且年老了，已经看不到幼年时代那种纯白的花朵。即使同是昔日的白花，却略含黄色，并不像《万叶集》和歌中吟咏的酷似雪花的那样洁白了。

> 今朝春雪降，洁白似云霞；
> 梅傲严冬尽，竞相绽白花。(8–1649)[1]
> 犹如观白雪，缓缓降天涯；
> 朵朵频飞落，不知是何花。(8–1420)

[1] 8–1649，8 为《万叶集》的卷数，1649 为其歌号。下同。

前一首的作者是大伴家持，后者是骏河采女。读了这类和歌，那种纯白的沁人心脾的白梅，立刻就会浮现于眼帘。

故里家中的梅树都已枯老，但东京书斋旁的唯一的一株白梅，却尚年轻，因而花是纯白的。

梅树过早地长出坚硬的小蓓蕾，这个季节可还没着花。正是在这尚未着花的时刻，自然地培育着一种望春的心情吧。水仙的黄花、山茶的红花，恐怕是这个季节屈指可数的花朵了。

去岁之暮接近年关的时候，我瞻仰桂离宫，广阔的庭园里也未看到花开，只见落霜红和朱砂根的蓓蕾，在广阔庭园的角落里，隐约地闪烁着动人的红光。这个季节，仿佛是树木的蓓蕾代替花朵炫耀着自己的地位。

乘此雪将融，会当山里行；
且赏野橘果，光泽正莹莹。(19-4226)

这也是大伴家持的歌。野橘即是紫金牛，我觉得紫金牛的红色小蓓蕾映衬着皑皑白雪的光景，也许确实具有踏雪前去观赏的价值哩。

前面讲过，我喜爱这种在几乎无花的严冬季节等待春天的心情。每日清晨，坐在写作间前廊子的藤椅上，总是发觉自己沉浸在这样的情致之中。眼下还是颗颗坚硬的小蓓蕾，却在一点点长大，直到那繁枝上凛然绽满白花，这种等待春天的情致始终孕育在心的深处。

我出国旅行，总是初夏或仲秋季节回来。当然，也并非出于什么理由做了这样的决定，而是自然而然地形成的结果。然而，如今却想在什么时候，在那春天已经有了信息却难以降临的二月底或三月初，结束国外旅行，重踏日本的土地。那时，我想一定会深刻地感受到日本节气变化的微妙，和随之改换面貌的日本这一季节景物的细致美。

然而，这种等待春天的一、二、三月期间，大气中的自然运行，却是非常复杂微妙，春天绝不是顺顺当当地走向前来的。

小寒、大寒，大致都是一月初或月中，因此，新春一月便是一年中最冷的时节，一直要持续到二月四日的立春时分。当然，这不过是历书上的事，实际上也并不如此规规矩矩。有时小寒比大寒还冷，又有时大小寒都不那么冷，等到二月立春之后，才真正冷上一阵子。不，与其说冷上一阵子，毋宁说这种情形居多。

但是，尽管只是历书上写着，立春这个词，也蕴含着一种难以言状的明朗性。过了年，春天就近了；春天近了，等待春天到来的心情便活跃起来。历书上的立春，使人涌起一种期待：这回春天可真要来了！

实际上，春天总是姗姗来迟，寒冬依然漫长，然而，千真万确，春天正在一步步走近，只是很难看到它会加快步子罢了。这种春日来临的步调，恐怕是日本独有的；似乎很不准确，实际上却准确得出乎意料。

人们都把立春后的寒冷叫做余寒，实际上远远不是称为余寒的一般寒冷。这时候，既会降雪，一年中最冷的寒气也会袭来。然而，即便是这种寒气，等一近三月，便一点一点地减轻，简直是人们既有所感，又无察觉的程度。

不过，即便进了三月，春天依然没有露面。只是弄好了，阳光、天色和树木的姿容，会不觉间给人以早春的感觉，余寒会变成名副其实的春寒。这样，与此同时，连那些从天上降下的东西，那种降落的样子，也会多少发生些变化。那就是“春雪”、“淡雪”和“春霰”。总之，春寒会千方百计改变着态度，时而露出面孔来，时而又把身子缩了回去。

在这样的三月里，有一次寒流袭击了日本列岛的中部，正是三月十三日奈良举行汲水活动的当口。近畿一带，奇怪的是这时节却受到寒流的洗礼。也正在此时，我在东京的家，三月初开始着花的白梅达到盛开时分。每年，当我望见白梅盛开，便又一度想到历书上的记载。于是发现，大抵上相当于汲水日，或在其以前以后两三天，并且就在两三天里气温下降，十分寒冷。我的眼前浮现出，在奈良古寺的殿堂里，松枝火炬照亮黑暗的情景。看来，也许并非照亮了黑暗，而是照亮了寒流。这时节的春寒，确实是不容怀疑的。

白梅是在汲水时节盛开，红梅却只乍开三分。白梅在三月末凋零殆尽，红梅却进了四月，还多是保存着凋余的疏花。在那白梅开始凋落的时分，杏花和李花就开始着花，好不容易春天才正式来到人间。

然而，三月末，或是四月初，我家的红梅繁花正盛的时节，还要再来一次寒流。那正是比良湾风浪滔滔的季节。自古以来，就流传着比良大明神修讲《法华经》之时，琵琶湖便风涛大作，寒气袭来。实际上，这时节京都和大阪地方还要经受一次最后的寒流袭击。不只是京阪一带，东京也是如此。

这样，与杏、李大致同时，桃树也开始着花。杏树的花期较短，刚刚看到开了花，一夜春风就会吹得落英缤纷，或是小鸟光临，一刹那变成光秃秃的。李花虽不像杏花那样来去匆匆，但也是短命的。比较起来，依然是桃花生命力强，一直开到樱花换班的时节。

今年恐怕也与往年相似，一、二、三月之间，寒流会在日本列岛来来往往，梅树的蓓蕾就在这中间一点点长大吧。日本的大自然，在为春天做准备的家当，既十分复杂，又朝三暮四，但是总的看来，恐怕也还是呈现着一种严格地遵循既定规律的动向。梅、杏、李、桃、樱，都在各自等待时机，准确地出场到春天的舞台上来。

李芒　译

春天

〔日本〕川端康成

每年春之将至，我必定做梦。

山间、原野，各种草木都在萌生，各种花卉都在竞放。树群的萌芽，井然有序。嫩叶的色彩和形状，因树而异。不消说，嫩叶的颜色不限于绿色。例如沿东海道春游，就可以看见远州路罗汉松的新芽和关原一带的柿树的嫩叶不限于绿……仅以红叶和枫树的嫩叶来说，确实也是千变万化的。还有许多我不知名的、小得几乎不显眼的野花。

我一度的确想写写自己亲眼仔细观察到的春天，写春天来到山野的草木丛中。于是我就观察山间林木的万枝千朵的花。然而，在我到处细心观察而未下笔的时候，春天的嫩叶和花却匆匆地起了变化。我便想来年再写吧。我每年照例要做这样的梦，也许我是个日本作家的缘故吧。而且我梦中看到了一座美丽的山，布满了森林、繁花和嫩叶。我梦中想道：这是故乡的山啊！人世间哪里都找不到这样美丽的故乡。我却梦见理想中的故乡的春天！

(1955年3月)

叶渭渠　译

春

〔日本〕西胁顺三郎

春天又来了。像我这样上了岁数的人，那种新生的喜悦就不如年轻时代体会得深刻了。住在小石川台町的亲戚送来款冬苔，使我尝到了春的香馨。

在这个大自然惠予的天体地球之上，当我考虑作为生物存在的、营造着生命的人类命运的时候，对于生死的神秘感一直在我头脑里徘徊。青年时代只想到如何活着，对于死的问题没有认真思考过。中年时代从生死之间稀里糊涂闯了过来。等到进入人生第三时代，逐渐懂得了死的神秘，开始考虑人应该如何死，以及死究竟是怎么回事了。

人有生存的欲望，无意识地排斥死，这是自然的法则。但是，死是自然法则，一想到这个，就只能对死认命了。

陶渊明对照宇宙的永恒，认为人很少能活到一百年，他教导我们，人死的命运(穷达)等只能认定是天命。

希腊人也有着相同的看法。希腊语“命运”一词，即“神托之命”的意思，就是“天命”。从这方面讲，单单作为自然法则，比起“认命”一说，更具宗教性和神秘性。

以灵魂不灭为基本的佛教和基督教，相信来世。这种思想来自古代对死认命的一种信念。哈姆莱特认为母亲不甘认定其夫之死，他劝慰他的母亲，用这样一句名言：“一切有生命之物，必然有死，皆经由自然走向永恒。”他认为，人的肉体自然死亡，其灵魂会永远活着。哈姆莱特在另外一场戏中还说，到达未知的永恒之国的旅人，不管谁都不会回来了。这意思是说，死了的肉体是不会回归的。

无论如何，人只能承认死这一现实。至于我自己，我以为是达观的。但对于我来说，所考虑的是，怎样的达观才是最优秀的。还有，怎样的达观才是最美好的，最光荣的。当然，这些都只是属于我个人的问题，而且我自己也还没有弄明白。

大多数人不知道“达观”这个日语词儿的含义。经查，相当于汉语的“谛视”这个意思。就是究明其真实，相当于佛教的“悟”的含义。按照日语的读音，成了“AKIRAMERU”这个词儿。

不管哪种说法，都是对于生命终结的死这一现实，究明其真实，对这种真实具有自觉性。按照现代人科学的究明方法加以考虑,所谓真实也就是自然的法则。人的生命亦不过是细胞的生命。作为一粒种子的细胞成长为人这样的生物,死只不过是自然的法则。然而,这种自然法则是如何制定的呢?这是宇宙的神秘,是永恒的,其真实是无法用科学加以究明的,所以只好归结为天命。这个问题是自然法则的根本问题,人的头脑恐怕是无法究明的吧。这也证明了人的命定的无能为力。

我写这篇文章是谈论人的生死问题。人必须服从自己内心早已存在的死这一自然法则。我打算说说人的这一宿命究竟是什么。

我意识到人类的存在是一件重要的大事,意思是人类存在于永恒之中。人生于永恒,死于永恒。这也是一切生物的宿命,是无法改变的。生物不管其生命多么短促,也是永恒的时间的一部分;不管多么渺小,也是永恒的空间的一部分。劳伦斯写了《死舟》的诗,他写了乘船驶往忘却之国、永恒之国的事。不论是死之船或生之船从一开始就是在永恒之中漂浮。

我对于死的问题谈得够多的了,下面稍微谈点儿生的问题吧。

假如太阳系的天体上,只有地球才有人这种生物存在,那么我认为,不管我这个人如何坏,我的作为一个人的经验也是宝贵的。这当然是针对我个人说的。

所以,没有必要再多考虑什么了。一到春天,我就想起过去多摩川的春天。河水澄澈，清晰见底的河床，泥土呈现紫藤色。渡过河一进入多摩境地，到处都是闪光的小河。油绿的麦田里交错点缀着鲜红的桃园。这绿色和红色只有用日本的颜料才表现得出来。对于我来说，这才是最美丽的风景。不知为什么，桃花和麦穗给我心中带来无限快乐，随处都能听到眷恋着麦田的云雀的欢叫。

然后，我总是沿着村里的小路走着，黑褐色的小狗寂寞地盯着我这个清瘦的游人。我进入一家荞麦面馆，吃上一碗酱油面，然后通过盛开着连翘花和木瓜花的砧之村，再穿过太子堂的竹园，到达三轩茶屋，买上一包“丽丽”牌香烟，返回涩谷。

这种微不足道的小事，作为地球上的人这种生物的体验，在我来说是相当重大的回忆哩！

陈德文　译

春望

〔韩国〕许世旭

那是一个峭寒仍在逗留的春天，尽管百花灿烂得似乎听见花瓣绽开的声音。我寂寞的十七岁，天天关在私塾的寒窗里，偶尔踱至村口，才发觉春天来了已经很多天，她踯躅在花上咆哮，她在桃树上烧火，可以说轰轰烈烈的。

我的缰绳，被严父紧紧勒住。老爷的成见，也坚如铁石，他认为乱中保身的良策，却是蛰居，而且那油光光的新学问毫无用处，最好回归古典。他陡然在厢房设起小私塾，严命我学习汉文，当然从《千字文》，非小步缓行走不到深山幽谷。韩国自光复后，政府废汉字，学的是清一色的韩文，虽是同样的方块字，但写起来可立可卧，可方可圆，反正比起汉字方便多了。

我那时正值动辄忧愁的年龄，加上饥肠辘辘的春荒与远自智异山传来的战争的炮声，使我困心衡虑。我这个顽皮而清瘦的书童，蜷曲在黝黯的书屋里，偶尔抬头时看到天上几片浮动的白云，整个心都缥缈起来，镇定好久，还是冷静不下来。我就溜出去，先到菜圃伸懒腰，挺起身子，贪婪地摘吃几抱蓝天，又像鲫鱼将嘴巴探出水面一张一翕那样呼吸，很想把一丝野马吸至我的肺腑尽头。

很少一天不埋怨爸爸。天天面对纸壁，死记冗长的古文，实在无聊的时候，把身子轻轻摇晃打个小圈，但须舌头转个不停，有时边摇上半身，边打瞌睡。如果运气不好，就有老师的一道鞭影挥来。当时，我以为这是一种折磨，甚至比作监禁了。

一天，我们师生与亲属一批人终于步上古寺踏青了。我简直欣喜若狂。登上鲁山，春天正显得瓜熟自落，而我是放出来的笼鸟，蹦蹦跳跳的。登高俯望，山河遍是浅黄浅翠，那弯弯曲曲的田埂，像是刚刚睡醒的蚕，那起起伏伏的丘陵，似是连绵拥抱的肢体，觉得好亲切。但一声枪炮，依稀入耳，淡淡的硝烟，阵阵飘升，整个山野的嫩绿，显得更新。不觉吐出一句——“国破山河在！”

我在山顶，拭目而看，山野仍那么嫩绿，杜鹃仍那么烧红；再搓耳而听，炮声仍是那么隆隆，炮声一沉，山野仍那么和平，若无其事；并不因为炮声而嫩叶见得灰沉，也并不因为炮声而红花见得暗淡。这种看法忽然使我沮丧,因为她的美丽令我顿忘自己在念古文,因为她的美丽令我觉悟不出自己在战乱之中。

春游开幕了,摆设下书童所运的酒肴,还有煎饼饺子之类。先请长辈多用酒果,我们忙着侍候,他们造饮辄醉、盘杯狼藉,剩下的酒菜,就是我们书童的份儿。一觞一咏,畅叙幽情,虽然没有丝竹管弦,长辈不觉已引吭高唱诗词,一时欢乐,竟把鸟声压得无声无息。白日放歌,激昂的声浪响彻山谷,我们竟把战争都忘得干干净净了。

我又步上古寺后壁的巨岩。美丽得叫人心碎的春光与"野葬鸟可食"的战争,一并映入眼帘,叫我一时呆若木鸡。而我的瞳孔,却如戍边的望楼,觉得越来越高,似乎触及云端。

直到现在,最难忘的春望是十七岁时,在炮声之余中所享受的,尽管是又戚戚又茫茫。

1998年6月16日

啊，春天！

〔埃及〕艾哈迈德·艾敏

啊，春天！你惠临大地，万物的生命也随你一起来到人间：花草萌芽生长；树木抽叶开花；斑鸠鸣唱，鸽子咕咕，羊儿咩咩；树上的枝条随风摇曳。

万物皆感受到生命的回归，充满了生命之火，世间处处生机盎然。倘若时光是一具躯体，那么你便是它的灵魂；倘若时光是一生的寿命，那么你便是其中的韶华青春。在你到来之前，夜晚侵占了白昼，掠走了白昼的一段时光，并将其染成了黑色。如今你惠临耀眼明亮的白昼，端坐于自己的王位之上，公正地履行着自己的职责。于是，挥手将侵入白昼的夜色缓缓退去，令白昼与夜晚平分你的春色。

啊，春天！你成功地将太阳变作一位编织巧匠和刺绣大师，编织出世上最美丽的花园与最绮丽的锦绣，描绘出世上最绚丽的画卷和最瑰丽的图像。于是，整个世界骤然变得万紫千红。宛如一幅光彩夺目的精美画卷。最伟大的艺术家想创作一幅相似的作品与之媲美，却没有成功；最高明的画家想照它摹绘，却显得力不从心。

你创造了世上的绚丽多彩与姹紫嫣红，用你的纤纤细手摇曳着树枝迎风；你将山川入画，编织出河山锦绣；你使百花菲菲，争妍斗艳，美不胜收；你绘出了山明水秀，风月清幽，使风光旖旎，美好无限。你创造了如花似锦的大自然，使整个世界变得令人赏心悦目：碧绿的树叶簇拥着洁白的花朵；黑色的光波在黄色或白色的花朵之间若隐若现。各种各样的几何图案令人心旷神怡，惊叹不已。

你不仅使整个世界变得令人赏心悦目，亦使它变得令人赏心悦耳。鸟儿望见你在大地上绘制的锦绣，不由得牵动起心中的幽思，遂亮开歌喉，共唱一曲各种音调组合的大合唱。听，夜莺在欢快地歌唱；鸽子在悲怆地啭鸣。

这世界原本似一位口齿不清、木讷寡言之人，在你明媚的春光里，它却变得能言善辩、口若悬河；它原本似一位充耳不闻的聋子，你的美姿却令它开口说话；它原本是欲言不能的哑巴，你绮丽的景色却令它大为愕然。于是它结识了你手下由柏树和其他高耸入云的大树所组成的演说家们。当它唱起歌，便将人们心中的幽思牵动，将美好意义的启示传递给人们。于是，诗人们豪情大发，描写它的诗歌奔涌而出。他们为它的哭泣而悲伤，为它的欢乐而歌唱。

啊，春天！你以你那芳香四溢的花朵和沁人心脾的果实使空气中充满馨香。人们担心你的馨香会消失。于是，他们便苦思冥想，探索如何保存你的馨香。人们从你的花朵中提取香精，以便在你离去之后享用。他们发现了麝香和龙涎香，遂精心地进行熏蒸和提炼，作为你那天然馨香的仿制品，将其涂抹在自己身上，以缅怀你的馨香。

你的温度适中，既不似冬天那般酷寒，也不似夏日那般炎热，就像你留在人间的一切那样，你的气候也是那样美好。

但愿四季的时光皆是春天，那样人们才能尽情地享受和体味到美，从而使源于他们身上的一切皆为美好，而无丝毫的丑陋；皆为善良，而无丝毫的邪恶。

世上有什么美德和真理可与春天媲美?!

杨言洪　译

小岛的春天

〔俄罗斯〕阿斯塔菲耶夫

轮船驶过了柳河滩，叶尼塞河转眼之间就变得宽广辽阔了。陡岸已经隐没不见。叶尼塞河愈是宽阔，河岸的坡度就愈加平缓。水流由湍急转为潺湲，河面驯顺而且平静，河水并不咆哮，那里是粼波微荡。

我独自站在船头，幸福而怡然地望着故乡的叶尼塞河，深深地吮吸着静谧明亮的白夜送来的凉爽。船头时而陷入水中，搅起浪花，打在我的脸上。我从唇上舔去水珠，暗自愧悔为什么我离开故乡如此久长，我四处奔忙，不停地工作、生病，在异地他乡游荡。这究竟是为了什么呢?

轮船继续在叶尼塞河上行驶，它仿佛像切割肉冻一样劈开河水，劈开明亮的月色和夜的幽静。

船上的人都已经沉入梦乡。船没有入睡。舵手没有入睡。还有我，也没有入睡。值班水手本来想催促我离开甲板，但是他看了看我，在我身边站了一会儿便走开了。

我在等待太阳。大约一个小时之前，太阳向森林方向滚动，然后就悬挂在森林上方了。雾在河上腾起，沿着宽谷和狭谷铺展，两岸雾霭溟蒙。不过夏天的雾并不长久，而且怯声怯气，它也并不妨碍轮船航行。太阳在打了一阵瞌睡之后又从树尖上一跃而起，高悬在蔚蓝色的山脊之上，惊扰了迷雾。一团团的雾沿着两岸的荫蔽处缓缓地逸去，它们爬进森林密菁，变成露水珠，滴洒在青草和树叶上，滴洒在沙丘和沿岸的碎石上面。

夜，极圈附近的夜，还没有开始就这样结束了。

清晨，就在太阳升腾的那一刻，我看见了船的前方有一个岛。岛上的转运小码头还一眨一眨地闪着红色的火花。岛的中间有岩礁堆积，岩礁之间出现一片黑压压的红松林，个别地方有火烧后的痕迹，岛的平坦地带林木葳蕤。

两岸色彩鲜艳，草木翠绿欲滴——春末夏初这里一向如此！这里杂草丛生，草浪汹涌，西伯利亚野花姹紫嫣红，花的海洋翻腾。而到了仲夏时节，临近割草期，野花开始凋落，树叶也萎蔫了。

但是小岛的低处却是一条生机盎然的绿色彩带！这是刚刚展叶的扁竹和低矮的木贼，紧接着还有一条蓝色彩带，上面溅满玫瑰色和火红色的斑斑点点，这是一些盛开的花朵，它们是风铃草、菟丝子、杜鹃泪、野罂粟花。在西伯利亚各地，这些花已经开过并且结了籽，而在这座小岛上却完全是另一番景象……

岛上的春天！春天……

我急忙跑向船尾，跑得是那样急切。可是小岛已经离我远去，愈来愈远。我是多么希望好好地观赏一下这不期而遇的春天啊！

小岛仿佛是人字形的鸟群，在阳光反照之下，水面上碧波粼粼。小岛的倒影在河面上轻轻摇晃，然后便一头跌进了水中，被淹没了。

我仍旧站立在甲板上，站得很久很久，目不转睛地寻觅着类似的小岛。有许多岛屿，单个的，连成串的小群岛，迎面掠过，不过我再也无缘见到这样春光明媚的小岛了。原来这个小岛很长时间处于水下，当它终于露出水面时，已是“落花流水春去也”的时刻，人间处处都是夏。但是，小岛不能没有春天。于是岛上芳草萋萋，鲜花怒放，在河的中间像是筑构起了色彩斑斓的长虹。任何东西都不能阻止大自然获得胜利和喜悦。大自然，它欢呼雀跃，它恣意炫耀，全然不愿遵循什么季节。

回忆起小岛上姗姗来迟的春天，我想到了我们，想到了人们。要知道，每个人或迟或早都有自己的春天！至于它是什么样的面貌，什么样的色调，这无关紧要。重要的是春天一定到来。

张大本　陈淑贤　译

春光烂漫的时节

〔英国〕杰弗里斯

清晨醒来听树上小鸟的啼鸣甜美可爱。人声和笛声不像鸟儿的啁啾,里面有跟别的音调明显不同的音调。女声更具音乐性,风琴是男人的灵魂的荣光。树上小鸟的啼声抒吐的是风的意义——春风为我们带来花草的声音,绿叶的语言,而花、草、叶都通过鸟儿呖呖的声音说话。露水的晶莹,阳光下交织的光与影,深色的山楂树枝头一批初绽的新蕾,空气中的芳香,水仙花的颜色,春天一切怡人可爱之处都在小鸟的歌声中得到表现。大自然是天才,他的抒情歌曲,像树枝内的树液,是不假思索就会冒出来的。那也不一定需要一首歌;在生气勃勃的春天的早晨几个短短的音符就足以使心情振奋。但是昨天淡淡的春意都来自我窗前的一根枝柯,在春的呼声里我听到野蔷薇的呼吸从嫩草上吹来。金色的阳光是那么灿烂，转瞬间浮云遮掩了太阳，树篱变黑了。荆豆花闭合起来像一本书；但荆豆还在那里——几小时的温暖花瓣又会打开。草地上好像什么也没长，不多一会儿，白屈菜的心脏形叶子会在原来的地方出现。截去树梢的杨树长长的嫩枝在一闪一闪的阳光里呈现出橘红色，春天最初的色彩出现在它们的树皮上。轻风在它们当中穿梭而杨枝就随着起伏；风碰着黛色的松树的顶部，太阳下的松树现在看起来如同在夏天时一样；它抬起和摇荡悬钩子的弯弯的枝条；它在它的手指间把泥土掰碎弄干；篱雀的羽毛在它于灌木上高歌时飘动。

我自己感到奇怪，假如没有我它们怎么办——它们没有我，怎么能记下日程的呢？我是这么仔细地怀着爱心日复一日记下小丘上荫处的嫩叶这么早就萌芽，离离的嫩草，生机勃勃的蒲公英，生长在厚实的土地上的款冬，在门柱下被人踩过的不起眼的卷耳草，这么平凡，这么细小，然而对我来说是那么可亲。每一片草叶都是我的，好像是我分别栽种的。它们都是我心爱的东西，好像热爱自己的园子的主人精心培育他的玫瑰花。草地上所有的花草全是我所爱好的，我都喜爱它们；这大约是我从未养过一个“宠物”，从未栽过一种花，从未养过一只笼鸟或任何生物的缘故。如果每一只从我头上的天空飞过的野生的鹰都是我的，为什么我还要养宠物呢？我为它的迅疾自得的飞行，它的羽翼的挥动，它匆匆越过一片片榆树和好几英里的林地而高兴；看到它自由自在地生活是一种快乐。有什么比它越过碧空向前移动的弧线更美的东西呢？这些就是我的宠物，以及一切花草。在寒风的吹拂下，它们干枯了，变灰白了，在没有沉倒下去的表面飞来飞去的椋鸟现在站在它们上面，显得大了一些。飘扬过去的尘土祝福它们，现在它们又长出来了。天天有变化；总是有值得一记的东西。在树干上的苔藓干了，山毛榉的鸟爪似的嫩叶伸长了；在楼树树干下的狗蒺藜萌生了；这类事情可以写一本又一本，要是没有我，它们该无人理睬了吧，我不知道。

今天通过窗户的玻璃我看到一只云雀高高地在灰色的天空翱翔，我听到它在灰色的天空歌唱。我没能到处走走跟荆豆花和芽做好安排；它怎么知道是它唱歌的时候；没有我的笔和笔记本和观察的目光，它怎么会明白到时候了？高高地在天空放声歌唱，越过犁好的田地的石埂追逐它的伴侣，跟羽冠高耸的对手搏斗，高出地面八码展翅抖动使自己平衡，唱出那甜美，充满爱情的小曲，也可以说代替吻吧——呵，快乐幸福的日子！观望着仿佛它是我的，是那么美，我感觉到这一切！自从我有机会去田野跟他们相处在一起，看到它们在绿色的麦地里以来又有好多年了；它们准不在人世了，可爱的小东西，这唱的是它们的后代吧。没有我告诉它，通过窗户我听到它歌唱的这只云雀，怎么会知道这是它该歌唱的时候呢？

树篱上青葱的山楂树芽在做出预言；在潮湿地里的芦苇破土而出像矛刺穿盾；椋鸟在截去树梢的榆树树洞中产卵——普通的卵，但每一只卵上都有斑点，那是在两百克拉的钻石上也找不到的——细胞质的小点，生命的原子。有一排截掉树梢的树，在这里它们产第一批。嘴上衔着粗树枝的白嘴鸦，被风吹到一旁像一支轻盈的羽毛，它从它的家族的老一辈那里知道是筑巢的时候——这是一代一代照规矩传下来的常识；但那些树篱上的离群的生物，它们是怎么知道的呢？体型较大的乌鸫把它的巢筑在梣树的匐匍枝旁，人人一眼就看得见，连一根遮掩它的大树枝也没有，梣树上也没有一片叶子——除开小枝下端的青苔，他并不谋求巧妙的掩护。我想到时间的流逝，我看到苹果花开，草丛里蓝色的婆婆纳。日复一日有千千万万的嫩芽和树叶、鲜花和草叶可以记，新事物增加得那么迅速，没有笔能记得下来，也没有笔记本容纳得下它们，连数也数不过来——又怎么写它们使我产生的感想呢？所有这些都没有我去写——它们怎么能没有我而写呢？

因为它们对我是如此重要，反过来我也感到我对它们同样重要：一个历史悠久的错误，我爱大地，因此大地也爱我——我是她的孩子——我是人，一切生物的宠儿。我是中心，万物是为我而造设的。

过去由于腿脚强健，我曾经快活地走上从伊斯特博恩至海滩头的那座高山，非常舒畅地享受艳阳与和风。每一步都要踩碎不少细小的灰色的贝壳，它们干燥而空无一物，在脚下吱嘎地响犹如白霜或易碎的珠子。它们非常好看，踩碎了是令人惭愧的——是任何国王的陶瓷器皿无法可比的花瓶。它们成千上万躺在草地的深处，我一边不情愿地把它们踩碎，一边想它们都曾经是一栋生命之屋。一个活的生物住在里面，它感到生存的乐趣，对它来说，那便是一切——好像高山之上的伟大的太阳是为它而照，下面的地球则为它才那么广大无边，草木也为它才有了意义。可是它们死去了，整个一族，它们的骨骼成为我脚下的尘土。大自然对生命并不赋予什么价值，不论是小小的山蜗牛或是人类，都一视同仁。

我独自苦苦沉思，对着最早生发的树叶和头一批草地玉凤花——山雀的叽叽喳喳这么重要，我应该记下来——我应该宣布到夏天了，因为橡树转青；我一定不得遗漏田野上一天或一个时辰，唯恐有什么东西逃过我的眼睛。林子边的雀麦草的低垂的姿态是多么美啊！但今天我得听云雀的歌——但不是到户外去听而是通过玻璃窗，红腹灰雀不用我而叼着有须根的小枝条飞往它的巢。它们没有我也干得不错；它们知道时间和季节——不但是文明的白嘴鸦，在它们老巢的图书室内有丰富的知识，而且篱边离群的流浪汉们以及从远方的楞树林越海而来的棕柳莺，它们都用不着我操心。玉凤花和牛蒡——我不能一一列举——可以说我听到它们的脚步声——花，芽和美丽的飘过去的白云，以及匆匆而来的甜润的雨和穿插进绿荫的明艳的阳光，它们继续前进不止，而我呢？不过是分布在山冈草地上的空空的贝壳。大自然不给生命衡定什么价值，对我对多少年前歌唱的云雀都一视同仁。大地对我是一切的一切，可是我对大地算不上什么：在你死去之前最好明白这一点。

倪庆饩　译

春天的源泉

〔比利时〕梅特林克

我曾观察春天如何积聚阳光，而红花绿叶又如何预先做好征服北方的准备。在这四季暖和的地中海岸，在这像玻璃一样平静的大海边上，当整个欧洲连续几个月阴风惨惨之时，春天却藏身于和平、光明与爱情的宫殿，不受冰雪与寒风的袭击。在这儿永不枯萎的绿色原野上观看她如何准备上路，实在很有意思。你会清楚地看到，她还有些恐惧，还不敢马上就去同那些巨大的冰雪之网搏斗，后者每年二三月间都在她对面的山背后张开。她在等待，做一些琐碎的事情，在踏上艰苦崎岖的道路之前尝试一下自己的力量——虚伪的冬天只是装出一副要清扫这道路的样子。她走走停停，像在花园中度假的女孩一样，上千次地跑遍芬芳的山谷和冰凌的动脉永远也碰不着的娇嫩的山丘。她在这儿没有什么事情要做，没有什么东西需要她恢复生命，因为这儿没有什么会死去，也没有什么在受苦受难，所有的花儿，一年四季都沐浴在这儿永恒夏天的明媚阳光中。但她却在寻找借口，故意推迟行期，无所事事地逛来逛去，如同忙完了活路的花工。她拨开树枝，用自己的气息轻轻地爱抚橄榄树，后者立即现出银光闪闪的笑容；她梳理露珠莹莹的青草，提醒还不想睡觉的花瓣，呼唤还不想跑的鸟儿，勉励不知疲倦地工作的蜜蜂。然后像神灵一样，当她看到这幸福的乐园中一切都十分美满时，她坐在橙子树四季常青的枝叶和闪耀着阳光的果实覆盖的凉台边上休息片刻，然后才上路，向自己洋溢着欢乐之情的作品投去最后一瞥，将它交给太阳去关照。

我跟在春天后面，观察这最后的几天，在波里戈岸边，在卡列亚激流旁，在戈尔比奥峡谷，在文季米尔亚、腾德和索斯佩尔等小得像乡村一样的城镇，在圣安耶斯、卡斯杰拉尔、卡斯季利昂等紧靠山顶悬崖的有趣村子，在芒通市[1]周围充满意大利风情的迷人地方。穿过几条弥漫着里维埃拉不值一提的世界主义生活的街道，将那老是有市政府的乐队在演奏，而芒通全城像患肺痨一样虚弱的上流社会人士都在其周围

[1]芒通，法国城市。

流连的凉亭，就在离害怕大自然犹如害怕上天的鞭子一样的人们两三步远的地方，你会突然见到无比美妙的宁静的树木和维吉尔[1]笔下的迷人风光：在悬崖绝壁上开凿出来的小道，闪耀着彩虹的喷泉，浓荫覆盖的溪流——它们在巉崖上打盹，似乎在等待女神的出现。你登上石墙间的小道，石墙上开满了紫罗兰，覆盖着天南星奇特的褐色风帽——天南星碧绿的叶片似乎象征着水槽的清新。此时，一个半圆形的露天剧场就出现在你面前，好似一朵水灵灵的巨大花儿。透过以透明的珍珠帘子遮掩着地平线的巨大橄榄树枝的蓝色雾霭，显现出人们难以想象和描绘的奇观：当他们希望将这美妙的海岛、失去的乐园或天神的福地超人时刻的理想欢乐固定在画布上时，他们觉得这些景象似乎是非现实的，也无法为之写照。

在绵延海岸的丘陵中间，隐藏着上百个这样的半圆形露天剧场。每当月白风清、晨曦初现或是正午之时，洋溢着天庭幸福的不会说话的精灵们都要在这儿表演。它们虽说面目相像，但每一个都流露出不同的幸福感，好似同样幸福而又同样美丽的姐妹一样，它们各自都有容易识别的笑容。你看这一丛柏树，它们令所有的线条都变得清晰；你看这株含羞草，

---

[1]维吉尔，古罗马诗人。

它就像灰色的间歇喷泉一样变幻形状。这丛橙子树枝头均匀地挂满金色的果实，会在突然之间向孕育它们的大地表示君王般的慷慨。在这片为柠檬树覆盖的山坡上，黑夜似乎在把朝霞摘下的星星收集起来，放到山洼里去，好让它们在那儿休息，等待又一个黄昏的到来。这林荫形成的柱廊伸向大海，好像蓝色的目光，会在转瞬之间产生无限的遐想；而这条小溪则像欢乐的泪水一样流淌。这些篱笆在想念紫红色的葡萄藤。这个巨大的石雕盘子，在一滴滴地啜饮从青青的芦苇枝头掉下来的水珠。总而言之，每个细节都表现出静谧、安闲、天蓝色的沉默和自我陶醉的表情，并使之不断变化。

然而，我现在在寻找冬天和她的脚印。她藏在何处呢?她应当在这儿的某个地方。这个玫瑰与银莲花、熏风与露珠、蜜蜂与鸟儿的节日，怎么会自信地想要回到寒冬王国最残忍的月份里去呢？既然当春天不在之时一切都说过了，一切都做完了；那么春天会采取哪些行动，会说些什么呢?难道这儿谁也不需要她，谁也不期待她吗?

啊，不是这样。只要你注意观察，你就会看到这不倦的春姑娘的双手所做的工作，嗅到她比生活本身更年轻的芬芳气息。顺便说一下，这儿还有一些从外地移来的树木，沉默的异乡人，犹如衣衫破烂的穷亲戚。它们意识到自己身处他乡，因而显得忧郁而又多疑。它们还不懂得光明的语言，还没有接受南方迷人的风俗习惯。它们还不肯相信上苍的承诺。它们对于太阳的爱抚心怀疑虑。从朝霞升起的那一刻起，太阳就给它们披上光辉的大衣，这大衣比它们在故乡时，七月在不可靠的夏天给它们披的那件轻柔而又暖和。反正都一样：尽管大雪是在离此三百公里之外的地方下，它们的树干依然会发抖；它们会脱下衣裳进入冬眠，尽管百草千花一再对它们说这儿的冬天并不寒冷，蔷薇也勇敢地爬到它们的树梢上，以证明自己的生命力。它们忧郁、多疑并像尸骨一样赤裸着身子，依然在等待春天，尽管春天早就在它们身旁；由于某种奇特的反应，它们对于春天的等待，甚至比在巴黎阴沉的天空下持续得更久，因为巴黎的树木此时已开始冒芽了。这儿的山丘上处处是欢天喜地地唱歌跳舞的人群，在这些人群当中，你可以见到这样的树木。它们数量不多，似乎在回避人们的目光：几株歪歪扭扭的橡树和法国梧桐。连对我们理所当然地认为最有教养、最有知识也最听话的葡萄藤，它们也不信任。它们又黑又瘦，像复活节教堂台阶上的病人一样，此时教堂被阳光照得灿烂辉煌。它们已在这儿居住多年，有的甚至住了两三百年，但在它们的大脑深处，依然隐藏着对冬天的恐惧。它们永远也忍受不了死亡。他们的经验过于丰富，因而无法再忘记什么和学到什么东西。只有在进入习惯的时刻之后，它们僵化的脑筋才会开窍。这些威严的老人过于聪明，因而不能享受他们无法想象的欢乐。它们不该这样。智慧不应反对美丽的疯狂。你看，在这些怀着敌对心态的老祖宗身边，生活着多少植物啊！它们并不知道未来，但却信赖地献身于它。它们每年只活一次。它们没有过去，没有传说；它们只知道时光美好，需要及时行乐。年纪比它们大得多的主人和神灵妄自尊大，无所事事；它们则开花，恋爱，繁衍后代。这些可爱的幽静之处的不起眼的花儿包括以其纯洁无瑕美化草地的天仙子，比蓝天还要蓝的琉璃苣，殷红或是银白色的银莲花，木本的锦葵，谁也听不到其铃声的风铃草，长得像外省厨娘一样的迷迭香，以及从石缝里冒出花白脑袋来的令人迷醉的百里香。

不过，重要的是，这是紫罗兰开放的无与伦比的日子，透明而又湿润的日子。这神话般朴实的花儿此时变得凶狠，甚至有些急不可耐。它不再羞涩地躲在叶片中间，而是将它们推开，把它们征服，将它们遮住，强迫它们接受自己的花儿和气息。她无数的微笑以天真而又甜蜜的欢乐之网罩住了橄榄枝与葡萄藤覆盖的凉台、峡谷及其边上的坡地。她的香气清新宜人，犹如山下清泉的灵魂，令空气变得更加澄澈，宁静变得更加诱人。如同某个传说所断言的那样，这香气实际上是被露珠浸湿的泥土发出的：当露珠还是处女之时，她在阳光的照耀下醒来，在朝霞的第一次亲吻中就将自己的身心献给了太阳。

此外，在城市郊区，在带有意大利屋顶的小屋周围的小花园中，还长着许多善良的蔬菜。它们既不怀成见也没有痴心妄想，并且从不知道怀疑和恐惧。此时，一位像他所种的那些树一样老的农民，在为橄榄树和菠菜松土；他无所畏惧地傲然进入绿荫之中；俄罗斯豆荚睁开黑亮的眼睛，从苍白的枝叶间温顺地观察黑夜的临近；轻佻的豌豆藤上虽然爬满了螟蛾，但它仍然一个劲地向上长，似乎六月已经跨进了菜园；胡萝卜一看到上帝的光辉，就满脸通红；心地朴实的树莓在吸进正午呼出的香气之时，将它那些蓝宝石酒杯一样的花朵倾向大地。莴苣在努力为自己铸造一颗金子之心，打算把它一早一晚获得的新鲜空气装进去。只有会结果的植物在久久地思索：它们在其间生活的蔬菜的范例在诱惑它们去分享这共同的欢乐，可是它们的远亲，那些从阴森的北方森林来到此间的老移民，却教训它们要谨慎行事。不过，它们还是醒来了。它们再也克制不住自己，终于加入了芬芳与爱情的圆舞。桃树变成了绯红的精灵，散发着青春气息的血肉之躯，朝霞从蓝天上向它吹来仙气。梨树、李树、扁桃和苹果树竭尽全力争妍斗艳；长着金黄卷发的榛子活像威尼斯的枝形吊灯一样，喷洒了一层五彩缤纷的钻石粉，为共同的节日增添欢腾的气氛。至于那些会保养的花儿，显然只关心自己，早就拒绝探索这无穷尽的春天的秘密。它们不再注意季节的更替，不计算日期，不知道在没有阴影的火热时刻的胡乱运动中该做什么事情，甚至由于担心自己上当受骗而失去一分钟的幸福，它们决定一年十二个月不停地开放。大自然赞赏这一决定，为了奖励它们对于幸福的信赖，奖励它们非凡的美色和充沛的爱情，赐予它们力量、艳丽与芬芳，而那些谨小慎微而又害怕生活的花儿是永远无缘获得这种赏赐的。除了别的真理之外，我今天在山坡上看见的一幢小屋还向我昭示了一条真理。这小屋掩隐在玫瑰、石竹、木樨草和天芥菜丛中，使人觉得它似乎是一眼从地下冒出来的花之源泉，而春天就是从这儿向我们走来的。此时南瓜、柠檬、橙子和无花果正昏昏欲睡，在关闭的石门门槛前，在蓝得像镰刀一样的阴影里，在这万里无云的日子雄伟、宽广而又平匀的宁静之中。

陈训明　译

夏天的到来

〔美国〕布罗斯

谁说得出一个季节在什么时候结束，另一个季节在什么时候开始呢？只有日历制作者才能确定这些日期。那好像是说幼儿时代何时结束，童年时代何时开始，童年时代何时结束，青少年时代何时开始。对我来说春天是随桤树上长出葇荑花序或褪色柳抽条而开始的。不管哪一天——三月上旬、中旬或下旬——如果这些迹象出现，那么我就知道春天即将到来。她的第一批信使——蓝知更鸟、歌雀、知更鸟、红肩欧椋鸟——已经来到或即将来到。乌鸦呱呱的叫声透露出更有信心，在槭树的枝干里树汁开始流动，可以听到第一批蜜蜂轻轻地嗡嗡，绒毛啄木鸟开始在粗大的枯枝上哪哪地敲打而发出回声，在谷场上的牛群若有所思的目光向着田野，它们一边响亮地发出哞哞长鸣。

当绿叶满枝、浓荫匝地的时候，那是夏天来临的第一个暗示。你可以看到田野上她在树下的荫凉的环影，或是树林里她更为深浓和凉爽的隐居地。在河流对面的山坡上，好几个月在早晨和正午的阳光下只稍微有些阴影的痕迹，或者说阴影的线条构成的浮雕细工；但在五月的某个早晨我远眺时，看见大块密无空隙的阴影从树木斜落在山坡的草地上。眼睛对它们是多么神往啊！树木又披上了盛装，神情健康；数不清的叶子沙沙作响，向人们预许来临的欢乐。现在树木都有了感觉；它们可以思索和幻想，它们因感情而激动；它们在一块儿交谈；它们在黄昏低语做梦；它们跟暴风雨搏斗挣扎；丁尼生[1]说它们：

被烈风抓住，殴打。

夏天总是由六月来体现，胸脯上挂着一串串雏菊，手中握着一束束开花的苜蓿。这些花草出现时，在季节的交替上又打开新的一章。一个人会自言自语说："好了，我又活着再看到雏菊和闻到红苜蓿花的香气啦。"他温柔爱抚地采下那第一批鲜花。在人们的心中一种花的香馨和另一种花的充满

[1] 丁尼生(1809—1892)：英国诗人。

青春朝气的面貌产生多少值得怀念回忆的东西啊！没有什么别的东西像苜蓿的香气：那是夏天少女般的气息；它提醒你的是一切清新美好朴素的东西。一片开着红花的苜蓿田，这里那里散布着星星点点的雪白的雏菊；在你经过时香气一直飘到大路上，你听到蜜蜂的嘤嘤声，食米鸟的啼唤，燕子的啁啾和土拨鼠的嘘嘘声；你闻到野草莓的气味，你看到山冈上的牛群；你看到你的青春年代，一个快乐的农家少年的青春时代在你的眼前出现。在肯塔基州，一次我见到许多块地，每一块面积一百英亩，由于盛开的苜蓿而通通是绯红绯红的——足使整个一县都芬芳馥郁。

开花的果园是五月的荣耀，而开花的苜蓿田则是六月的特征。六月另一种具有特色的香气来自美洲皂荚和开花的葡萄蔓。有的时候和有的地方，夜间或早晨的空气弥漫着前者的气息，而沿着小径和路边我们则闻到野葡萄的淡淡的芳香。早生的各种野草，也由于它们白霜般的花，给六月的呼吸也增添非常受人欢迎的香气。

差不多每个夏季我都注意到我称之为夏天的吉日良辰的日子——罩着一层薄雾的皓白清明闪亮的白昼。雾使一切轮廓线条都柔和起来。河流是如何在舞蹈着发出闪闪的光花；所有树木的新叶在阳光下是如何耀眼生辉；空气带有一种柔和的光泽；有一层朦胧的烟霾，它不是蓝色的，而像一种闪光的扩散开去的雨云。天空是蓝白色，晴朗无云，非常柔和而娇嫩。那是这一季中万物举行婚礼的日子；太阳跟大地美好地结合。好也罢歹也罢，在这样的一天，多少婚礼在我们周围进行：鲜花的婚礼，蜜蜂的婚礼，鸟儿的婚礼。样样东西都暗示着生命爱情和开花结果。这些吉日良辰往往重复，种种自然力把安详与均衡结合起来。当诗人洛威尔❶高呼："六月中像这样的一天如此稀少是什么缘故?"时，它们是诗人心目中的这样的日子。下面是1883年6月1日诗人的记述："在脾气、情绪，样样事情上再好也没有的一天。浓密的叶子都长出来了，除悬铃木和朴树之外。它们抹上夏天的黛绿色，树下浓密的阴影一直伸展到山坡。几朵懒散的浮云四处飘游。当轻风好像要往上吹拂时树叶就轻轻地沙沙响和行礼。田野上长得壮实的裸麦缓缓地点头摆动像一群人。烟囱燕扫过的时候叫得多欢！绿鹃的欢歌在枫树的密叶间发出回声；挪威云杉和铁杉的枝柯长出淡绿的新枝梢；蒲公英的由轻飘稀薄的茸毛组成的花球在草上飘起来；时不时它们其中之一又忽然落下去；小小的共居雀❷投身在一枝瘦弱的花梗上，把它压弯到地上，为的是要吃它的种子，这是本季的头一批果实。头一批红色与白色的苜蓿花刚刚开放，黄色的岩蔷薇和甜美的荚蒾正在怒放；鸟儿依然活泼地放声歌鸣；红槭的翅果依然满布地面，早开的蜡菊的茸絮在空中飘舞。"一连好几天改变不

❶詹姆士·卢塞尔·洛威尔(1819—1891)：美国诗人和批评家。
❷原文为 social sparrow，也称 chippy，学名为褐斑翅雀鹀。

多。"日子慢慢走向盛夏。气流暖起来，大自然的情绪欢乐舒畅，一切树木花草都欣欣向荣，生机盎然。日子像田园诗一般。我仰卧在草地上，房屋的阴影里，眺望轻柔的缓缓移动的白云，看烟囱燕在轻风吹拂的空中曲折地飞翔。草木是一片柔和。田野潮润，温暖，芬芳的呼吸——那是一种糅合着开花的青草、苜蓿、雏菊、裸麦的气息——洋槐花正在谢落。蜂房周围是一片多么喧闹的嗡嗡声；每棵树木的阴影里是多么清凉；牛群和羊群是多么自得！泉水依旧盈满凛冽；被树木荫盖的水渠和池塘的水滨开始吸引人们。让我们在这样一个早晨往山冈顶上去吧，比方说九点前，看一看尘寰的面貌是多么难以言传的清新饱满吧！早晨的影子还在到处流连，甚至在阳光底下；露水的升华点染着空气，形成清新凉爽的蓝色的天光。

热量和湿润是一切生命之源，在热和湿丰富的六月，万物增长是当然的。

六月初裸麦和小麦的麦穗开始垂头了；一动不动的茎秆有一副反思冥想的神气。不久之前，当它们的顶穗还是空空的或只有外壳和汁液的时候，它们挺得多直！现在麦粒正在形成，它们带上了庄重沉思的外观。那是六月最叫人欢喜的景象之一，遍地的裸麦在风中轻轻地摇摆。轻风只限于在大地的表面吹拂——大地的表面犹如水面一样敏感；轻风和微风一块儿吹，它们吹得多欢！就在这片淡绿灰色的麦田上的裸麦在轻风的吹拂下弯腰时，人们说，地壳本身也在大气气浪的大步流星下弯腰。

有一种鸟在六月以前我很少听到，那就是杜鹃。有时五月的最后一天把它带来，但往往在六月我才听到它的啼声。杜鹃在我们的禽鸟中是真正的隐士。我怀疑在它的灵魂中是不是有欢乐。有些地区人们称它为“雨鸦”。它的叫声据认为是下雨的前兆。为什么别的鸟儿，比方说，知更鸟，往往跟它打架，把它从巢洞附近赶走呢？似乎在杜鹃身上有什么毛病使它在鸟类中的位置异乎寻常。是不是因为有时它是一种寄生性的鸟，把蛋下在别种鸟的窝内呢？是不是我们的美洲种杜鹃以及欧洲杜鹃都使鸟儿联想到鹰呢？我不清楚。我只知道它受到其他鸟儿用怀疑的眼光对待，它在夜间到处游荡，这种方式是在同类中别的鸟儿所不干的。在三月间到来的鸟儿，如蓝知更鸟、歌鸲、歌雀、椋鸟，在四月营巢；四月间到来的鸟儿，如褐啸鸫、谷仓燕、棕胁鹀、水鸫、橙顶灶鸫、共居雀、金翼啄木鸟、草地鹨，在五月营巢；而在五月到来的鸟，如霸鹟、林鸫、黄鹂、果园椋鸟，还有各种鸣禽，在六月营巢。四月的巢遭到的危险最多；暴风雨、乌鸦、松鼠，都有可能使之半途而废。仲夏筑的巢，像金翅雀和连雀，或雪松连雀的巢是最安全的。

三月间季节交替的大门开始打开一点点；四月间开得更大；五月间窗户也开了；六月间墙壁都拆掉了；和暖宜人的空

气到处畅流。在乡村三月的到来使树液开始流动，槭树由于体内的温暖而苏醒；四月到来，开始犁田和播种；刚刚翻松的土壤在阳光下多么湿润温暖；五月到来，是果园开花的季节；人怀着多么甜美快乐的心情在淡红色与白色交映的一团团花朵下散步，同时心里产生不尽的思想。瞧，性急的黄鹂在枝头互相追逐，把雪一般的芳香的繁花摇落下来。这时绯红色胸脯的蜡嘴雀在开花的樱桃树中间用自己沉重的喙把花朵啄下来——你发现在大片大片的白色的花瓣中半掩半露出红黑色相配的一点。果园的花事像波浪一样地进行。三月高潮，是在两个卡罗来纳州，四月中旬到达波托马克河域；一周或十天后是在新泽西；然后五月横越纽约和新英格兰；六月上旬它分散到加拿大的果园。最后六月中的大事是田野由于苜蓿而一片嫣红，由于雏菊而一片乳白。

林荇　译

夏天的早晨

〔英国〕杰弗里斯

当我经过索姆塞特的一片草地走向河边时，发出清香的草儿由于带着露水还是潮湿的。杜鹃在啼，它的鸣声更欢，大概是因为它短暂的黄金时光即将过去，一切令人愉快的东西在临近结束时更为可贵吧。朝露和芳香的青草也显得更加美丽，因为周围高高的群山都被阳光晒干，变得又硬又直的石楠覆盖了的缘故。

河边的草地，带露的碧草和晶莹明亮的小河仿佛干燥沙漠里的绿洲。它们使心田恢复清新就如同凉爽的水使劳倦的旅人精神一振。随着白昼的推移，阴影淡化，花儿萎蔫，相比之下，早晨的阴影轮廓更鲜明，花儿的颜色也较为鲜艳，因为露水犹如画家未干的颜料使它们显得滋润可爱。野蜂小心翼翼地飞进高高的草丛，不想弄湿它们的翅膀。蝴蝶和艳丽的飞蛾停留在干燥的人行小径上，直等露水消失。

一块孤零零的大石头在河缘的草丛中冒出头，显得干瘠而了无生气；它的表面是热烘烘的，可是它投下凉爽的阴影。在一处萌生林边，两只兔子——那些在夜间嬉戏的动物中最晚起的——待在那里直到我走近才跑开，然后悄悄地在蕨草和毛地黄中间活动。

在树篱与小河之间林子最狭窄的地带，一只长脚秧鸡用最高的声调"克吕克，克吕克"地叫唤不停(秧鸡这么近却难以看到，因为它藏在高高的草丛里。它的啼鸣一再发出回声，蒙蔽了那些试图找到他的人。不过假如有极大的耐性和善于注意的方法，有时候可用手捕获。你一旦发现它的踪迹，甚至看见它——那是最难的——就可以用手抓到它。有时用这个办法可以刚好在它正坐在地上的窝里的时候捕获。不过，不像在这儿写得那么容易！)

这样步行经过草地，一边想到露水和美丽的朝晖，我几乎没有注意到碎米荠属植物的数量之多，此刻才想起这种花属的植物已到迟暮的季节了。我弯身采了一枝，认识它是玉凤花——初开的紫玉凤花。由于玉凤花多极了，从最淡的淡红色到星星点点的红色，窄小的叶子上有时还带黑斑，草地上一片姹紫嫣红，色彩缤纷。它们在牧草地上到处繁衍，在深谷的河畔直到靠树林边的山顶。

一到河面望去，我站定观察，但河面没有出现波纹或浪圈，没有鳟鱼寻食。水位这么低落，河是由一系列水潭组成的，从石壁和断岩上流下来的急流把这些水潭联结起来。河水清湛，鳟鱼历历可见，即使是那些在树根下和河岸空穴中的。一个带饵的钓钩在那里不起作用，可以看得见钓丝；没有波纹掩蔽它。鳟鱼也在水潭里，也许可以做出判断，那些值得一钓的已经吃饱，只有较小的可在漩涡处发现，因为大鱼吃够后才让它们在那里觅食。经验和理智都反对在这里尝试垂钓，可是只要钓丝轻轻接触水面，单单这种举动就叫人乐不可支，起码我不能不让自己享受一番。

纤细的枪木[1]钓竿一甩，钓丝在空中发出刷刷声，钓钩高高地掉进石头间的急流中好几英寸——我本来以为它掉进了瀑布脚下的回流里。汹涌的急流顿时迅速把钓钩冲下来，但还来得及钩住一条小鳟鱼；它咬住它，立即被我钓到岸上。但是逮住这种过小的小鱼说不上是运动，这时一条绿青鳕游过去，我决定不管鳟鱼了，而去观察鳕的姿态。

倪庆饩　译

[1]枪木：一种用以制渔竿、弓箭等的直纹木材，经久耐用。

撒哈拉之夏（节选）

〔法国〕弗洛芒坦

1853 年 6 月。

天气好极了。温度急剧上升，但没有使我泄气，反而更加激起我的兴致。一周以来，万里晴空没有出现任何云彩。天色蓝得既炽热又干燥，让人联想到长期的干旱。固定的东风几乎像空气一样热烘烘的，早晚间隔着刮过来，但总是很弱，似乎仅仅为了棕榈叶丛能保持一种轻微的摆动，如同印度的布风扇[1]一样。每个人都早已换上轻衣薄衫，戴着宽檐帽；大家只求生活在阴影下。我却下不了决心午睡，否则会为了安逸

[1]指印度一种吊在天花板上用绳拉动的布风扇。

而碌碌无为地浪费一天中最美好的时光，因为我的卧室肯定是我在这儿常呆的地方里最乏味的；这出于种种理由，等到有天晚上我除了发牢骚没有更好的事可干时再给你解释。总之，不管周围的人们怎么劝我在阴处舒适休息，我还是拒绝听从，继续我行我素，与蜥蜴一起生活在沙漠里，登上高地，或者大中午跑遍全城。

撒哈拉人热爱他们的家乡；就我这方面来说，我倾向于赞赏一种如此热烈的感情，尤其由于其中交织着对乡土的眷恋。相反，那些异乡人、北方人把这个地区视为可怕之极，认为在这儿即使不热死、渴死，也会患思乡病而死。某些人看到我在此地感到奇怪，他们几乎一致劝我放弃再呆几天的计划，否则不但浪费我的时间，白费力气，徒损健康，更糟的是还有可能会丧失理性。诚然，我承认，这个极其单纯、极其美丽的地区还不大会讨人喜爱；但是，如果我没有搞错的话，它也能像世上任何其他地区一样使人激动不已。这是一片既不优美，也不安适，但却朴实无华的土地，这并不是一种过错，其最初的影响就是使人严肃，许多人却把这种效果与忧郁混同起来了。一大片高地消失在更广袤、更平坦、沐浴着永恒光芒的地域之中；相当空旷、相当荒芜，足以给人这个名叫沙漠的奇异东西的概念，外加几乎永远相似的天空，悄无声息，四外安宁的地平线。中部，一种类似偏僻的城镇那样的东西，环绕着寂静；接着有点儿绿荫，　些沙质的岛状地，最后有几座灰白色的钙质礁或者黑黝黝的石板岩，位于一片犹如汪洋大海的浩瀚地区的边缘。这一切中，除了太阳从沙漠上升起，运行到山丘后落下之外，很少变化，很少意外，很少新奇，永远静寂、晒烤，不分范围；或者在最后一阵南风的吹拂下，沙堆改变了位置和形状。清晨很短，中午比别处更长更沉闷，几乎没有黄昏；有时，突然散发一阵强光和热气，灼热的风霎时使景色具有吓人的外貌，这里可能产生难以忍受的感觉；但通常是一种阳光灿烂的静止状态，晴朗天气时带点憋闷的呆板，最后有种麻木的神态仿佛从上天传给万物，又从万物过渡到人的脸部。

这幅由阳光、沙漠、寂寥构成的炽热、生动的画面给人的最初印象是揪心的，无法同任何其他画面相比。然而，眼睛渐渐习惯于线条的伟大、空间的寥廓、地面的光秃；如果还会对什么感到惊奇，那就是对如此缺少变化的效果居然保持敏感，对实际上极为普遍的场面居然激动不已。

在此之前，我还没有见过任何异常或突出的事物，符合我们对这个地区通常形成的特殊观念。与阿尔及尔相比，只是光线略强一些，天空更明朗更深远一些，这并未引起我丝毫诧异。这是一处干热地区的天空，当然有别于——我有意强调此点——土地同时受到灌溉、浸润、晒热的埃及的天空。埃及拥有一条大江，众多广阔的濒海湖，那儿夜晚总是潮湿的，土地里的水分不断蒸发。这里的天空却是晴朗的、干燥的，不变的；接触的是黄色或白色的土地，浅红的山，茫无涯际地保持着纯蓝色；当它处在夕阳对面染成金黄色的时候，基部是紫罗兰色的，稍微带点铅灰色。我也没有见到过美丽的海市蜃楼。除了刮西罗科风[1]的期间，地平线总是显得很清楚，从天空下呈现出来；只有最后一道灰蓝色条纹早晨异常突出，但到了中午就有点同天空混淆起来了。朝姆扎卜绿洲方向的正南方，隔着一段很远的距离，可以瞥见一条由罗望子树林组成的不规则线条。每天在这部分沙漠中产生的微弱的蜃景，使这些树林显现得更近更大；然而幻景不大给人深刻的印象，这必须具有经验才能懂得。

我是在高地上度过最美好时光的，有朝一日我会为之惋惜不已的时光；站在高地上，经常在东塔下，面对着那辽阔的地平线，四下望去，无挂无碍，自东往西，从南到北，君临一切：山峦、城镇、绿洲和沙漠。我清早就到那里，中午仍在那里，傍晚再去那里；我独自呆着，见不到任何人，除了少数几个游客，被我的白伞尖所吸引，大概对我如此爱好高地感到奇怪，走近来瞧瞧。这片高地是一种平台，四周围绕着矮栏墙，从城那边沿着一道相当陡峭、布满巉岩的斜坡可以爬到此地，但南边却没有出口，从那儿有可能几乎笔直掉进园子内。在我到达时，太阳升起之后不久，我发现那里有一个土著

[1]一种气流沿山坡下降而形成的干热的风。

卫兵还在紧挨塔基躺着睡觉。随即卫兵就被撤走，因为这处岗哨只在夜晚才守卫。这时整个地区都是粉红的，一种桃花衬托的鲜艳的粉红色；城镇上布满星星点点的阴影，几座白色的小隐士墓散布在棕榈林边，在这片沉闷的原野上欣然闪烁着，而原野在短暂的凉爽时刻，似乎在对初升的太阳微笑。空中有模糊的声响，近似于某一首歌曲，它让人明白世上所有的地方都快活地苏醒了。

于是，几乎在每天的同一时候，传来了从南方飞到的无数小鸟的啁啾声。这是来自沙漠的沙鸡，去源泉饮水。它们飞越城镇，成群结队，也可以说分成一小群一小群的；它们飞得很快，可以听得出它们的尖翅膀迅疾的扑扇声；它们的古怪而嘈杂的叫声随着飞行的速度时而拖长时而变得急促。我老远认出它们的先锋时感到一种由衷的激动；我数着相继而来的鸟群，几乎老是同样的数目；它们总是朝同一的方向奋飞，从南往北，斜穿城镇经过我这儿。它们的羽毛被阳光染上色彩，灿烂的闪光片霎时间遮蔽了蓝色的天空；我从拉斯-欧云这边目随着这些沙鸡；它们飞到绿洲一半左右就在我的视线中消失，但我经常继续听见它们的叫声，直到最后一群沙鸡在饮水处停下来。这时是六点半。一小时后，相同的叫声突然在北方重新响起，同样的鸟群再次一一飞越我的头顶，次序不变，数目相等，一队接着一队，返回荒漠的旷野。只不过，这一回叫声没有突然停止，而是逐渐变弱，减轻，消失在寂静中。可以说早晨结束了,一天中唯一近乎宜人的时光在鸟群的一去一回中流逝。景色原先是粉红的,现在已变成黄褐;城镇中星星点点的阴影少多了。随着太阳升高,市容呈现灰色;随着阳光越来越亮,沙漠反倒显得暗淡;唯有山丘仍然是淡红色的。倘若一直刮风,这时就会停止;从沙漠中散发出来的热气,开始在空中散布。两小时以后,传来宣布退回祈祷的号声;一切活动同时停止,随着最后一声号响,中午开始了。

此时此刻,我不再担心受到打扰;因为除我以外,没有人会打算到高地上来冒险。炎阳上升,逐渐缩短塔影,终于直接升到我的头顶上空。我别无隐藏处,只能躲在我的阳伞的狭小的阴影下,缩紧身子;两只脚伸进沙地里,或者放在亮晶晶的砂岩上;我身边的画夹在阳光下弯曲了;我的颜料盒像烤焦似的裂开了。万籁俱寂。整整四个小时这儿静谧、寂寞得令人难以相信。城镇在我下面沉睡,犹如一个紫色的庞然大物,带有空荡荡的露台;阳光照亮了这些露台上许多筐篮,装满粉红色的小杏,放在那儿为了晒干。到处都能见到一些黑洞,标志着屋内的门窗,还有深紫色的细线条,显示出城里仅有的一两条林荫道。露台周围较强的光线,有助于把所有的泥土建筑物彼此区分开来,这些泥土建筑物与其说是建造的,倒不如说是堆积在三座山丘上的。

城镇的两边各有一片绿洲,在白昼的凝重气氛下似乎同样沉睡不醒,无声无息。绿洲显得很小,紧挨着城的两侧,看起来与其在取悦它，倒不如说必要时想保卫它。绿洲在我眼前一览无余：如同两块方形的叶丛，绿公园似的围着一道垣墙，在荒瘠的旷野上明显地勾勒出来。尽管被分割成许多小果园，每个果园都用墙围住，从我所处的高度望去，仍然好似一张绿色的桌布；分不清任何树木，只能辨别两层式的森林：第一层是圆顶树丛；第二层是棕榈树丛。相隔很远，有几垄稀疏的大麦，如今已只剩下麦茬，在叶丛中间形成一些土黄色的平地；别处，在少数林中空地里，露出一种干燥的、粉末状的灰色土地。最后，在南边，有少许被风吹来的沙堆越过了围墙；这是沙漠在侵占花园。树木纹丝不动；森林茂密处隐约有些隐蔽的洞口，可以设想里面藏着一些小鸟，它们正在睡觉，等待傍晚第二次醒来。

这也是沙漠转变为昏暗的原野的时刻，我从到来的那一天起就注意到了。太阳悬挂在中天，把沙漠罩在光圈内，相等的光线同时四面八方到处直射着它。这既不再是光明，也不再是黑暗；不可捉摸的色彩显示的远景几乎无法再测定距离，一切都染上一层褐色，没有色差、不着痕迹地延伸；十五至二十法里[1]一片地方，单调、平坦得犹如地板。似乎最小的隆起物也该显露出来，然而一无发现；甚至再也无法说出哪儿有沙子，哪儿有土地，哪儿是多石的部分；这片固体海洋的

[1]一法里约合四公里。

静止状态这时比任何时候更动人心魄。见到它从我们脚下开始，既没有预定的路线，也不迂回曲折，径直朝南、朝东、朝西扩展，隐没，我们不禁会寻思，那片具有朦胧色——似乎像空虚色的静悄悄的地方究竟可能是什么样的?既没有人从那儿来，也没有人往那儿去。它最终以一条笔直、清晰的线与天空相接。谁知道呢？我们感到那里并非结束，可以这样说，那只是大海的入口。

现在，请为这所有的幻想补充地图上看到的令人神往的名称吧。我们知道那边有一些地方，处在这个或那个方向，相距五天、十天、二十天、五十天的行程，一些地方著名，另一些仅仅被标出，其他地方则听起来越不为人知；——首先，正南方是贝尼-扎卜，七座城市的邦联，据说其中三座与阿尔及尔一样大，棕榈树有十来万株，还盛产世界上最好的海枣；然后是香巴亚，小贩和商人的集聚地，靠近图瓦特绿洲；然后是图瓦特，无数的撒哈拉群岛，肥沃，引水灌溉，人口稠密，同图阿雷克交界；然后是图阿雷克，它大致占满这个未知面积的巨大地区，人们只能确定它的四个末端：滕贝克图、加德姆斯、提米蒙和豪萨；然后是只能隐约看到边缘的黑人地区，两三座城镇的名称，一个王国的首府；一些湖泊、森林，左边是大海，也许是大江，赤道特殊的恶劣天气，稀奇古怪的物产，巨大的动物，长毛羊，大象；还有什么?再没什么清晰的了，未知的距离，变化不定，谜。我面前就是这谜的开端；中午明亮的阳光下的景色是奇特的。正是在这儿,我想见到埃及的狮身人面像。

我徒然环顾四周,无论远近,都看不出任何东西在动。有时,偶然有一小队载着东西的骆驼出现,犹如一串黑黝黝的小点,慢腾腾地爬上沙坡;只有等驼队靠近山丘下,才能瞧见。这是些旅行者;他们是谁?来自何处?他们穿过了我眼皮底下的地平线,而我竟没有发现。或者有时,有一股夹带沙子的龙卷风犹如一股轻烟突然从地面上刮起,螺旋状上升,穿越一定距离,被东风吹弯,几秒钟后消失。

时光慢慢地流逝;这一天结束了,就像早晨开始时那样呈淡红色,天空是暖色调的,背景也带上颜色。这次,轮到倾斜的长火舌即将把东部的群山、沙漠、岩石染成紫红色;白昼被烈日晒得疲惫不堪的地区由阴影占据;万物似乎都松了一口气。麻雀和斑鸠在棕榈树中唱了起来;城里也如同发生了一场复兴运动;一些人登上露台,来摇晃筐篮;广场上传来牲畜的声音,有人牵马去饮水,马在嘶,骆驼在叫;沙漠很像一块金板;太阳落到紫罗兰色的山上;夜幕准备降临。

这样度过一天之后,我回去时感到某种醉意,我想这是由于我沉浸在阳光中十二小时以上,吸入了大量光线所引起的;我愿意把我所处的精神状态详细向你说明。

这是一种内心的光明,夜晚到来后经久不散,在我睡梦中仍在折射。我不断梦见强光;闭上眼睛,我见到火焰、发光的星体，或者不断增长的模糊反光，宛如黎明的接近；可以这样说，我不再有黑夜。这种哪怕在没有太阳的情况下也面临白昼的感觉，这种犹如流星划破夏天夜空似的被闪光不断掠过的透明的休息，这种不给我任何黑暗时刻的奇特的噩梦，这一切都很像在发烧。然而我一点都不感到疲倦；这该是意料中的事，我不叫苦。

金志平　译

北方的夏季

〔俄罗斯〕尤·库兰诺夫

燕子的目光

燕子从来不斜视，也从来不眯缝着眼睛蹙额地看人。它那双黑色的小眼睛总是直瞪着。所以，人们猜摸不透它在想些什么。

七月里，一个闷热的夜晚，室内已经无法入睡，我便搬到顶楼上来了。我踩着摇摇晃晃的云杉木梯爬上了顶楼的圆木地板，把一捆捆隔年的厚实的亚麻在角落里摊开，在昏暗中愉快地躺在地铺上了。遥远的天际一阵雷声，炎热的夏季夜晚充塞了剧烈的连绵的轰响。从远处传来的减弱无力的雷声，遇到殷勤的干燥的屋顶，又活跃起来，在顶楼上久久地回响着。仿佛每一根苦于窒热的圆木都小心翼翼地承接着远方传来的雷声，悉心地倾听着它，然后，珍爱地把它传给另一根同样富于感应的圆木。

我感到有一阵目光直射着我，便醒来了。我才只睁开眼睛，两只燕子便从屋顶扑下来，在我的身边旋飞着，一面焦烦地噪叫着。我不懂得燕子说的是些什么话，但是，当我仰头看到筑在屋脊上的燕窠时，它们的意思我明白了。“为什么你要到这里来？”燕子呵斥着，“这样一座大房屋你还嫌它小吗？你是人哪，你想要在什么地方盖一座好的大房屋算不了什么一回事！我们现在到别处去筑新窠可就迟了。”当燕子在从缝隙中透射进来的阳光中，在我的头上求告地飞旋时，我这个自私的人（这种自私心很久以来就植根在人对一切动物的关系之中了）还是决定把桌子和所有的书籍都搬到顶楼上来了。

上半日，燕子一直没有停落在窠中。它们一会儿飞到这个窗口，一会儿飞到那个窗口，向里面张望着，看到我时，便立即飞去了。傍晚，它们由另一只燕子陪伴着飞回来了。从神态上可以看出，这只燕子比较年长，也比较精明，它是被请来最后出主意的。

它迅速地径直飞上了远处的窗口，于是，远远地端量着我，啪啪地扑着翅膀。另外那两只燕子也飞进来了，但是它们却那样忙乱和纵声喧叫，仿佛是犹豫很久才投身到冷水中的姑娘。它们对我噪叫着，并且彼此交换着眼神，仿佛马上要对我施加致命的威胁。年长的那只燕子看到桌旁的人在安静地从事自己的工作，又飞绕了几分钟，便停落在我的桌子对面的窗上了。它盯视着我，在思索着，然后，悄悄地向那两只燕子叽叽几声，就飞走了。这句简短的鸟语，显然是宽心话，因为，从那时起，两只燕子的态度遽然改变。它们友爱地忙碌起来了。

我从来也没有遇到这样专心致志、毫无怨尤地劳动的动物。从黎明到黄昏，两只燕子用小小的喙儿衔来泥土、草叶、羽毛。它们在干固的窠沿放上一小块泥土，加上一段细小的干枝，再放上一小块泥土。燕窠的外架筑成了，远望有如建筑在岩壁上的中世纪的城堡，这时，两只燕子便开始布置窠内了。

我观察着这两个小动物，努力地探求着，是什么东西使得它们的劳动热情那么高。"如果它们的脑中有着一点点的理智，"我判断着，"那么它们就会满怀信心地生活着，相信自己劳动的果实不会被用来作为反对自己的武器。"

同时，两只燕子的态度也发生了截然不同的变化。看到我日间伏案写作，夜间安静地睡眠，雄燕便不再理会我了。它有时衔着一小段麦秸，有时衔着一小片羽毛飞进顶楼来，擦过我的身边就径直飞落在桌顶上的窠中了。一到傍晚，它就进窠睡觉。雌燕则依然具有雌性所特有的性格。它像所有的年轻女人一样高度地戒备而又多疑。它无时无刻不在责骂着我，每次飞进顶楼来都是敞着喉咙噪叫。但是，我，雄燕，乃至它自己都清楚地了解，这种叫骂已经不表示着对我的态度，而且也不具有任何意义了。只不过由于守礼而认为自己必须端庄罢了。为了使它能够飞进窠中过夜，我必须下楼去，在天色昏暗时再回到顶楼来。

在昏暗中我们安静地休息着。风一阵阵地吹得顶板轧轧作响，有时回响着雨声，但更多的时候，却是入定般的寂静。在寂静中，两只燕子有时在梦中交谈，有时曼声地迷醉地歌唱。在这些时刻里，它们大概梦见了远方蔚蓝色的大海，海水正奔涌向沙滩，海边有着高高的灯塔，热带的庞大的金字塔。有时，它们还急切地、热情而又温存地低语着。于是，我猜到了，这是它们梦见了未来的雏燕。雌燕偶尔责骂起来，我也就明白了，这是它梦见了我。我倾听着，完全沉迷于它们的夜间细语，我自个儿也睡着了。

一天早晨，在这对配偶之间发生了一次严重的谈话。雌燕进得顶楼来就围着我飞旋，迟疑地不向窠中飞去。随后，雄燕也飞来了，不满意地望着它在我身边挑起的纷扰。“不要乱飞了。”它突然气恼地大声说道。胆壮了的雌燕没有搭理它。“不要乱飞了，烦透了。”雄燕又重复了一句。“啊，原来如此呀！”它叫起来，丢掉麦秸秆儿向小窗飞去。它绷着脸停在窠边，挡住整个的入口。但雌燕没有勇气在我的桌顶上飞，于是，一面噪叫着，一面无目的地在顶楼里转来转去。“好个没良心的！”它吵叫着，“放我立刻离开这个陷阱！即使你不珍爱自己的生命，也得怜惜怜惜我呀！我不愿意被这个大人捉住，变成可怜的玩物。绝不！为什么我要受到那样的惩罚！”雌燕沉默着，毫不动容地望着雌燕。雌燕吵叫了一会儿，拍了拍翅膀，就飞落在横梁上了。只安静了一会儿，它就扇着翅膀向窠中飞去，但又折回来，停在我的头顶上。雄燕闷声不响地望着雌燕，目光责备而又严厉。“我太不懂事了，随你怎样处置我吧。”雌燕驯顺而又难过地说道，抖了抖翅膀，飞进窠中。雌燕也抖了抖翅膀，飞进窠中，温和地说：“乖。”这时，雌燕又从窠中飞出，擦过我的肩头，停在迎面的小窗上，望着我。我抬起头来，我们的目光相遇了。它用那双黑色的小眼睛望了我很久。从此，在我们之间就响起了热情而明快的音乐了。

这种音乐是夏季空气的暖流、鸟儿的幸福的啁啾声、随风摆动的白桦、故乡草场的迷人香气所催生的。栖落在屋顶上的乌鸦脚步声、麻雀啄食屋顶上的白桦子实的嘈杂声、山雀在马匹周围小心的急促的跳跃声，都在音乐中交响着，并且变成为它的旋律。随着音乐的响起，话语、记忆和愿望变得更为重要，更加有力，更具有独立意义了。日夜乐声都在飞扬，仿佛是擦着睫毛闪过的燕子微颤的翅翼。

但是，一天早晨，这乐声突然令人心悸地停止了。在沉睡中我感到了这一点，就醒来了。雌燕又激动地围着我飞转。在它的呢喃声中充满着惊惧。我看了看小凳，那上面有一个从窠中掉下的碎裂了的空蛋壳。同样的两瓣空蛋壳我是在地铺边的圆木上发现的。雄燕衔着一只黑色的大苍蝇冲进了顶楼。它仿佛是一架飞机,径直地飞着,而苍蝇嗡嗡着恰似一架真正的马达。从这天早上起,这种沉重的嗡嗡声就充塞在整个顶楼,而旧日的音乐也随着轻慢地回响起来了。

不过,音乐的节奏却愈加快速了,因为两只燕子整天也不休歇。新孵出的雏燕食量很大,远远地就等着吞吃食物。小小的雏燕身上还刚蒙上一层稀疏的淡蓝色的绒毛,却都长着一张张大嘴巴。食物总是给那最先啄到的雏燕抢去。是的,只有非常年轻的母亲才这样喂育孩子。雄燕则顺序地由右至左地把食物放在每个雏燕的口中。不久,邻家顶楼中的燕窠被猫儿所毁,于是,我们这里受抚养的雏燕增加到三个了。那只年长的燕子也来帮助它们,它也是自右至左地喂着雏燕。雄燕和雌燕都停在窠沿上睡觉,而那只年长的燕子则在柴棚内的横梁上安身。在梦中它也时常用热情而又温存的语音谈话,就像雄燕和雌燕还没有生出雏燕前在梦中交谈一样。

过了不久,有那么一个早晨,我醒来了,因为有一只短秃的翅膀热情而又胆怯地拍打着我的面颊。一只快要长好羽毛的雏燕落在我嘴边的枕上,用那好奇的天真的目光望着我。另一只雏燕站在烟斗的把上,也在望着我。两只雏燕和长大的燕子不同之处,只是尾巴上还缺少两根黑色的挺直的翎毛。第三只雏燕停在窠中,畏葸地望着由窠中到圆木楼板的这段深渊般的距离。显然，它还没有完全学会灵巧地啄食母亲送来的食物，气力不足使它产生犹疑。

中午，当我在桌旁坐下，它才从窠中跳出，而另两只雏燕则努力地查看着这间尘封的贮藏室。跳到桌面上，它就扑倒在那本厚厚的浓绿色封皮的《世界史》上了。我继续写作着，但是，从笔端流下无数蓝色字体的这种毫无意义的现象使它非常惊异。它那黑色的小眼睛猎人般灵活地眨动着。看来，只是由于一切燕子所具有的彬彬有礼的天赋，它才没有扑向这蓝色的行列。在柔和的薄光中，封面的折光使雏燕的白色胸脯染上了一层绿色，黑色的羽毛也闪着奇妙的光芒，它简直变成一种奇异的不相识的鸟儿了。

雏燕们整日里都在家中嬉戏，压根儿没想到飞向窗子，看看街面。黄昏临近时，一只陌生的迷路的雏燕飞来了。它疲乏地扑进窠中。三只羽毛丰满的雏燕立即从贮藏室扑扑棱棱地飞来，好奇地望着来客。夜晚，雏燕们挤在一起入睡了。雄燕和雌燕却安歇在柴棚中的细木横梁上。清晨，那只年长的燕子来了，和迷路的流浪者说了句话儿，就一起飞去了，从此再也没有回来。

燕子哥儿们飞向街头的道路已经打开。它们一个接着一个地飞向窗口，由于风吹也是由于本领欠熟，它们挓挲着翅膀停在窗上，回头张望着。

啊，太阳！像海洋般辽阔和充满阳光的世界在怎样欢迎着它们啊！在大地和高空的彩云之间飘响着多少只鸟儿的鸣声啊！有多少没有见过的长满红色球果的大树在欢乐地摆动啊！有多少英武的大鸢在阳光下飞翔啊！每只雏燕都在想着，它们一定也会成为那样强而有力的大鸟。但是，脚下的世界又是多么深啊，记得有一次爸爸和妈妈从窗上仰身而下，最初几乎完全没有展开翅膀，想到这里，心都收缩了。

燕子妈妈和燕子爸爸正停在横过道路的电线上，望着自己的孩子。

中午，我看到，这对父母怎样威武而又愤怒地在田间驱赶着鹞鹰。那只庞大的蠢笨的鹞鹰在麦茬地上空畏葸地退却着。它们则追逐着它，在它的身上盘旋着，扑到它的头上，用那小小的喙儿凶猛地啄着它。

从这天起，顶楼就空落了。一天夜里，雏燕们在窗口并肩地停了一会儿，望着夜空中黄色的牧夫星座。此后，就谁也不知道它们在哪里过夜了。人们只是看到它们在家屋上，柴棚上，在枝叶繁茂的金色的菩提树上，在那充满了愉快劳动声音的田野上，幸福地飞翔着。它们彼此迎面地飞来又飞去，衔尾飞成个大圆圈，仿佛是一颗颗小小的黑色的行星。家屋、柴棚和菩提树都被穿织进由疾飞组成的迷蒙网眼中，仿佛它们也和燕子一起在蓝色的秋空中飞翔。

不久，又空落了，不仅在顶楼，就连周围也寂然无声了。听到的只有凋谢的树叶悄然落地的声音。禽鸟都飞走了，只有那些不愿长途跋涉到热带远方去的鸟儿才留了下来。在这样天高气爽的日子里，我是在田间电线杆下的新鲜干草垛上过夜的。一天深夜，在轻松的田野之梦中，我感到一束目光在望着我。我睁开了眼睛，迎面的电线上停落着一只燕子，它那小小的眼睛定定地望着我。这是那只熟识的年长的燕子。它的目光仿佛是我所喜爱的歌曲的最后回声在我的心中回响着。

白桦之歌

七月逝去了。蓝色的天空蒙上一层淡淡的白色。树叶儿发硬了，而风儿也越加猛烈了。

听吧，听吧，这时枝叶蔽空的白桦树是在怎样地鸣响着啊！人们会听出：这里有着日益临近的秋天的预感，有着林叶的短促歌声，有着鸟儿的啁啾之声，有着风摆白桦枝的甜美感觉。

瞧吧，瞧吧，是怎样的金色雪花飘落向田野和树丛啊！人们的脚下已是发着白色的雪堆了。把淡红色的小雪花抓起来，用手掂量一下，人们就会猜想到，这是新的白桦树种子。每一粒白桦种子都能够生长。在刮风的日子，裴舒格[1]将会增加多少音响啊！脚下已涨起了红色雪花的岛屿。

---

[1]一个村庄的名字。

在云影下

在晴朗的日子，只要你凝神望着天空，就会看到你所想见的一切。即使薄云轻卷也无妨。那时，阳光不刺眼，风儿也清凉，而你却仿佛置身在很早以前到过的遥远的地方。风儿吹动着白杨树叶，流散出轻轻的琤琮声，仿佛是远处无数滚动着的花岗石碎块相互碰击的声音。

云影消逝了。可是白杨却还使空气中充塞着花岗石碎块碰击着的琤琮声，火红的圆圆的树叶在随风飘落着。

在这里，我想起了遥远的地方。在天山的群峰之间，或是在堪察加的淡青色的峡谷中，我将会记起这些山冈，这些金色的小树林。我们就是这样在心中重温着自己走过的祖国无边辽阔的大地的。

祖国就这样愈来愈深广、愈丰富，就这样倍加幸福、倍加爱惜地珍藏在人们的心中。

丘琴　译

夏天的洪水

〔俄罗斯〕索洛乌辛

每天细雨霏霏。最后土地已经浸透了水，再也吸不进一滴水去了。所以当天空中出现一条很宽的黑色裂口，从那里倒下夏天那样的瓢泼大雨时，我们平静、温和的小河立刻暴涨起来。在每一个谷地，每一条沟壑里，水流都争先恐后，越过树根，跳过石块，向前飞奔。仿佛它们有一个共同的任务——尽快流进小河，以力所能及的方式参加进去，帮助它猖狂肆虐。

雨挥动千万条水绳，鞭打所有的小溪和洪流，不停地催促它们。雨打得越重，抽得越响，无数激流也就奔跑得越兴奋，越急促。

就在地面上——约摸半米高——弥漫着一层灰白色的

雾。老大的雨点打在地上，摔得粉碎，变成水尘和极小的飞沫。每个屋顶上都能看到和这一模一样的灰白色烟雾。到处都能听到雨声，均匀而又紧张，雨声满怀信心地占领了四周的一切地方，毫不动摇地坚守着它的阵地。时而一声雷鸣，声音刺耳，震耳欲聋。听到雷声是很奇怪的，因为整个天空灰蒙蒙的，色调均匀，是连阴天的样子，而不像雷雨天气，雷雨时天空黑中透青，狂风大作，大家都知道，雷雨是很快就会过去的。

没有风，雨从单调的、像凝胶一样的天空中浇下来，似乎现在它永远也下不完，永远也不会停了。

一夜雨声不断。天快亮的时候安静下来了，只是树上还在往下大量滴水。如果听觉敏锐，侧耳细听，还可以听到，草上也在往下滴水。

雨停了，河流却放荡不羁、肆意狂獗起来。无论什么时候，就连最深的积雪突然一齐融化，也没有像现在这样到处泛滥的洪水。河立刻冲垮并冲走了所有的小桥，卷走了似乎十分安全的夏天河岸上的一切：不管是木柴、圆木、草垛，还是垃圾。它冲出河岸，淹没了牧场，绿色的燕麦田，金色的黑麦田和正在扬花的、白茫茫的荞麦田。在地势低洼的村庄里，它悄悄地逼近了菜园。

在奥斯塔尼哈，河边有一些澡堂。这是些歪歪斜斜、由木桩撑着的小木头房子。现在水面上只剩下了澡堂的屋顶，大概不久就要被水冲走了。

但我们的小河毕竟太小了，即使发这么大的洪水，也不会给人们造成严重的灾害。假定说吧，有一只小猫在屋里玩耍，就算它扯掉了窗帘，打破了一只杯子或是花瓶，可是它还能惹出什么麻烦来呢？它到底只不过是一只小猫，而不是大象，不是熊，也不是老虎。

恰恰相反，大家都很好奇，兴致勃勃地观看对我们这个地方来说非同寻常的大水。一些人说："要是我们这儿经常有这样的大河就好了！"老人们在回忆：他们什么时候——是五十年前，还是七十年前——还看到过这么大的大水。虔诚的老太婆们唠叨地说："下了一夜，可是看哪，出什么事啦?要是下上四十天四十夜——那可不是要发洪水了吗！等着瞧吧，还会下大雨的！……"小孩子们在水边跑来跑去，观看联合收割机驾驶员安纳托里·拉曼诺夫用抄网在水里捞鱼，他想要捕到大头鲂或梭鱼。

我拿了一根棍子，沿岸信步走去，我什么也没有想，只是在欣赏这当真是极不寻常的景色。

高高的赤杨丛，现在只能看到树梢。显然，水在迫使树丛顺着水流的方向向下弯曲，但树是有弹性的，它们利用浑浊的流水每一微小的让步，竭力要挺起身来，因此它们在不停地摇摆，弯腰，仿佛上过了发条。

一棵老白柳一直被淹到树冠。形形色色的小鸟在它的树枝上跑来跑去，惊慌而又哀怨地叫着。大概，有不少舒适、温暖的鸟巢(按时令来说，窝里还有雏鸟)都被淹没了。

我在一个地方看漩涡看得出神，于是站住了。水在这里撞到弯曲的岸上，转起圈儿来。漩涡边上水流缓慢，仿佛懒洋洋的，但越靠近中心，转得越快，终于形成一个旋转的水的漏斗，从附近漂过的一切都止不住地被吸引进去：麦秸、干草、木片，就连被淹没的树枝梳理流水所产生的气泡，也会被卷进漏斗里去。

我的耳朵里开始听到一种单调、微弱的吱吱声，声音是那样轻，起初我虽然听见了，可是不知怎的竟没有注意，不知怎的它竟没能被我"听见"。也许，最初我把这吱吱声和小鸟的啁啾声混淆起来了，后来才分辨出来，引起了我的注意。

我侧耳倾听，这才明白，吱吱叫的并不是一个生物，而是好几个生物同时在叫，它们就在附近，几乎就在我的脚边。

我沿岸走了几步，又细细听了一次，这时看到，在我自己觉得很大的、我的胶靴靴尖旁边，有一个小坑——这是一个从前的牛蹄子印，小坑里有几个很小的小兽，都团成一团，和一切小兽一样，软弱无力，孤立无援。

这些小兽有小老鼠那么大，或者不如说有田鼠那么大小，因为它们潮湿的皮毛，颜色更像田鼠。有六只小兽在那里蠕动着，而且每一只都竭力想爬到另一只上面去，它们滚在一起，一直在盲目地乱爬，把那些最弱的踩在脚下。

小坑刚好在陆地和水交界的地方。但水仍在继续坚定不移地往上涨。它已经在小兽的避难所底上积起一汪冰冷的水洼，有两只小兽一动不动地躺在那里，不知是呛了水呢，还是在争生存的盲目斗争中被它们的“兄弟”或“姐妹”踩死了。

我很想弄清，这是什么兽的小崽，于是开始向四面张望。一只麝鼠瞪着乌黑的小眼珠，从赤杨树梢后面望着我，它的爪子急急忙忙不停地划着，好让自己能固定地呆在一个地方，不被冲走(水流在冲击着它)。它看到我在看它，急忙惊恐地向一旁游去，但是仿佛有一条看不见的线把它和那个牛蹄子印拴在一起了。因此麝鼠不是往远处游，而是在转圈儿。它又回到赤杨树丛那儿，又在望着我，不知疲倦地在原地划着。

水位正常的时候，那个牛蹄子印离河岸还远。这么说，可以推测，当水涌进鼠洞时，母亲已经把它的小崽拖到了较高的干燥地方。很可能牛蹄子印并不是它们的第一个避难所。可是以前的那些避难所都被水淹没了，正如它那温暖、干燥的洞穴已被淹没一样，再过一刻钟，这个冰冷的、底上已经积水的牛蹄子印，也将像这样淹没在水下。

麝鼠在水里离我只有两米远，对于这种极端小心、胆子极小的小兽，这是不可思议的。从母亲这方面来说，这是英雄主义，是自我牺牲精神，然而不可能不是这样：因为小崽们正在那样惊慌、那样坚决地叫着。

我终于走了，以免妨碍母亲完成它永恒的使命——拯救自己的孩子。也许，它会把它们再拖到一个新的地方去，虽说再下起雨来，到最后它的小崽未必都能安然无恙地逃脱这场灾难，正像有两个已经躺在坑底，再也无法脱险一样——活着的只是关心活着的。

我回家去了。受这种不由自主的感伤心情影响，我在想，我也有孩子。我努力想象这样的情景：如果发生一场灾难，对于我们来说，它的规模，它的突然性和猖狂程度都如同这场洪水对于可怜的小兽一家一样，那时我不得不像这只麝鼠一样，把孩子们拖到一个又一个地方去，而他们却由于受冻，由于争取生存的斗争，相继死在路上，他们在呼喊我，在叫我，我却不可能来到他们身边。

我翻遍想象力所描绘出的一幅幅画面，停止在最可怕的人类灾难面前。它的名字就叫战争。

雨一分钟比一分钟大，雨鞭打着我的脸和手，打得我很痛。阴雨天漆黑的夜幕降临大地。河里水仍然在涨。

天空中，从雨云上方，仿佛是从黑暗的夜空之上，传来一阵勉强可以听到的隆隆声，一群由火和金属制成的飞鸟不知是从哪里飞来，也不知要飞往何方。

如果它们现在能从高空向地面上看一眼，向在地上行走的我看一眼的话，那么在它们看来，我将是多么渺小，多么微不足道，恐怕会觉得比我看到的那些小麝鼠还要渺小得多吧；而在半小时前，当我看到它们冻得发抖，闭着眼睛，躺在大地和自然势力边缘的时候，我却觉得它们是那么渺小，简直小得可怜！

非琴　庆云　译

牧月❶

〔法国〕阿兰

六月份有最美好的日子。几天前,我受到几位亲密的朋友的邀请,他们最近退隐在乡下。时值牧月,草长得浓密青翠,树丛漫到了路边,所有的叶子都伸展开来,在阳光下呼吸,每一种都带着自己的色彩或透明,因为叶子还很柔嫩。虞美人到处开放,在灰绿色的麦田里,更多的是在深色的牧场里。蓝色的反光缓和并融化了对立的颜色,天空的蓝色使各种色彩融合在一起。因此,阳光像一支支利箭射进土地,还没有迸射出来。在路的拐角,不起眼的玫瑰不费多少力气就开得灿烂辉煌,色彩单一而奇特。玫瑰万岁!

---

❶牧月:法兰西共和历的第九月,相当于公历5月20日至6月18日。

随着白天的炎热，升起一缕缕乳白色的雾。雷已开始满天闲谈。然后，在一声更为暴烈的呼唤之下，滚来了一些冰雹，但是对花并未造成多大的危害。过后，一阵清凉的风搅动了地上太阳的圆圆的影子，太阳在树枝间微笑。

这还不过是个序曲，真正的戏是在晚上。暮色持续的时间很长，它在模仿月光，结束之前，人们听见天边有雷声。每一种暴风雨都以自己的方式说话，有的低吟，有的连续发出爆裂声。闪电也有它们自己的方式。在北方，是白光的爆炸；在西方，红色的火焰顺着小山奔跑；在南方，从地里冒出几缕弯弯曲曲的线条，刺破了天空；其他的则弯曲着上升，然后跌落。突然，一股急迫的风起来了，一片黑云，仿佛一缕浓密的烟，来到了我们的头上。这是一阵雷声和一片大火，但永远没有雨。

人们说好日子结束得好。风吹散了云，雷声渐歇，还留下几道慵懒的闪电。在天空上，我们可以看见庄严的木星，它已经下沉了，红色的火星正在我们头顶，天蝎座α星在南方，也是红色的。而织女星，蓝色的星，预示着好天气的星，正高高地悬在天上。这是最美妙的和谐。青蛙的笛声，蟋蟀的尖叫，不时传来小猫头鹰的柔和的鸣叫。这时，在右边，溪水流来的地方，夜莺开始唱歌了，先是三声雄浑的呼唤，然后展开华彩的、渲染的长句，它们以相近的音调重复三遍。我不明白，为什么这歌声从不显得忧郁，或者温柔，或者幽怨。我从中领会了一种迫切的甚至专横的激情，领会了鸟儿的全部力量，它在翅膀的一振之中是那样明显，它也许是这个世界的活力中最神奇的力量。这场夜间音乐会与友谊的自由表达混为一体。这就是六月的节日，赶快享受吧。夜莺已经常常缩短它的歌曲了，犬蔷薇花很快就要凋谢了，就要到穑月[1]了，就要见到太阳的辉煌了。

1910年6月11日

郭宏安 译

❶穑月：法兰西共和历的第十个月，相当于公历6月19至20日至7月19至20日。

夏兴

〔日本〕德富芦花

一

十二岁那年夏天，曾经在京都栂尾的寺院里避暑。寺下面有一道清流，一处积满流水的碧潭，潭上突露着岩石。

艳阳如火的一天，同两三个朋友一起到附近的村子买西瓜。说是要放在溪流里冰一冰，有的抱着西瓜从岩石上跳下去，有的为了争夺西瓜打起水仗。潭里沸腾了，泛起了雪白的浪花。正当三个人眼花缭乱之际，流水悄悄地把那翠绿的玉球夺走了，漂漂荡荡地冲走了。大家争相去捞，西瓜撞在岩角上，碎了。每人抢到一块，边吃边游。这样的西瓜多半都是水。

二

故乡姐姐家，有清冷如冰的井水。水井旁边，绿叶翠蔓，弥天蔽日。南瓜地里，处处开着黄花。下午两点，蝉声聒耳。当感到眼睫千钧重的时候，便光着脚走到井畔，汲一桶水置于高架上。砍去南瓜弯曲的蔓子，水桶上插一根导管，然后赤条条从头浇到脚。这样的事至今难以忘怀。

三

下了富士山，和朋友各骑一匹马，由中畑向御殿场奔去。一路上，可以看到山丹、车轮百合、瞿麦、桔梗等夏秋花草，杂在浅茅丛中开放，仿佛走在画图之中。叫牵马的小姑娘折来一捆，载于马首，爱其色香。最后，一边走，一边将一束束野花拍打着前边马背上戴着海水浴帽的朋友的脊梁。

离开中畑时，已近中午，日光赫然照下来，骑在马上汗流浃背。走了四里光景，忽地传来殷殷的雷声，爱鹰山边涌现一团黑云，眼看向东南方扩散。风带着水汽，飒飒扑面而来。抬眼仰望，炽热的阳光已经消失，地上也没有了万物的影子，原野、森林，一片昏暗。马打着响鼻，快活地走着。

“烟生原野草，雨降晚凉天。”

我这时才懂得西行这首诗的妙趣。

四

上文提到的姐姐家，位于不知火海[1]滨，靠近天草[2]。这里大小岛屿星罗棋布，水深而澄如碧玉，在岛屿之间回旋流动。或形成河流，或形成湖泊，悠悠然如游戏一般。陆地和岛屿，岛与岛之间狭小的地带，两边的人可以低声对话，相熟的孩子们可以借助水盆渡来渡去，真可谓"岛间海为涧，渡船小于瓜。"

江村八月碧鲈肥。亲戚知友三四人，驾一叶小舟，载着钓竿、锅釜、米、盆碗、酱油等物出海了。头顶炎阳照，水上微风吹。拣个岛影沉静的地方泊下小舟，各人都垂下钓丝，船老大的钓钩上喜获尺把长的一条鲷鱼和两三条幼小的碧鲈，而我们这些外行人的钓钩上，只挂着一点可怜的杂鱼。真叫人气不过哩！日近中午，把对面的钓舟唤来，买一条更大的碧鲈，将船挽于岛旁的松树上，趁船老大做饭的当儿，曲肱躺下。阳光炫目，少女们用衣袖掩在脸上。身子下面，海水呱嗒呱嗒舔着舱底，摇摇晃晃好像躺在摇篮之中。不知不觉间，梦绕魂游，早已出了三十多里远。突然，雷鸣贯耳，睁眼一看，船老大正高声呼喊："客人，饭好啦！快起来吧！"

竹箅上的碗里盛着米饭和汤汁，大碟子里装满了生鱼

---

[1][2]均为九州地名。

片。一只小钵里盛着酱油。用潮水煮的米饭，略带咸味，却很香甜。船老大用生锈的菜刀大块大块切成的鲷鱼和鲈鱼，那鱼片比木匠用斧头砍下的木片还要大，但却是那般香甜可口。吃罢饭，借用岛上人家的井水润润咽喉，回去脱掉衣裳，从船上向海里一跃，游上一遭儿，再睡上一觉。太阳西斜了，微风鼓浪，这时再把小船换个地方，钓上一阵。太阳更加西斜，最后落山了。海岛一个接一个昏暗了，光闪闪的水面流着溶溶的紫霭，不久又变成了白色。

返舟还家，每响起一阵咿呀的橹声，空中就增添一些星星。星光映在水里，小船行于天上。黑魆魆的海岛，灯火明灭，阒无人声，只是到处充满了虫鸣。走着，走着，天空和大海都变得一片昏暗。橹声轧轧，溅起片片水花，犹如碧绿的磷火。小船两边的鲻鱼、鲈鱼等鱼类，倏忽远逝，水中泛起一道白光。夏夜易逝，归来后，但见江村寂寂，一片黑暗，只能听到喧嚣的虫声。

五

一天晚上，头疼发热，夜不成寐，遂起身漫步于庭院之中。黑树森森，月光下漏，青碧如雨。院里虫声四塞。行至井畔，放下井绳汲水，月光在水桶里摇曳闪烁。掬水入口，吸几片月光，随将余下的倾覆于地，月影也跟着滴滴嗒嗒掉落下来。真是太美了！于是，打一桶，又打一桶。我把三桶水洒落在地面上，然后，在虫声和树影之中伫立良久。

六

住在逗子时候，有一天，暑热甚剧，头戴着麦秆海水帽，赤条条地摇着小船，独自驶向前川一个没有人烟的地方。这里是御最期川的两股支流汇合之处，水藻间有深水潭，是鱼的巢穴。把小船停在这里一看，有的坐在船上垂钓，有的读书，也有的摆下钓丝躺在舱板上睡午觉，等醒来一看，钓竿早已被鱼拖走了。有时也能钓到七寸长的鰕虎鱼。

右边的支流相会处，有一块青芦洲。洲上遍生松树。松下草丛里的红百合、瞿麦、日扇等，都开着花，白天也能听到虫声。洲的四周尽是软沙。有时，把小舟泊于此处，登洲采摘一些红百合回来。有时，朝阳流紫，浅水的地方宛如没有水一般，仿佛日影一片，坠落水中，似有若无，似动非动。审视之，是青虾在巡游。它们通体透明，群集一处，青如水色，遽难辨认。它们一旦巡游，如黑影在水底移动，这时方可知晓。仔细一瞧，看芦根上，浅水沙滩上，也有它们在游动。伸手捉来，须臾便可捡到一篮子青虾。

水越混浊，所钓收获越多。多雨的日子，穿一件衬衫，立于河中，将钓竿插入水里，同水面保持四十度的斜角，静等鱼来。河水混浊成灰黄色，如膏油一般。钓竿和钓丝倒映水里，物和影形成一个不规则的三角形。站在水中久了，双腿像木桩一般，有时有螃蟹什么的爬到腿上，倒也觉得好玩。

忽然，天空蓦地昏黑下来，一滴雨点落在水面上，画了一圈蛇眼纹。接着噼噼啪啪落得紧了，一圈圈水纹交织在一起。最后，大雨哗然有声，水面顿时荡起叠叠细浪。抬眼一望，空中的水晶帘一直垂到河面之上，小坪一带的山峦，薄暮冥冥，附近的松林若隐若现。不久，雨住了，河水越来越混浊了。松林吸饱了雨水，浓绿的树影映在河里。水珠顺着渔竿和钓丝滴落，河面上荡起一圈波纹，不断向外扩大开去。

归来时，渔篮里装满了鳗鱼和鰕虎。

七

大人小孩三四人到远海钓鱼。不一会儿，富士这面山麓紫铜色的云层底下，传来了殷殷雷鸣。然而，海上却静悄悄的，风平浪静。

向大岛方向眺望，听船老大说，骤雨就要来了。可我们眼里什么也没有发现。再向远海眺望。“来啦，来啦，到底来了呀！”船老大正说着，洋面上立时暗了下来。八里远之外，一只渔船下了帆狼狈驶来，周围的水面上荡起了粼粼细浪。骤雨掠过大海迅速降临。还未来得及调转航向，只见黑压压的云雾席卷而去，冷风飒飒扑面。小船四周蓦然腾起无数水波，银白的雨滴砸在竹箅上，一点，两点——千万点。须臾之间，我们的一叶扁舟陷入黑风白雨的重围之中。

没有雨伞，即使有也无法撑开。三四个人扯着草席顶在头上，大人小孩一同在席子底下谈笑。蹲在舱底，电闪雷鸣，绕舟而至，雨水打湿了袖子和前襟，随后再把衣服绞干。

陈德文　译

秋之将至

[俄罗斯]阿斯塔菲耶夫

八月末。

贝科夫卡河浅得可以见到河底，更加清澈晶莹。它好像有一点羞怯，微微发出汩汩的响声，似乎害怕惊扰秋日萌生的哀愁，害怕震落河岸上灌木披挂的初霜。

落叶日复一日地在河面上漂游，在浅滩的石块处积聚，蜘蛛网从大翅蓟和柳叶菜草上脱落下来，也在河上浮动着。大翅蓟这类植物在这里很多，大都生长在耕地里，尤其是燕麦地里，而柳叶菜草生长在采伐迹地。夜间，贝科夫卡河上依稀可见光亮闪烁，好像是电焊枪切割着河的坚硬表面——这究竟是八月的星辰陨落，还是北极光反射到了乌拉尔？也许这还是南极洲的光华反照到了默默无闻的贝科夫卡河呢？!

八月的夜，大地悄然无声；真希望和大地一起肃静一会儿，我怜悯自己，不知为什么也怜悯大地，渴望同温暖相依相偎，因为曾经是生机勃勃的广漠空间已经散发出步步进逼的清寒和昏暗。

雾，来得过于早了。雾帘低垂，一动也不动，它浓淡错落地笼罩在绿色的再生草地上和贝科夫卡河上。透过薄雾和沙滩上未被冲刷掉的似绒、似膜的东西，小河看上去冷若冰霜。

薄暮时分，螽斯嚯嚯地叫个不停，很像是许多割草机发出的簌簌声。螽斯长时间地、卖劲地叫着，唯恐停歇下来，似乎是想急于吃掉田地里和草场上还没有收割干净的饲料。

没有收割干净的是一望无际的荒原上的草，是林间空地上的草。

和许多年以前一样，现在人们也把割草季节推迟到九月初，而且割割停停，并不一气呵成把草割完。这样割下来的草已经熟过了，质量不好，而且是趁湿切碎的。用这样的草作饲料很不中用。但是不管怎么说它毕竟还是饲料。

秋天临近了。啊，秋天！

鸟儿一直啄食，胃口极好。黄鹀黎明前飞来，落在田地里，晚霞初照时才到灌木丛中营巢，用嘴叼去羽毛上面粘贴的蜘蛛网。鸟儿已经不再歌唱，只有数不尽的忙碌，只有踏上漫长航程之前的无声操劳。疲惫和担忧笼罩着自然界，接踵而来的是全然融入秋色，是依依不舍地与温暖告别，是准备进入难熬的冬天，尽管冬天对于自然界的复苏也是不可缺少的。还有，白雪会厚厚地覆盖在大地的表层，暖呼呼的。白雪给大地装扮上一顶小白帽。这时候，即将步入岁末，一切也将银装素裹。

张大本　陈淑贤　译

初秋四景

〔日本〕川端康成

一

在比平常稍凉的水中游过泳，腿脚会显得略洁白些。莫非蓝色的海底有一种又白又冰凉的东西在流动？因此，我觉得秋天是从海中来的。

人们在庭园的草坪上放焰火。少女们在沿海岸的松林里寻觅秋虫。焰火的响声夹杂着虫鸣，连火焰的音响也让人产生一种像留恋夏天般的寂寞情绪。我觉得秋天就像虫鸣，是从地底迸发出来的。

与七月不同的，就是夜间只有月光，海风吹拂，女子就悄悄地紧掩心扉。我觉得秋天是从天而降的。

海边的市镇上又新增加许多出租房子的牌子。恰似新的秋天的日历页码。

二

秋天也是从脚心的颜色、指甲的光泽中出来的。入夏之前，让我赤着脚吧。秋天到来之前，把赤脚藏起来吧。夏天把指甲修剪干净吧。

初秋让指甲留点肮脏是否更暖和些呢。秋天曲肱为枕，胳膊肘都晒黑了。

假使入秋食欲不旺盛，就有点空得慌了。耳垢太厚的人是不懂得秋天的。

三

纪念大地震已成为初秋的东京一年之中的例行活动。今年九月一日上午，也有十五万人到被服厂遗址参拜，全市还举行应急消防演习。抽水机的警笛声，同上野美术馆的汽笛声一起也传到我的家里来了。我去看被服厂遭劫的惨状，是在九月几号呢？

前天或是大前天，露天火葬已经开始了，尸体还是堆积如山。这是入秋之后残暑酷热的一天。傍晚下了一场骤雨。在燃烧着的一片原野上，连个躲雨的地方都没有，乱跑之中成了落汤鸡。仔细一看，白色的衣服上沾满一点点灰色的污点。那是烧尸的烟使雨滴变成了灰色。我目睹死人太多，反而变得神经麻木了。沐浴在这灰色的雨里，肌肤冷飕飕的，我顿时感受到已是秋天了。

四

能够比谁都先听到秋声，

有这种特性的人也是可悲吧！

这是啄木[1]的一首诗歌。无疑事实就是那样。我家里有五六只狗，其中一只对音乐比一般人对音乐更加敏感，它听到欢快的音乐就高兴，听到悲哀的音乐就悲伤，它不仅会跟着留声机吠叫，还会像跳舞一样扭动着身躯，然而它一点也感受不到初秋的寂寞。动物虽然感受到季节的冷暖，但它们并不太感受到季节的感情。

事实上，草木、禽兽本能地随着季节的推移而生活着，唯独人才逆着季节的变迁而生活，诸如夏天吃冰，冬天烤火。尽管如此，人反而更多地被季节的感情所左右。回想起来，所谓

[1]啄木，即石川啄木（1886—1912），日本诗人，小说家和评论家。

人的季节感情,人工的东西太多了吧。我不禁惊愕不已。

据说,南洋群岛全年气候基本相同,看星辰就知道是什么季节。夏季可以看到夏季的星星,秋季可以看到秋季的星星。若是能把身边的季节忘却到那种程度,这样的生活又是多么健康啊。也没有像美术季节那样的人工季节。

1931年9月

叶渭渠 译

秋

〔英国〕赫德逊

在南丘陵地区，从夏到秋的季节变化，因为突如其来，几乎是令人惊愕的。狂暴的刮风下雨的九月天，大雨滂沱，夜晚气温几乎降到零度，这在地势较低有树木的乡村地区并无多大差别；花儿渐渐地凋谢，野生动植物慢慢减少，这一变化从八月起，此时简直看不出来，要直到十月，树木才开始染上秋色。一连好些日子的风雨交加的天气，带上一点冬意，它的影响在光秃秃的山冈上要无限强烈得多，你会对几乎毫无色彩和生气，万物不加掩饰的惨淡凄凉的状态感到惊讶：九月就像十二月一般。

接着而来的温暖的日子带回一点点已失去的花期，鸟儿又增加了——白嘴鸦，欧椋鸟，槲鸫，以及别的一些给恶劣天气赶跑的鸟类，现在又回到它们生息的老地方。还有候鸟和迷途的鸟，出现得为数有限；小群的穗鹏，黑喉石鹏和花鹡。在丘陵地区宿营的旅行家中最多的是草地鹨。在牧羊场上到处都可以遇到分散的一群群，像一批啮齿类小动物在草坪上潜行。它们从你身边飞走时发出微弱的哀伤的嘤鸣，可是分明使你想起它们在夏天像仙女的银铃似的歌声。

在丘陵区较高地带可以听到另一种忧郁而更狂野，不过更富有音乐性的鸟音是海岸候鸟的啼鸣，通常是小嘴鸻和鹬。人们看到它们二十多只到三十多只到一百只或更多一群，有时跟欧椋鸟一起，夹在分散吃草的羊群中。当它们在青翠的丘陵的上空一小片浮云里打旋时，发出的声音是悦耳的，这片浮云时而呈灰色，时而呈白色。那奔放、清晰和尾声有变化的音节使人联想到海洋的声音、气息和清新的意味。

在温暖的天气里你又可以去找鲜花了：一大片黄色的矮荆豆，这儿那儿，在棕色和单调的绿色之间出现一束鲜艳的小叶欧石楠或颜色更淡的紫色的帚石楠。大部分夏天的花事实上磨蹭到九月才凋谢或在九月重又开花。在一枝残存有枯干的果皮的毛蕊花茎上你会找到一朵孤零零的花；忍冬花少量地开着，既苍白又没有香气；在这儿那儿整个丘陵地带你将发现矮蓟、山柳菊、岩蔷薇、砧草、茈草、牛舌草、吊钟柳、香车叶草，还有别的，它们都“独自开着花”。蓝色和紫红色的山萝卜可能是本季度最普通的花，细小的惹人喜爱的小米草在某些土壤最薄，草皮几乎盖不了下面的白垩的地方最为丰富。但是夜复一夜，岁月女神忙于用她冰凉的手指把这些最后的珍宝——这些跟她憔悴的双颊和忧伤的眼睛不相配的装饰——从她的面纱下掏出来。

最大的变化似乎是昆虫的生活：只不过没有多少日子前你就在充满活跃得不得了的无数生命的世界里活动，它们是这么又小又快又多，它们的行动只看得见而难以辨别。现在呢？——要是没有风又出太阳的日子，你想念它们而去找就发现所剩不多：一只野蜂机械地兜着圈子瞎飞，它的嗡嗡声跟过去相比有气无力；一只不出声的蚱蜢，一只孤独的想显得神情快活一点的苍蝇。你徒然寻觅快乐的小小的蓝蝴蝶和灰石楠，不久前还是那么多。使人惊讶的是看到一只如此漂亮得出奇的生物——红蛱蝶——它是第二代之一，由它继承遗产已为时过晚，保持不了多久。其余的呢，你将偶尔看到一株普通的白色小石楠，或者你的视线将被一丛荆豆属矮林的阳面上一块色彩艳丽的地方吸引——那是一只展翅的小铜蝶在维持生机所必需的光与热衷晒浴，在白昼以寒气刺肤的气温结束前，大约是最后一次吧。

即使是这些幸存者，也可能生命不长，九月的阳光看上去是温存愉快的，也可能持续多日，但从来是靠不住的，如果像期望的那样持续下去，连那么一半可爱都达不到。在金色的日子之后，灰色的日子重又来临，风一个劲地刮；山丘顶上再一次荒凉得寸草不生，你乐于走进粗硬的榛莽丛生的地方，那些没有被刮走而能飞的野生动物就藏身在这种地方以避狂风。但这种地方是多么小啊！也许你会看到一只黄鸥从它的藏身之处一冲而出，栖止在近处一个矮林的顶上看看是什么东西打扰了它。它将在那里坐一会儿，摇摇荡荡，它的羽毛变粗了，它长长的尾巴被风吹得翘到背上，或吹到一边与身体形成直角——一副不舒服的样子。你也许会想在这样一天安安静静地坐在避风的矮林里比游来荡去看到的东西要多；你或许会坐上一个小时或几个小时，什么也没看见，什么也没听到——夏天任何音符的一点回声都没有，除开风扫过黄黄的枯茎间像镰刀刈麦般的长长的声音。它在狂吹的那一会儿，升高到尖锐的嗞嗞叫的地步。

在这样一个死气沉沉的日子，对已逝去的夏天的回忆猝然像一道闪电似的出现在我的心头，以如此惊人的鲜明生动的印象强有力地影响我。那是一幅消失了的昆虫活动的幻景，仿佛才不多一会儿之前的事，它们遍布这些绿色的开花的山冈。我的身体在那些昆虫和花卉间挪动，如同在一片散布大地的金色烟雾中；我的耳朵充满数不清的微小纤细的声音，它们又混合成一个声音；不管我往哪里看，它们细小的迅速移动的身体看起来像空中或绿色的地面上的一条单薄的黑线。形态是如此无限地个别，然而又剪裁得这么奇妙，每一个都以它完全分开的个体而发挥生命之热，整体则跟万类万物和整个大自然和谐一致，对每一外界的影响以百万次秘密的跳动作出反应；它们众多的身体部位匀称，器官完善，生命力是那么旺盛，似乎配备得永久耐用。可是在这么短促的时间内，看起来仿佛是一天一夜，那生命之宴和像小精灵似的生之舞蹈，它就完了；数也数不清的珍宝似的形体变成死的尘埃，数不清的漂亮的小个体，它们的灵魂飘散在稀薄的空气中，风吹到哪儿，就飞扬到哪儿去了。

这一思想的第一个而且是难以避免的结果，当我出乎意料地和生动地想到逝去的一年岁月造成的巨大悲剧时，压缩在一瞬间，是一种深深的抑郁感，犹如压在灵魂上的恐惧的阴影。但这是一个白天投在地上的浮云或破碎的阳光式的阴影，很快就过去。昨天那丰满的生命确实永远从我们的眼界内消失了；现在它已成为不存在的东西，它所在的地方已不再知道它了；但是绝灭并不是在要出现的生命的种子播下之前降临到它头上的——它们又小又多像毛蕊花属植物的铁锈色种子似的，看上去像非生物的尘土，被狂风从它死去的杯状花萼内摇落出来，撒在地上。还有更小的，像裹在丘陵地区的灰暗的菌类——马勃菌——圆圆的菌盖内的小极了的孢子，要是给人踩上了或被棍子一敲，就散发出一团浓紫色或深黄色的烟雾，随风飘逝。沉默的大地上到处都是。从草皮的缠结的根部或从灰色的土壤下，无数像这类已消逝的菌类的生命会向着光明破土而出，成千上万形体美丽的生物，为鲜明的色彩打扮得容光焕发，它们小小的身体内洋溢着活力，永远以一种热情、快速、奇异的舞蹈姿态运动不已。

我们会重新看到这一切，那时候旧的熟悉的欢乐又焕然一新。这些数不清的小生命匆匆死去而我们则活了下来。不仅如此，它们短促的生命只有一次，虽然它们的感觉十分灵敏，可是它们看不到它们小小的视野以外的东西。过去和未来对我们是打开的，像千姿百态的无边无际的一个个国家横陈在我们的地平线之外；可是我们可以看着它们，自由随意地涉猎它们。甚至可能大地上萧索的秋天景象，大自然每年的悲剧，突然而鲜明地出现在我们的心目中，使我们头一遭认识到这个精神自由的真正意义。它成倍地增加了我们的年岁，使我们的生命实际上多到成为不朽。清晰地意识到这一点，这样忽然憬悟，使灵魂为之骄傲，我们一下子就开始痛恶那些人的病态的说教，他们把大自然的变化，风、云、雨和落叶，短暂的生命的消亡都看成不过是令人沮丧的信息，使人消沉的信号，提醒人易朽的表示。他们宣扬和唱的是一种虚假的，使人软弱无力的教义；一个古代的寓言，在一千年前发明的志怪故事，用以吓唬孩子们，为自己图好处。我们的心怀不如说是《圣经·诗篇》作者[1]的男子汉大丈夫的心怀，他说那些包围他的人，像蜜蜂一样向他走来的人，会像荆棘下面的

---

[1]《诗篇》为《圣经·旧约》的一部分，一说其作者即大卫王。

火一样熄灭；然后他大声怀着胜利的喜悦喊道："我不会死的，我将活着！"

让我们想象出一个神，某个不朽的神明，坐在某座高山上——卡明山或斐尔山或西斯伯里山，在那里沉思默想，仿佛在幻境中看见"虫豸般的人"，自有人类以来居住在这一带绿色的丘陵地区——撒克逊人、丹麦人、罗马人、不列颠人，以及被凯尔特人杀掉的更早的民族，还有在历史上更早的其他民族。漫长的数千年发生的所有事件，所有成千上万"既生又死的几代人"，被召唤来列队经过那头脑清晰而又冷酷的神明面前。黑皮肤的白皮肤的各种人说着奇异的语言；在音乐声中听到看到爱与憎以及各种情欲，欢笑声与哭喊声，激动的语言，灰白如死和赤红如烧的面孔，狂热的直勾勾的眼睛；动乱，战争接着战争，激烈的战役造成的震惊，使大自然也为之害怕的胜利的欢呼。然后是和平；劳动与休息，日日夜夜；一位年轻的母亲坐在一座高山之巅，眺望那茫茫的大地，广袤无边的绿色世界，远远的银灰色大海，整个世界在和平的阳光下安息，天空没有一片云彩；——一位母亲爱抚着她的新生儿，露出纯然出于内心快乐的笑容。然后那金色的阳光从大地消失，恐惧与逃亡的寒冷的灰色黄昏；人们饮血，可是没有够，他们的嘴起着泡沫，他们的眼睛冒火，沿着山冈流动，像狼那样循着逃亡者的足迹不倦地追逐。杀人者轮到他们又被人杀；在平静的岁月长年不断的流逝里，失去的一切美好的东西又慢慢恢复，人口增加了，幼小的孩子们在山谷里快乐地游戏，快乐地尖声喊叫，他们的嘴唇由于吃黑莓而染成紫色，如同在过去被遗忘的年代里那样。然后再一次发生斗争，以及种种天灾——严寒、热病，造成田园荒芜的饥馑；人们的面容惨白，瘦骨嶙峋，一排排地坐在山腰，像那些坐在河边等待慢吞吞的渡船夫把他们一一送过河去的候渡者。他们遭人或某种自然力的杀害，一批一批地死去，又有别的一批接续——其他的部落，其他的民族，操一种新的语言，但被同样的激情所左右，战争依旧接着战争而来。于是重又是和平，使一切温和可爱的感情、一切道德、一切美德繁荣滋长——这样的和平犹如一种隐秘的、感觉不到的疾病慢慢地消耗掉一个美丽的女人的生命。长期的安定之后，战争的叫嚣，奇异的人们，脸上流露出狂怒，带着贪得无厌的欲望卷土重来，天空又被无情的大火燃起的烟尘染得乌黑；在暴风骤雨过后，再到来宁静，旧有的沉寂和荒芜，野花到处盛开在死去的已被人们遗忘的人们的坟墓上。

我们可以想象，甚至神，虽然不朽，回想起和重又看到那难以数计的人形的行列——一长串一长串的事件和数不清的已不复存在的热烈奋进的生命——一一全都压缩在时间不多的瞬间里，也会感到他的精神由于突如其来而巨大的悲伤的阴影而变得郁郁不乐吧。但这一阴影将很快过去，他的不朽将对他又会成为照耀在没有片云的蓝空的太阳。

这个季节里，在丘陵地区没有树木的最高处行走的人，有时会感到丧失使夏天变得让他们感到那么有意思的全部生气与色彩，在某些方面又是一种所得。那个想象力一会儿之前游来荡去，像蜜蜂从这朵花到那朵花的表面上飞来飞去，老是因为找到什么美丽而有趣的新鲜东西停下来沉思一番，现在可以自由地进行较长距离的飞翔了。

阳光也许不那么明亮，但现在空气更清洁：当世界从最近笼罩在景物上，使一切都模糊不清的烟霾中摆脱出来，当你能看到苏塞克斯以远，看到坎特、苏莱、汉普郡与外特岛的许多地方，就有了清晨和白昼。你可以沿着山巅，沿着这条山脉的北缘走一天，而很少有看不见大海的时候，它的灰色的、浩瀚无垠的水面由于阳光的照耀闪烁如银；同时远远地在你脚下那是平坦的树木丛生的森林地带。在它的平原上你看到分散的乡村教堂的塔楼和塔尖，以及在橡树丛中露出来的红色、白色和石板黑色的房子；但是在有树篱和灌木林的地方，以及森林的一块块片断地带，树木到处都是这么茂盛，很容易想象到在苏塞克斯的钢铁工人把它大事改造前，从前这一地区是什么样子。人们只要注视一下这片风光，然后闭上眼睛，那么空隙啦，树篱栅栏的直线啦，房墙屋顶的红白点啦，白色的蒸汽的喷吐啦，很快就消失了，都被深深的单一的苍翠无边的安德列斯威尔德的连绵不断的森林所吞没，所吸尽，如撒克逊人和罗马人从他们在丘陵地带的宿营地看到的，或如格兰德博恩[1]的威廉·海一个世纪前在他的《卡朋山》一诗中所描写的那样：

全部是一片荒野，不适人居之地，
原始可怕，冷落，没有人迹，
蓬乱的树丛把白天挡住，
野兽捕食出没的孤寂领域。

那里给夜莺歌唱是太阴暗了，给喜爱热和光的蝰蛇为家又太潮太冷太黑。

群山在这种秋高气爽的时候，尽管它们的面貌我们是如此熟悉，我们在上面又如此经常行走，看起来却像一个新的地域，既熟又生；我们周围的高峰的特异点和逼近感产生一种幻象，那就是我们自己也变得更好更高了，具有更锐利的目光和更大的能力，并且敢于行动。那好像我们成了墨丘利[2]，脚跟上长了翅膀，得以用前所未知的自由运动。这样，在九月，我终于看人们在开阔的丘陵草坪上骑马慢跑而不妒忌他们和他们的马：最后我身上根深蒂固的爱骑马的第二天性终于逐渐去掉了；骑者也许骄傲地从我身边飞奔过去，在下一座山

---

[1]格兰德博恩，东苏塞克斯的一个村庄，1934 年以来每年都在该地举行国际歌剧节。

[2]希腊神话中传信之神，他的脚后跟长着两只小翅膀。

头消失，可是我留在后面并无不满，甚至高兴步行。如果在更加凉爽的季节里在丘陵地带步行，那么在阿杜尔河以东大部分地方没有开辟的光秃秃的高冈上行走最为令人兴奋。不过要说风景的美丽和多变化和野生动植物的丰富及种类繁多，那么阿杜尔河以西的地区在九月和十月是最吸引人的，那时成荫的树叶，尤其是山毛榉的，染上了秋色，数以千计的鸟儿从北方迁来越冬，或在这个地区待一个短时期然后再跨海南飞。

林荇　译

秋

〔英国〕罗杰

春是良夜里在恋人窗下所奏的情歌，秋却是残夜里凄迷如梦的哀调。在一年里消沉的时候，世界是充满了惨淡的严肃景象同老年的一种悲哀情调。这个智识我是从念关于这个题目的诗歌得到的。

> 愁闷的日子来了，一年里最黯淡愁人的日子，
> 狂号的风，赤身的树同干枯的棕色草地的日子。

威廉·卡罗·布赖安特[1]的哀歌就这样子开头。

---

[1]威廉·卡罗·布赖安特(1794—1878)，美国诗人。

是的，年头已经变老了，
他的眼睛无光而且败烂。

这段是在郎匪罗[1]的诗集里，这位诗人接着把秋同疯狂的老利亚王[2]相比。威至威士说着秋的“萧条”的美，但是由雪莱看来——

年头躺在大地上，她的死床，穿着枯死的叶子织成的一套寿衣。

呼得[3]的值得赞美的小诗结句是：

愁闷的秋住在这儿，
嘘出她满着清泪的蛊惑，
在平原里无日光的阴影之中。

这许多都是再动人不过的；一面读着，一面配上了凄凉

[1] Henry W.Longfellow(1807—1882)，美国歌咏自然的大诗人。

[2] 莎翁悲剧 *King Lear* 里面的主要人物，他让他的女儿们骗了，把王位传给她们，受到她们的坏待遇，最后气疯了。

[3] Thomas Hood(1799—1845)，英国诗人，他最善于做滑稽诗。

的调子，那是风魔在钥匙眼里奏出来的，使我极端地相信这许多话。所以，今天早上当我到乡下去做个长时间的漫步时候，我心里完全以为会看到秋的衰老的悲哀丧象。

但是一开头我就碰到一个光荣赫赫的惊愕，我的心境由哀伤而变为狂喜。我从阴郁的诗的幻境走到生气充溢的现实；从惆怅的幻想走到有力的畅饮高歌忧郁的诗人们的一切预言像秋叶一样地四散凋零了。谁能够看着秋色的照耀，而说它们是严肃呢？谁能深深地吸进一口秋风，而说他是老迈呢？

秋是年轻，快乐，顽皮——夏的欣欢的儿子——到处都呈出青春同恶作剧的现象。春是个小心翼翼的艺术家，他微妙技巧地画出一朵朵的花，秋却是绝不经心地将许多整罐的颜料拿来飞涂乱抹。本来是留着给蔷薇同郁金香的深红同朱红颜色却泼在莓类上面，弄得每丛灌木都像着了火一样，爬藤所盖住的老屋红得似夕阳。

紫罗兰的颜色是奇异地涂在放荡的簇叶之上；水仙同番红花的色料全倾倒在白柠檬同栗木。我们的眼睛看饱了颜色的盛宴——青莲色，红紫色，朱砂色，深黄色，赤褐色，银色，紫铜色，古铜色同暗滞的黄铜色。叶子是蘸上了，浸透了如火的颜色，这位爱捣乱的“艺术家”非等到把每滴的颜料全用完时，是不肯住手的。然而雪莱瞧着这群扮哑剧的森林，却说道，在这么多华丽同辉煌陈列之中，年头躺在她的死床上，这些是她的寿衣!

为什么诗人们会觉得秋是带着老气呢?他在大地上喧跳着,追赶那班同小猫一样轻捷的狂风,使他奔窜过波平如镜的小池,将水面吹皱,一直等到水草发出呲声,将他逐去。他沉溺在嘈杂的乐事里面,捣乱得像个放假第一天的学童。他发下滴滴答答的一阵雨,看有什么结果没有;他就把一些菌染得血红了;他又放出整个钟头的夏天太阳来,跟着有一场的狂风暴雨。他磨折庄严的大树,一把一把地扯下它们的枝叶,把它们拿来向前向后摇动,一直等到它们呻吟出声,然后他才暂时跑去,剩下天堂也似的安静。落叶被赶得沿着小路飞奔。带着狂暴汉的破坏性,他弄坏他自己的作品,树林的华饰全行剥落。赤条条的树林嗟叹,又寒战,但是他却用怒号同猫儿叫春的声音来嘲笑它们。然后,他使羊齿红得像着火。停步来赏玩十月里的彩色。最后,假假地捧出黄金的太阳光,他引诱聪明人走出门外,忽然间把他淋住,将他赶回家里,已经是湿透到皮了。聪明人于是换了衣服,喃喃地说着将尽的年头的严肃同秋的萧条的美!

秋的整个精神是顽皮,喜动,像个热心的小孩。所谓“严肃的颜色”是小丑的古怪彩衣,所谓“如怨如诉的悲风”却暗指着年轻巨人在树顶上玩着跳背戏。黑夜的渐见悠长使人想到一个强壮的幼童的长久睡眠,每个秋天早上,当太阳醒来时候,他搓着他的蒙眬睡眼,心里纳罕在睡觉以前他会碰到什么把戏。

春是一位可爱的少女;夏是一位艳丽的新娘;但是秋却是一个顽皮的女孩,她那种偶然的安静是比她最吵闹的恶作剧还要更可怕些。

梁遇春　译

黄光

〔俄罗斯〕巴乌斯托夫斯基

一觉醒来，是灰蒙蒙的早晨。房间里一派均匀的黄光，仿佛是点了一盏煤油灯。这光来自窗外，是从下往上的，因此把原木做的天花板照得最亮。

这奇怪的光暗淡而静止，不像太阳光。这是秋叶发出来的。一个漫漫长夜，寒风凄紧，干枯的树叶凋落了，成堆的积在地上，瑟瑟有声，发出了淡淡的光。让这光一照，人的面孔像是被太阳晒黑了，而桌上摊开的书页，仿佛给涂上一层蜡。

秋天便这样来了。对我说来，它是这天早晨一下子来的。在此以前，我几乎毫无察觉，因为花园里还闻不到腐草的气味，湖水还没有变绿，木板房顶上清晨时分还没有铺上严霜。

秋天突然地来了。正像遇上一件最不起眼的小事——或是听见奥卡河上远远传来一声轮船的汽笛，或是见到意外的一脸微笑——心中往往便也这样突然生出幸福之感一样。

秋天骤然来临，便主宰了大地——花园和河流，森林和空气，田野和禽鸟。万物都一下子成为秋天的了。

花园里，青鸟异常忙碌。它们的叫声好像玻璃破碎的声音。它们停在树枝上，低下脑袋，从槭树叶底下窥视着窗内动静。

每天早晨，花园就好比一座孤岛，里面聚集着种种候鸟。枝叶间啾啾唧唧，叽叽喳喳，一片繁忙。只有到了白天，花园里才悄无声息：不安生的鸟儿往南方飞了。

树木开始凋零了。黄叶日夜不停地落，时而随风斜飞，时而垂直掉在潮湿的草上。落叶纷纷，有如潇潇雨下。这场雨要下好几个星期。至九月底小树林才秃光，那时从密密的树木之间，就可见到远方青色的收割过的田野。

也就在那时，一位以打鱼和编筐为生的老人(在索洛恰，几乎所有老人都因年龄关系而从事编筐营生)，名叫普罗霍尔，给我讲了一个秋天的故事。在此以前我从未听过这个故事——也许那是普罗霍尔自己编的。

"你瞧周围，"普罗霍尔对我说，一边用锥子修理树皮鞋，"你琢磨琢磨吧，亲爱的，每只鸟，或者别的什么小动物，能够活着，都跟什么事儿最有关。你来讲个明白吧。要不然，人家会说你白学了。比如秋天树叶会掉，可人就是没想到，在这件事儿上头，人是要担主要责任的。再说，人又发明了火药。要那火药干什么呀！我自己也玩过火药。老早的时候，乡下铁匠打出了第一支枪，装上了火药，这支枪落到了一个蠢货手里。那蠢货在树林里走，看见黄莺在天上飞，金黄金黄的，快快活活，呖呖地叫，你来我往亲亲热热。蠢货用双筒枪打它们，金黄的绒毛飘到地上，落到树上，树叶就干了，萎了，一下子全掉了。另外一些树叶，沾上鸟血的，变成红色，也都掉了。你在树林里总是见过的，树叶有黄的，也有红的。在那以前，什么鸟儿都在我们这儿过冬。就连仙鹤也哪儿都不去。不论夏天冬天，树林里都是叶茂，花盛，蘑菇多。雪也没有。没有冬天，我说：没有！请问，我们要冬天干什么呢？！冬天有什么好处呢？那蠢货打死了第一只鸟，大地就苦了。打那开始，就有了落叶，有潮湿的秋天，有刮落树叶的风，有冬天了。鸟儿也害怕了，离开我们飞了，生人的气了。可不是，亲爱的，到头来是我们害了自己，所以我们什么都不该破坏，要切切实实保护好。”

“保护什么呢？”

“比方说，各种各样的鸟儿啊。还有树林，还有水，要让水永远清清凌凌的。老兄，什么都得保护，要不你就会怠慢了大地，总有一天会自我毁灭。”

我长期锲而不舍地研究秋天。为了能真正有所发现，必须要让自己相信，你所遇到的景象是生平第一次看到的。拿秋天来说，也是如此。我让自己确信，今年秋天是我一生中第一个也是最后一个秋天了。这就能使我更加细心地去观察它，于是就看到了我从前并未发现的许多东西。而从前的秋天，不过是一年一度，没有留下任何痕迹，只记得处处泥泞和莫斯科潮湿的屋顶而已。

我发觉，秋天把大地上存在的全部纯净的颜色都混合起来，再把苍茫的大地和天空当作画布，画了上去。

我看见树叶不仅有金黄的和紫红的，还有鲜红的，紫的，棕的，黑的，灰的，近白的。因为秋天空中总有一片凝止不动的雾气，那种种颜色就显得特别的柔和。一旦下雨，却又一改柔和，变成光艳迎人了。云翳的天空，仍然投下足够的亮光，使远处湿漉漉的树林犹如着了火一般，呈现一片深红色。在密密的松树林中，白桦树的叶子仿佛包上金箔，冷得瑟瑟发抖。斧头砍伐的回声，远处农妇的呼喊，鸟儿飞过时翅膀扇起的风，都会使这树叶颤动。树干周围地上有好大一圈落叶。树木总是从下面开始发黄的，我看见山杨树下面是红的，树冠上却还全然是绿的。

有一年秋天，我在普罗尔瓦河上划船。那是中午。太阳低低地挂在南边。它的斜光落在黑幽幽的水面上，又从水面反射上来。木桨荡起水波，水波反射的一道道太阳的反光有节奏地顺着河岸迅速移动，并离开水面，熄灭在树梢。这反光直透进草丛和灌木丛，使得河岸霎时间闪出千百种颜色，仿佛阳光突然照亮了五颜六色的冲积矿床。反光时而照出黑亮黑亮的草茎和它上面橙黄色的干浆果，时而照出仿佛喷了白垩的蛤蟆菌的火红色菌头，时而照出压瓷实了的成块的积年柞树叶和花大姐的红背。

秋天里，我常常聚精会神地观察飘落的树叶，一心想捉住叶子脱离树枝、开始坠落地面时那个不易察觉的一刹那。可惜长期没有如愿。我在一些老书中看到过，说树叶落下来时如何窸窣有声，可是我从来没有听见过这种声音。如果说窸窸窣窣响，那只有在地上，遭人脚踩的时候。说树叶在空中发出声响，在我看来就同讲春天里可以听见青草生长一样不符合事实。

当然啦，我是不对的。听惯了城市街道嘈杂声，耳朵变迟钝了。需要时间，让听觉休息一下，再去捕捉秋天大地上纯正而精微的声音。

一天晚上很晚了，我走到花园里的井边。我把昏暗的马灯放在井架上，打了一桶水。水桶里漂着树叶。树叶到处都有，哪儿也躲不开。面包房里买来的黑面包上也粘着潮湿的树叶。风把树叶纷纷吹到桌子上，床上，地板上，书上。在花园小径上走路也费劲：得踩着树叶走，像在深雪中行进似的。就在雨衣的口袋里，鸭舌帽里，头发里，也处处都会发现有树叶。我们睡在树叶上，浑身熏出一股树叶的清香。

秋季的夜间，常常是万籁俱寂，在遍布树林的一片黑黢黢地方的上空没有一丝风，只有村边栅栏那儿传来看守人的梆子声。

正好在这样一个夜里，马灯照亮了水井，映出了栅栏旁边的老槭树和发黄的花坛上被风吹乱了的金莲花丛。

我看了看槭树，只见一张红叶小心地、慢慢地脱离树枝，抖动一下，在空中停留瞬间，然后发出轻微的窸窣声，飘飘摇摇，向我的脚下斜落下来。我第一次听见了落叶的窸窣声，含糊不清，犹如幼儿的耳语。

夜深人静，四顾悄然。满天星光亮得几乎令人炫目。这秋天的星斗，在水桶里和农舍的小窗上，像在天上一样炯炯放光。

英仙座和猎户座在大地上空款款而行，在湖水上不住颤动，在野狼昏睡的树丛中黯然失色，又在斯塔里察河和普罗尔瓦河浅水处入睡的鱼儿鳞片上反射出亮光。

黎明时分，绿色的天狼星亮了起来。它那低低的光波总在袅袅柳丝间显得扑朔迷离。木星在草地上黑压压的草垛和潮湿的道路上空闲行，土星从另一边天的森林后面升起，那里的森林秋天里被人遗忘、冷落了。

流星的寒光不时划破夜空。在大地之上，在芦苇的萧瑟声中，在秋水的浓烈气味中，星夜渐渐地消逝。

暮秋时候，我在普罗尔瓦河边遇见了普罗霍尔。他一头乱蓬蓬的白发，手上粘满鱼鳞，坐在杞柳丛下面钓鲈鱼。他看上去不会少于一百岁。他张开没有牙的嘴，微微一笑，从小筐子拿出一条肥大的发傻的鲈鱼，拍了拍肥肚子——炫耀他的猎物。

天晚以前，我们一起钓鱼，嚼又干又硬的面包，轻声闲谈不久前的一次林火。

那林火是先从洛普哈村附近的一块林中空地烧起来的，割草人在那儿生过篝火，后来忘了。正好赶上燥热风，火势以每小时二十公里的速度迅速向北蔓延，发出轰隆轰隆的巨响，好像有千百架飞机在作超低空飞行。

烟雾弥漫的空中，挂着一轮太阳，有如一只深红色的蜘蛛，停在紧密的灰色蜘蛛网上。烟气刺激眼睛。灰烬像雨似的慢慢落下，在河面盖上了灰蒙蒙的一层。有时烧焦了的白桦树叶从空而降，轻轻一碰便化为粉尘。

每到夜间，阴恶的火光在东方升腾，家家户户院内牛鸣马嘶，声音凄苦。地平线上亮起白晃晃的信号弹，那是灭火的红军部队在彼此通知火势的接近。

天色向晚，我们离开普罗尔瓦河回家。太阳在奥卡河那边沉落。在我们和太阳之间的地带，望去一片白蒙蒙。那是秋天的蜘蛛网浓浓密密布满了草地，阳光在那上面反映出来的。

白天蛛丝在空中飘飞，缠绕在没有割的草上，像蚕丝一样粘到木桨上，人脸上，钓竿梢上，牛角上。可以从普罗尔瓦河的此岸拉到彼岸，慢慢在河上织出轻柔的有粘性的网。每逢清晨，蜘蛛网上还缀着露珠。柳树上缠了带露珠的蜘蛛网，经太阳一照，便像遥远国度移植到我们土地上来的童话中的树木。

每张网上停着一只蜘蛛。它是乘风织网的。它可以驾着网飞行数十公里。这是蜘蛛的迁飞，极像候鸟秋天迁飞。但是迄今谁也不明白，为什么蜘蛛每年秋天要迁飞，而把细细的蛛丝布满大地。

到家后，我洗去脸上的蜘蛛网，生上炉子。白桦树的烟味跟刺柏的气味混杂在一起。一只老蟋蟀唧唧而鸣，地板下的老鼠忙忙碌碌。它们往洞里搬运丰富的储备品——人忘了藏起的面包干、蜡烛头、糖和硬得像石头的小块干酪。

我深夜醒来。鸡啼二遍，星星一动不动地停在通常的地方，风在花园上空小心地喧响，耐心地等待着黎明的降临。

1936年

潘安荣 译

秋 天❶

〔美国〕霍桑

这是11月的一个连绵不断的阴霾日子，秋天在加速凋零的进程。山坡上或山谷里现在已很难找到一小块绿色的草地；就是罕见的绿洲上也撒满枯黄的落叶——衬托得周围这些短的鲜草分外嫩绿。除掉柏树林外，遍地堆满了枯叶。它们在脚下沙沙作响，没有什么比这声音更能象征秋天了。然而在这天下午散步时我看到两株橡树仍然保持着夏天的翠绿。它们生长在巨大的岩石附近，树干紧抓着崎岖的岩表；它们扎根岩下，高耸入云，用一片新绿荫覆着灰色的巉岩。遍布各处的其他橡树，零星点缀着几片绿叶和几根翠枝，它们滋生

❶本文是1841年10月22日日记，题目是译者加的。

在坎坷的偏僻处,沙沙地响。

一个暗淡阴沉的日子,树林中是一片惨淡,然而在河岸的斜坡上和隐蔽的地方,却是一番特殊的温暖和丰茂景象,明亮的阳光照射到这里,使得棕色的橡树呈现着欢快。有一种舒适的暖人心房的感觉,这是只有在夏天才能体会到的。

这天下午我沿着林间小径漫步,路蜿蜒曲折,举目能见到的甚少,在一座小山爬上爬下,时而钻入时而钻出浓荫。一部分路上铺满白松的黝黑和黄色叶子——这是它去年脱下的衣裳;一部分路上长满剪短的非常新鲜的青草。有时树林横跨它而过;有时它长在路边,靠近一排古老与满身绿苔的雪松组成的栅栏,树下长着灌木丛,在草上伸出它们的枝条;有时它又挨着一道古旧的石墙,墙身比它围着的树木还更古老。一道石墙,当它周围长满灌木丛,它们的根扎入墙下,就成为一件令人快慰并引起遐想的物体。它是很久以前造成的,很明显不为人类所有,似乎它是大自然的一部分。

昨天我在林间发现两个蘑菇,可能是前夜才长出来的。我还看见一只冻僵的蚊子,本来我想因它的同类在夏天所给我的伤害进行报复,看到它那样可怜巴巴,就不再折磨这个孤单的幸存者了。

带着青壳的胡桃正从树上落下,落下的还有板栗。

今天我发现了一片枫叶,它全部是黄色,只有在最顶端,是耀眼的鲜红。好像是一滴血悬挂在它上面。树叶第一步变成鲜红；第二步，变成黄色。然后它枯萎，凋谢，脱落，像它们大多数过去所经历的一样。

申奥　译

秋天的快乐

〔法国〕夏多布里昂

季节越是萧索，越是与我息息相关：白霜增加了往来的困难，乡下的居民于是独处一隅，因为离群索居让人感到更舒服。

秋天的景物关联着一种精神特征：树叶脱落仿佛我们的岁月，鲜花凋零仿佛我们的时刻，流云飞逝仿佛我们的幻想，光亮渐暗仿佛我们的智力，太阳变冷仿佛我们的爱情，河流冰封仿佛我们的生活，这一切都和我们的命运有着隐秘的关系。

我怀着一种无法形容的喜悦看着暴风雨的季节回来了，天鹅和野鸽飞走了，小嘴乌鸦又聚集在水池边的草地上，入夜时分栖止在宽阔的槌球场边最高的橡树之巅。当黄昏在林间升起近乎蓝色的水汽，当风在枯萎的青苔上悲叹或吟着小诗，种种与我性情相合的感觉就一齐涌上心头。要是我遇见了一位伫立在休闲的田头的农夫呢？我就停下脚步，端详起这个人，他在谷穗的掩映下出生，他也应在谷穗的掩映下死亡，他用犁铧翻动着坟墓的土，把滚烫的汗水滴进秋天冰冷的雨中：他挖出的沟正是他身后的纪念。对此我的守护女神又能做什么呢？她用魔法将我带至尼罗河畔，指给我看掩埋于沙石之中的埃及的金字塔，一如阿里莫里克的犁沟有朝一日隐藏于欧石楠根下：我不禁庆幸已将有关我的至福的种种神话置于人事的圈外。

晚上，我独自登船，在池塘上穿行于灯心草和睡莲的巨叶之间。那儿，准备离开我们这里的燕子已经会合，呢喃之声全都收入我的耳中：儿时的塔佛尼埃[1]也不会对一位旅行者的记述这般全神贯注。落日中，这些燕子在水面上嬉戏，追逐昆虫，一齐冲上天空，像是考验它们的翅膀，然后又向湖面俯冲，接着就立于芦苇之上，芦苇只是微微弯了弯，而杂乱的叫声则响成一片。

郭宏安 译

[1]17 世纪法国著名旅行家，游历过土耳其、波斯和印度。

秋

〔俄罗斯〕科兹洛芙斯卡娅

秋天是美好的季节。诚然，秋天往往寒冷，多雨，令人不适……但也温暖、鲜艳、一片金黄。这乃是我最喜爱的秋天。我喜欢观察，树叶怎样渐渐地、而不是立刻变黄。有的花木尚妖娆妍丽，一片翠绿，富于生命力，仿佛不愿顺从时序，不服老，不愿死；有的花木则安于自己的命运，但，即使正在枯萎，也骄傲地保持自己的风韵，把花瓣染上一层迷人的暖色，好似为自己的成熟和永恒的使命——美化生活，为人们服务而感到欢悦。

五彩缤纷——由深黄、浅黄至深褐和浅红一应俱全，公园和树林多么令人赏心悦目！在秋的静谧中独坐，读书和遐想，或者在林荫道上漫步，谛听枯叶在脚下的沙沙响声。多么引人心旷神怡!秋天的气味,秋天的夕阳暖烘烘地晒着,散发潮湿的气味,坚果的气味——这些气味我在孩提时代经常闻到,因而对我格外珍贵。

在这样的日子里,真是思绪翻腾,百念丛生,遐想联翩:事件,人物,不同的国度,各个生活时期以及与之密切相关的欢乐和感受。

回顾往事,眼前蓦地像照片般清晰地呈现相会和离别的情景——那些冷落空寂的车站和机场,那时还难以相信,最亲近的将变得如此遥远……

事后,过了许多岁月,我会懂得自己的差错和谬误之举。然而,唉,不能再从头开始生活了……

往往有这样的回忆:你为之感到自豪,不愿使之有丝毫改变。而且,倘若在生活中再出现难以置信的情况,你还会这样做的。欢欣,有时甚或自信,使你受到鼓舞,因为那时你早已懂得,并找到了唯一正确的道路。你会感到自豪,你虽历尽沧桑,饱经困苦和不幸,却能够保持人的尊严、人的美德。

如若你不在家,而远离祖国,则别有一番痛苦和乡思在心头。每个人思念的方式各不相同。有的人在道德和肉体方面堕落了,另一些思想坚定的人则清醒地估价周围的世界和自己在世界上的位置,依然忠于自己,忠于自己的原则和信念。他们不致受意外事件的烦扰,因为他们都有抵抗力。对于这样的人,我可以作一个简短的断言:他们是祖国的朋友和爱国主义者。

这里，我不想谈论那些卑劣、丑恶、可耻地出卖自己，出卖人民，出卖把他们哺养大、在艰难时刻保护了他们的祖国大地的人们。我不理解他们，无法想象他们的思路、所作所为和本质。我感到他们是这样卑劣，他们使我义愤填膺，所以我不愿意去想他们。

如果有人能达到一定的道德高度，而且不管任何风雨，在任何条件下总是感到自己是祖国的代表，那么他就永远不会失去自己的本色。

谁也不如由俄国迁来的人那样思念祖国。其他民族甚至难以理解，为什么俄罗斯人如此狂热地眷恋乡土。即便当你已熟知外语，找到了结合自己专业的工作，生活业已安排就绪，这另一个世界对你也是陌生的。

思念和痛苦不会平息，不会减弱……如果你的经验、知识为其他年轻一代人所需要，乃是人生一大快事。

须知，人有如大自然，是世代相承的。由年老的一代向年轻一代的有规律的、逐步的过渡，颇似一年四季的更迭。世世代代汲取一切美好的、有价值的、珍贵的、人类继续前进所不可或缺的东西，一代人替换一代人。

……寒冷的秋风刮掉了最后一些树叶，雨水浸透了大地，空气变得潮湿了，经雨水洗刷干净的屋顶闪闪发光，透过光秃的树丫，可以更清楚地看到房屋和街道的轮廓。

一种特殊的平静来到了,更为深沉思考的安恬状态也开始了。思考什么?思考祖国。思考时序。思考自己。

曹世文 译

秋的气魄

〔日本〕丰岛与志雄

提起秋，人们马上联想起红叶。然而，我不能不说，红叶和秋的本质其缘甚远。

从枫的红到银杏的黄，红叶有着各种各样的色彩。直接来自这些色彩的感触和深沉专注的秋的感触，还有一段不小的距离呢。城市里也许不是这样，只要踏进乡间一步，山榉树林的红叶，田野稔熟的金黄的农作物，红彤彤照射着的日脚……当你一一抽出来单独静观的时候，就会发现，它们毋宁说是属于残暑的，不是真正的秋的领域。试想，如果将我们的居室住宅，涂满上述各种色彩中的一种，我们生活的心境定会变得坐立不安吧。这种不安和秋的无所依凭的心境，完全是两码事。

能给红叶以秋的气氛的，是红叶中缺少活力的部分。在这里，我不打算用科学的方法说明绿叶为何变成红叶，只想说说红叶缺乏活力的事。想象一下吧，如山野的红叶用它的色彩装扮孕育了这个世界，那么谁也不能说这就是秋的世界。只有那没有活力的红叶，才是属于秋的。缀满秋的山野的红黄色彩，不是少年蓬蓬的金发，而是饱尝生活风霜的初老之人的红毛。

没有生活力的红叶，经一夜冷风，散落而去。只有这落叶才是真正的秋之物。从飘落到庭院的一枚桐叶，到林中飞舞的无数的树叶，或者多半经霜打枯的田野的草叶，都浓浓地涂抹着秋的气韵。踏着沙沙作响的落叶，走过林中小径时，人最深切地感受着秋。

不知从何处流来的微风中，常绿树的病叶和落叶树的红叶，是那样毫无反抗地自然地从树梢飘到了地上。大自然窃窃私语：让地上的回到地上去。而落到地上的枯叶，却依然无法在原地安住，被风随处吹散开去。循着一个方向出了林子，收获后的广袤的田地，裸露着肌肤，一望无垠地扩展着。经霜打枯的草丛，结籽的杂草茎静静地迅速成长。人的心，被自身的寒气和寂寥所驱使，向着遥远的地平线彷徨而去。在地平线的彼岸，有着淡梦般的憧憬的世界。

秋是寂寞的，因为秋真实。秋将所有的外皮，不用的或必需的全部的外皮自行剥光，使万物赤裸裸地伫立着。说秋并不寂寞的人，那一定是愚钝麻木或厚颜无耻之徒，因为他们对脱衣裸体而立时那种奇妙的无所凭依的苦寂丝毫没有感觉。

为这个落叶的——剥脱的——世界平添一层特殊情味的是淡薄而敏锐的阳光。渐渐南倾的日脚和北方来的泠泠的微风，使阳光变得又弱又淡，但因有了极度澄净的天空和大气，这日光非常锐利地直照下来，宛如于真空中一般，这毫无遮挡的光线，是如何将光和影鲜明地投射到地面上啊！看到这番情景，人们尤其深深感到了秋。落叶上的树影，田亩上的草影，原野上的鸟影，还有，即使是狭小的城镇里，那长满苔藓的庭院里屋宇的暗影，还有那映在格子门窗上的树枝的清荫，所有这一切都和明丽的日光区分得清清楚楚，人们见了会在心中涌起一丝难以名状的震颤。

这震颤正是秋所具有的本来的感觉。静谧、澄净的剥脱的世界里，清晰地显现出明暗的区划，直接迫击着人们的心扉，在那赤裸的心里，也鲜明地投射着光与影。人在不知不觉间，进入了凝视自己心灵的专念之中。纯的、不纯的，清澄的、污浊的，所有这一切，都毫不含糊地现出了原形。

这赤裸的凝视的眼，从它自身的性质来说，不是向着未来，只是回顾着本来的自己——肩负着过去的现在的姿影。自然，人，整个秋的世界，都在默默地专念于守护着自己赤裸的身姿。

能够忍受这专注的沉默，并能从中尝到真味的人，只有对他们来说，秋才不是寂寞的，清苦的。这里只有清净的冥想。向着遥远的地平线彷徨而去的灵魂，满怀着原来的憧憬又回归于胸中。这劲健而清新的激情，吹拂了一切杂念，强化了自己的存在感——一种反馈于母胎的存在感。

只有基于这种意义，秋才是可赞美的。那令人想起修道院的祈祷的爽净的黎明，那令人回忆着心灵的恋爱的月明之夜，都丝毫不为任何卑俗之情所玷污，原原本本为人的灵魂所受容。

秋，凝视的季节，专念的季节，而且是品味自己存在的季节。一旦接触秋的真正的气魄，错误的生存样式——生活——就会彻底夭折，代之而来的正确的生存样式——生活，便会扎下强健的根柢。我们的生活犹如从春到夏茂盛生长的杂草，一接触秋的气魄，就显露出各种各样的根干，辉耀于光洁的明镜里。只有在秋里凝视自己并深得其乐趣的人才是幸运儿。

到了秋天，走出逼仄的书斋吧，走出闷热的工厂吧，可以到户外的大气中畅游原野和山峦。可以尽情地仰卧于地面，将孤独的自身抛在太空之下，大地之上，永远守望着，咀嚼着。——然而，这时候能够真正赞美秋的又有几人呢？

陈德文　译

秋草

〔日本〕岛崎藤村

前些天，我想着手写一点关于今年夏天的事。我一下子写了很多很多，比如，我谈到用亲戚送的桃叶治好了痱子；谈到有好几个晚上一直敞着门也难以入睡；还谈到这个时候总想多学点东西，等等。为了不忘今年稀有的大暑，我把不断流淌的热汗寄望于廊前的秋草。这个时节我产生了一种情绪，促使我写了一些梦呓般的文字。今年的情景太少见了。山坡出口干裂的石阶旁的草地也是一样。平日里热心的花匠送我一些浅根的盆栽花草，也都早已死去。不过，还是有一两种秋草耐过了干旱，生机盎然地映入我的眼帘。同许多在山间长大的人一样，我也是个没有花草就无法生活的人。我曾经种过各种各样的花草，然而因为光照不好，又不通风，再加上这条街低洼像山谷，不管什么草都长不起来。唯有一种我喜欢的蕙草保留着。我家的庭院有巴掌般大，可观赏的仅有一点草木，不过这种中国兰花开花时节还是值得一看的。对于春季开的兰来说，蕙草可以称作秋兰。如果说春兰是北地植物，具有忍耐着漫长的冬季，在霜雪中孕育蓓蕾的力量；那么秋兰就是南国植物，它能闯过严夏，迎着酷暑开花。当绿叶扶疏、白花绽放的时候，令人感触到秋草的清幽。这蕙草如今花事正盛。这样说来，它是长期住在都市的人们的观赏物。它给人带来城里夏季的亲切之感。我也喜欢夏季，因为这个季节里的种种景物和情趣使我身心欢悦。不管有多热，夏天都是我一年中工作最卖力的时期。过去，我几乎没有到外地避过暑，今年也正高高兴兴等待夏的到来。奇怪的是，唯独今年我似乎丝毫感觉不到夏夜的短暂。既少有好风入帷的晚夕，又少有凉露侵席的清晨。蝉从黎明时分聒噪不止，一大早广播体操的呼叫震动着耳鼓。城市的气温每日高达三十度以上，有夜等于无夜。我并非想学古人的隐逸，只是为度过今夏的酷暑而费尽心思。我在房前狭窄的地面上竖起十四五根竹竿，扎了五六米长的篱笆，种上了牵牛花，因为邻家高高的铁板墙反射过来的阳光完全照耀着我家的格子门和庭前的窗户。我知道，日出前给牵牛花浇水，这样就会促使它的发育。我坚持着我的日课，居然在这块地面上看到了可爱的秋草的成长。我瞧着它那五颜六色的花，奇形怪状的叶，盘旋屈曲的蔓儿。我想，牵牛大概是一种相当古远的草吧?送走了溽暑难眠的夏夜，我于天不泛白时就起床，享受着黎明前的静谧。打开楼上的窗户一看，篱笆仍是一片黑暗。不久，在红和蓝相间的底色上面，花朵儿渐渐发生了变化。先是暗蓝，进而薄红，再为淡紫，最后那银白的花朵依稀可见了。爱热闹的人家都围拢来，争相给花儿起名字。这个叫“大音羽屋”，那个叫“橘屋”，❶有的干脆叫“白面书生”。有的人看着看着，便想讨要一株水灵而鲜活的秋草玩。有时，大森方面来卖鱼的汉子，在这块狭小的地面上歇歇担儿，踏坏了刚刚孕蕾的草根。即使没有一丝风的盛暑的中午，在这篱笆墙下，也能感受到石坂方向吹来的轻风。我在附近走动，想起了那位终日对花凝睇，被称为牵牛狂的鲛岛植物学家。他给我讲解关于长臂猿、狮子和牡丹的知识。他的声音至今依然在我耳畔回响。如今，我也栽种了一些他所喜爱的花草，我懂得了不论哪种草都有自己开花的盛时。有个叫做罗丹的人，他说过，只怕任何艺术家都不可能说出花的纯粹。我悟出了这句话中包含的真实。我不知打何时起是什么人把牵牛称作秋草。我只觉得这花从梅雨初晴到秋风送爽都一直供我品味，是多么值得珍视。我写这篇小文是九月十二日，新凉的秋气已经弥漫了二楼的房间。这个夏天，我连常年三分之一的工作都没有做完。有人劝我

❶分别为歌舞伎著名演员市村羽左卫门和尾上梅章的屋号(即艺名)。

说，减少烦心最为难得。因此，我只是自感欣慰地过日子。可牵牛在这段时间里仅仅休息了两天，这时又在篱笆墙上展开了笑靥。真是无朝不开花啊！今天早晨，在我的家里，十八九轮艳丽的花朵争奇斗妍，然而过不多久，这些小生命又将一个个变小，在深秋的空气中保留着不忍离弃的风情呢。

陈德文　译

秋天的美味(外一篇)

〔日本〕森田玉

秋天的美味:葡萄、栗子、松蕈、野木瓜、猿梨——我随想随写,写到猿梨这儿,笔一下停住了。我在心里对自己说:“多么让人怀念哪!我真的还没有忘记它,给想起来了。三十年,不,也许快四十年了吧。离开猿梨度过的岁月,其实就是我离开生身之地以后度过的岁月。”

猿梨,是生长在北海道的山野和东北,奥羽的有限地区的树上的果实。听说,它跟野木瓜之类的东西一样,是攀附在大树上的结实的藤蔓上结的果实,但尚未曾亲眼目睹过。在我的出生地札幌,有座叫藻岩山的山峰,环抱着该城的西南角,在这山的深处据说就有这种果子。可是那里有熊出没,妇女和儿童是去不了的,所以,猿梨是很难到手的珍贵水果。还听说，熊贮存此果，作为越冬的食物。

写过《土》的著名作家长冢节，在他的游记文章中有一段写到，走在东北也许是奥羽地区的山中，从路遇的可能是位樵夫那里得到过猿梨，得以一享口福。文中对其味道之美赞不绝口。一位行人头顶蔚蓝澄澈的秋空，在寂静无声的深山里，步履艰辛地走来，从憩息树下的樵夫手里接过两三粒猿梨，放进嘴里吞嚼。他看看掌中嫩绿欲滴、溜圆软平的果子，一放入口内，那圆果子便立刻像融化了似的酥软，香甜可口，汁液四溢，由舌到喉，沁人心脾。这种果子的特点是，不仅酥软甘甜，还有点像西洋的绿色露酒似的，有股醇厚的芳香气味。

九月初，一夜暴风骤雨过去了，第二天清晨，有人送来满满一笸箩猿梨。记得那年我十五岁，这天祖父很早便起床，把风吹落的树叶扫成一堆，在院子里焚烧。烧落叶冒出的一缕青烟刮进屋子里来。心想，夏天真的已成过去了吗？不禁凄凉惆怅之感由衷而来。就在这天早晨来了一位送猿梨的人。在大笸箩里放着有大拇指肚大小的像无花果似的溜圆软乎的果子，可能被昨夜的雨水淋过，湿漉漉的碧绿油亮。

抓起一个来放入口中，扑哧碎了，甜丝丝的，满口像酒似的香味。这时，我早把今天早晨的惆怅之感抛到九霄云外去了，犹如安闲地坐在果实丰收的秋色之中，对于秋天的来临感到由衷的喜悦。就是这树上果实的软乎、甘甜和醇酒般的香气起了镇定人心的作用。它没有夏天的水果那种酸味，那熟透的滋味，使经过酷热的夏天疲乏了的人心得到慰藉，是种唤起人们新的喜悦的秋天的美味。

秋天水果之王，无论如何要算是葡萄了。那晶莹透亮的紫色葡萄嘟噜，那露珠的甜味是别的水果无论如何也比不了的。前年、战争结束那年的秋天，我为九月里出生的大女儿写了一支歌子：

风清日丽、向日葵金光夺目，
青空澄澈，葡萄珠甘甜似露，
年轻人，走在野菊花盛开的路上，
锦绣般的九月呀，是生我的那月。

这支歌，由作曲家早坂文雄先生谱成了圆舞曲，题为《九月圆舞曲》。紫色的葡萄，紫色的野菊花，秋天的花草果实似乎紫色的居多。桔梗、牵牛花、老山龙胆，还有野木瓜、无花果，全染上了紫色。不记得什么时候老家在秋田的一个人送来过洋李子，它也是在深紫色的果实上蒙着一层白霜。大概紫色是秋天的花和果实的颜色吧。有位行家说，不到甲州，不知葡萄的真正味道。去到甲州，坐在富士山在望的铺着草席的房间里，滴满一玻璃杯从大串葡萄上挤出的汁液，夕阳的余晖透过杯子照在葡萄汁上，亮晶晶，红艳艳，然后举杯痛饮，那滋味真是天下无双。不知道这味道的人，是没有资格谈论葡萄的。

夕阳辉映中的富士山，透明的葡萄汁液，确是幽雅美妙的境界；但我们还是愿意吃原来的葡萄珠，总觉得挤成汁液便不再是葡萄了。一粒一粒放入口中，再吐出籽儿来，虽然吃起来麻烦，却有种无法形容的味道。如同苹果汁虽比苹果好吃得多，但远远比不上咬着吃硬苹果时那爽口的味道。

说到苹果，我到南洋去的时候，因为过于劳累，染病在床。这时我忽然想苹果吃，使周围的人束手无策，南洋是盛产水果的地方，以香蕉为首，番木瓜、芒果、山竹果、菠萝，要什么有什么。我卧病的地方是西里伯斯(今苏拉维西)的望加锡(今乌戎潘当)，当时我对香蕉、番木瓜连看都不想看，就想吃苹果。那里也有类似橘子的东西，只是没有苹果。

本以为是旅途劳累偶感不适，可是过了十天、二十天，始终饮食不振，心里只想着苹果。日映(日本电影公司)的大岛先生来了，他说，正巧浅间号轮船来此地停泊，说不定船上会有的，表示他要去看看。

不抱希望又抱着希望地等到第二天，大岛先生嘴里嚷着，“有啦，有啦”，提着提篮走进了病房。提篮里装着十几个苹果。这时我不由得像孩子似的喊了声：“起来了！”跟着腾地就在病床上坐了起来。拿来的是国光苹果，在北海道叫做四十九号，形状有点扁平，颜色不太鲜艳，味道醇厚，是我从小就爱吃的一个品种。

早晨、晚上都吃这苹果，使我恢复了健康，又能坐飞机回到爪哇去了。到今天回想起来，我当时那样急不可待地想吃苹果，不仅因为它是故乡的美味，也还因为置身于常夏之国对秋天的美味产生一种怀恋之情。不仅我一个人，周围的人们也几乎是含着眼泪每人吃了一小块。

故乡的秋天

晴空日落秋风起，
日光泻地金铃鸣。
遥思故乡天悠悠，
老父慈母何所为。

没有比《萤火虫之光》和这《故乡之歌》更感人肺腑的了。

人在年少时爱哭，而老年人的眼泪更加复杂，且易夺眶而出，也许较之青春时期更甚也未可知。我在三十年前便与父母死别，偶当此歌涌现心头时，就恍如父母依然健在于北海道似的心酸落泪。再接下来是：

秋叶低垂清流潋，

玉露晶莹满芒穗。
遥思故乡天悠悠,
老父慈母何所为。

唱到这儿,姐妹俱在时的音容笑貌、幼小的我也混迹其间的情景,便清楚地浮现在眼前,不禁两行热泪滚落到腮上。

这中间,也许因为自己的生身之地札幌秋天短暂和匆促,以致产生一种命运无常之感。但短暂的非只秋天,那炎日当头,耀眼欲眩的盛夏也不过十几天。尽管如此,整个八月当视为夏天。

一进九月,便秋风乍起,法兰绒的单衣裹体,那舒适温暖之感,让人怀念。十月已是冬季的前奏,每天早晨寒气袭人,碰巧,一到月半便有雪花飘落的时候。

晴天绝美。空气犹如融化的水晶,冰冷澄澈,紫色的山葡萄,绿色的猿梨,鲜红的七度灶,尽染山野,斑斓似锦。

大概是上小学三年级的时候吧,曾到乘汽车十分钟可到的叫钱函的渔村去远足。那里有新开辟的海水浴场。当时,因为听说洗海水澡有益于健康,人们争相前往,于是札幌钱函之间的火车趟趟客满,盛况空前。海岸上苇席的茶棚成排,其中甚至还有高级餐馆。

因为住在小樽的人也纷至沓来,所以格外热闹,但曾经是熙熙攘攘热闹一时的海滨，我们九月里去那里远足时，那成排的茶棚已是踪影皆无了，唯余波涛尽情嬉闹，震耳欲聋。原来开在沙滨之上的蒺瑰花不见了，如今结满珊瑚般的红果实。即便是童稚之心，也产生一种莫名的寂寥之感。

揪下蒺瑰的果子来尝一尝，那味道似甜非甜，似涩非涩，用现在的话来说，就像没熟透的西红柿似的。

故乡的秋天已离我多年，但城镇的容貌，房舍的景象以及风土人情，不拘如何变化，而蒺瑰，猿梨，大自然的丰盛果实，总不至于改变吧，多么令人怀念呀！

程在里　译

坚果风味的秋天

〔英国〕杰弗里斯

早晨在树篱顶上，蛛丝犹如一张带露的网，那里还有一些忍冬在开花。蛛丝既是秋天来临的迹象，要是在冬天，又是春天临近的信号。在二月的萌生林中蛛丝从枝丫到枝丫，从枝柯到枝柯地伸展，犹如云雀的歌鸣。九月间它覆盖荆豆，沿着树篱的顶部平卧，像云雀一样，在简短间断的沉默后又间或放声而歌。

但忍冬花不如它初开时那么秀美——红色(没有开的花瓣)比白色更多，下方，在茎秆的较下部是红色的浆果，那是过去开的花所结的果实。黄色的杂草，也就是千里光，遍布田野，稠密到几乎如同夏天的毛茛，但它缺乏毛茛的丰富的色彩。有些多节的黑矢车菊长在偏僻的地方，没有镰刀的光顾；

一束一束的小白菊也在有残茬余梗的角落里历历可见。

鹅绒委陵菜把它的金色的花朵平放在地上——像没有茎秆的毛茛；它没有什么保护，任何经过的人都可以把它踩进尘土。几朵白花或粉红色的花开在悬钩子类的荆棘上，荒地上一小株金丝桃依然开着花，但果实的皮大部分正在形成。金丝桃是收获季节的花；黄色的花瓣犹如小麦成熟；到一捆捆麦子给大车运走了还可以找到一些。间常偶然碰到一朵阳光照耀的天蓝色纤瘦的风铃草；在苏塞克斯郡，好久以后也还有更多各种各样的花开放。

黑水鸡现在又回到静静的池塘畔，紫色的千屈菜的高高的尖梢成束地冒头。在荆豆中还有许多黄花，只要有石楠生长的地方，它常常在桦树林中播散闪闪的紫色微光；这三者，荆豆、石楠和桦树常常生在一起。

田间，因此，不是没有花，也不是哪里都看不到颜色，直到晚秋仍残留在树木上的叶子，比自它们失掉最初的新绿以来的状态更加令人关注。

橡树、榆树、山毛榉和桦树通通都有黄色的斑点，同时又保持底色的苍绿。橡树的棕褐色通常更深，但大气的湿度维持着树叶中的树液。甚至桦树也只在几处地方染上秋色；榆树有一点，很少；山毛榉不太多；这样看来，它们的绿叶不会完全失掉颜色，保持到十一月。

寒霜还没有把树篱中的山茱萸变成紫铜色，榛树的叶子还相当坚挺。通常约在这个时候，在你采坚果的当儿，榛树的叶子一碰就掉，倘若你摇摇一根树枝，则它们纷纷掉落在四周。

灯心草显出淡淡的黄色，瘦瘦的顶梢依然朝上。无精打采的紫色的刺果覆盖着牛蒡，宽大的酸橙树在萎谢，但树叶稠密。川续断依然在开花。在许多田地里收割后的庄稼的残茬几乎都被雨后猛长的杂草掩盖了；然而顶端还是冒出来，不过不是绿色的。庄稼的残茬有它自己的颜色——如果是大麦则是白色，如果是小麦或燕麦则是黄色。牧草地依然青葱，甚至比在春天的时候更绿，由于下雨的缘故，小溪挤满青翠的菖蒲。

今年(1881)山楂非常多，格外大，许多足有平常看到的两倍。枝头载满一把把红色的果实，像苹果树那样给重负压弯，却更加勾起人的口味。虽然这么大，而且就外表来看对鸟儿挺有诱惑力，却一点也没有给咬过，说实在的，山楂似乎只不过是一种换换口味的东西，除非严冬逼得鸟儿别无选择。

正如我们变换我们的饮食，鸟儿也一样，要到被霜雪所驱使，否则吃它们的不多。如果有的山楂果能留到次年的最初几个月，斑尾林鸽和槲鸫才会吃它们；但是在这个时候它们是没有鸟儿光顾的。等霜降下来乌鸫会啄开野蔷薇的果实。(请注意，野蔷薇的果实早在山楂前被吃光。)

黑莓也挺多——这是个浆果丰年——在七叶树上高挂

着一串有刺壳的坚果,一梗上,达八个之多。橡实挺大,但不如浆果那么多,榛子也如此。

早晨的露滴,被几个小时的阳光都没能驱散的轻雾保存下来,在有阴影的角落里恋恋不舍地逗留到晚些时候——在树底下,弯着身子的草叶上和花瓣上。野蜂和马蜂常常停留在这些依然潮湿的草叶上,好像它们可以从露水吮吸某种营养。

体型较大的蜻蜓现在非常忙碌,扑动它们的翅膀闯来闯去(去采坚果和黑莓的人不会看不到它们)。

只有很少的日子——似乎不到一星期——有一只棕柳莺在一片萌生林内欢畅地啼唤,如在春天一般。这种小鸟是在春天的首批,或者说差不多首批到来的客人,在秋天临近时则是最后离去的。奇怪的是作为春天突出的最早的迹象,棕柳莺从未像知更鸟、燕子甚至麻雀那样进入人们的家居生活。在儿歌和儿童故事中关于它的描写什么也没有;没有人到户外去听它唱;也没有人教儿童认识它,成年人常常全然不知它的存在。我一次也没听到乡下人,农业工人,自耕农或任何老是在户外的人即便是捉到它。

人们总是去寻第一只燕子,并且总是找得到它,但他们从未听到过或见到过棕柳莺。那些研究鸟类的人对它自然是完全熟悉的,可是广大群众却不然。然而棕柳莺却是最普通的候鸟之一，在每一处萌生林和每一排树篱都有它在歌唱，音调嘹亮、准确。最后，到九月中旬，棕柳莺也沉默下来。燕子还流连不走，别的鸟儿——椋鸟、金翅雀、麻雀——成群地飞到远离它们营巢地的庄稼残茬间歌唱，鸣啭，啁啾。

燕子，也不是没有远走高飞的想法。可以见到它们一排二十只，一只在另一只上方，或者停在斜拉的绳子或保持撑着雨布杆子不倒的支索上，这些雨布是用来盖没有打完的麦堆的。它们一排排地集合在屋脊上，明智地互相商量。

秃鼻乌鸦在采橡实；它们从树枝上摘走，而雉在下面拾那些掉下的。

鹧鸪群比过去几个季节里都多而且肥，尽管捕猎已一直进行了两个多星期，但一群仍可达十二只甚至十七只。它们在这个季节的平常更多藏身处，不仅因为到处进行收获，而且因为收割后残茬地长满杂草，只要蹲伏着就可藏匿起来。在某些地里杂草是如此稠密，甚至雉也能藏身。

伦敦南边的农村，收获从七月最后的一周开始。留有残茬儿的最先收割的田地还没有翻耕，很难发现一条新的犁沟，我只不过听见蒸汽犁一两次响起快速强劲的喷气声(当麦子成堆时，看林鸽在旁觅食，那是难得的景观。数以百计的群鸽飞来栖停在麦束上，而且日复一日飞到同一块田地来。麻雀也从未有过像今年这样的粮食盛宴。麦田的整个角落——它们多半在角落——被它们清除得干干净净，犹如就地打好)。

秋天下午的阳光微微有点茶褐色,路旁高高的草也从而染上淡淡的茶色。每片单独的草叶除绿色以外,如果采集一把,也夹有某种别的色彩,有点像芦苇狭而尖的叶子的颜色,只在顷刻之间一显,要是定睛看时又没有了。在草丛里的山柳菊,一两株蒲公英,一株离群的毛茛——通通是黄色——有助于产生这种幻觉。在灌木丛旁边长有双排淡橘黄色的泻根属植物的叶子,也助长眼睛的第二色彩感。

大气固定住一道道光线,又从而抽取它们皓白的光华。日光慢慢地移动,懒散的光芒把沉静的橡树轮廓不清的阴影投射在地面上。橡树、榆树、山毛榉树的棕色和黄色的树叶轮替影响日光,又以它们自身的颜色再点染后者。横越田野的飘忽的雾气看上去像发光的云在麦茬上浮游:那光本身跟雾气结合在一起而成为有形可见。

那种茶褐色是若即若离的——它"萦绕"着阳光,并不固定,你只是可以说它自始至终给阳光带上一种褐色的面貌。橡实太大,萼几乎容纳不下,它们还没完全变成棕色但已带一点成熟后的色彩。在凋谢时白色的泻根的多尖形叶子以及枯萎时的藤蔓也都如此。还留在蓟实上的白色的蓟种子绒毛因为没有风把它们吹散,也反映这种情况,白色被点染的阳光带来的褐色推到一边。

在小麦垛上的浅黄色的茅草变成了深黄；古老的红瓦形成的宽广的屋顶在下面出不来气。除了一片茶褐你还能叫它别的什么呢？——大地在收获季节再一次晒成了棕褐色。晒成棕褐色——因为它是渐渐深化而成的。棕褐色的鹧鸪，棕褐色的雉，它们的长颈向前方伸出来，长尾曳在后面，在残茬地里隐约出现。棕褐色的画眉鼓起勇气重新放开歌喉。成垛的苜蓿也是棕褐色的。远方第三季作物开花了，最近还色泽鲜明，很快也变成棕褐色。

这里那里薄薄的一层棕色的落叶在脚下沙沙地响。树干下部的鳞片状树皮是棕褐色的。干枯的酸模茎，断落的树枝，它们的影子不是黑色的而是褐色的。红色的野蔷薇果实和山楂果，红色的泻根和忍冬的浆果——这些加在一起产生一种茶色感，而不是实际如此。那是愉快的，但暮色来得这么快，当树木藏在下面的阴影中之后，榆树树梢的黄色部分在短暂的一会儿依然继续接受来自西方夕照的光辉。

在短短的秋日里也有一点坚果的意味。若用小时衡量秋天的白昼显得比它的实际要短些——因为一天可享受的部分是在朝雾散尽与暮色渐浓之间。坚果成熟了，跟它们相关的是酒和果实。它们坚硬但味道好吃；你吃一想十，想二十。在坚果酿的酒里面有一种红润润的光，好像是在茶色的日照中的一部分；当你举杯时它映照在你的手上。

自然，坚果酒绝不等于真正的坚果，除非你亲自去采集它。把你的猎枪放下一两分钟，然后去拽树枝。当树枝摇振时会掉下一两个来，一个掉在荆棘中，一个往外掉在茬地里。叶子擦着帽子和肩膀沙沙地响；一根蓟草在脚底下给踩碎了，于是有茸毛的种子终于给释放出来。泻根草的藤蔓缠住你的脚踝，榛树的枝柯是坚挺的，不打算听你的意志而弯曲。大而棕色的榛子得马上敲开，薄膜从仁上面剥离下来，里面是白色的果肉，味道是甜的。

染色的阳光穿过茶色的榛树枝条间射下来；在土墩的另一面的草地里有一只蚱蜢在鸣唤。山楂林中的鸟窝看上去像刚造的一样完善，其实已经被抛弃好久了，雏鸟成群飞进了残茬内。在拉住夹克衫的欧石楠上，夏天苍翠的野蔷薇，现在变成带微红的棕褐色了。那些在染色的阳光中和起变化的叶子下的树枝上费了心机采到的坚果是无比的好。

是的，秋天是棕色、坚硬、甜蜜的坚果的季节。

倪庆饩　译

特利埃夫之秋

〔法国〕让·吉奥诺

秋自高山之巅向我们腾跃而至。几天来，空气动荡不安。人们望着婆娑的树影，心里多半感到惆怅。不过，人们预料之中的是通常岁暮的景象，而没有预料到今年发生的情况。

我们居住的这个地区地势颇高，山丘起伏，沟壑纵横。湍急的山水冲刷着片状的岩石，形成百来米深的峡谷，两边壁立着几乎垂直的山嶂，蔚蓝蔚蓝的，海浪似的。倘若有人顺着悬岩攀缘而上，可以攀登到半腰间狭小的平台上。到了那里，就休想再往上爬了，不得不回到谷底。站在岩壁半腰的平台上俯瞰，收进眼底的是片片草地和田畴。肥美、繁茂的草地，似可吸收一切声音，一匹匹马儿驰骋其间，全都无声无息的，仅闻马鬃瑟瑟之声。还有掩映着清泉的杨树林子，翻耕过的红壤坡地，浓密的灌木丛，野营的炊烟袅袅的森林。此外还看得见五座大村庄：两座匍匐在浇灌得湿漉漉的草地里，一座横卧在一座山丘上，左侧有一片铁线莲，宛如碧波荡漾；另外两座略显得荒僻，隐蔽在森林里。

秋像一只火狐似的向我们腾跃而至。一天夜里，人们仿佛听见它轻柔地腾跃落地的声音。第二天，眼前便呈现了秋色。秋起初在草地上打滚，擦着杨树林带，而把它火红色的毛蹭在所有树木上。它在与一株枫树搏斗时，抓了那株枫树一下，枫叶便流血了。将近中午，草地上开始水汽缭绕。那水汽雪也似的白，犹如风把一大堆灰烬扬散在空中。马群停止了奔跑，凄切地互相呼唤，然后挪动沉重的步子，返归四周圈着的牧场里，低着头躲在杨树下，浑身的皮毛颤栗不止。那笼罩着草地的水汽，我把手掌握在空中，捏拢来抓了一把。手掌里清凉清凉的，略带黏滑之感，伸开一看，满手掌纤细的白色星状物。那是花！猪殃殃花，绣线菊花瓣，大戟的茸毛，肥皂草的细丝，全都是死了的东西，已经干枯，呈粉末状，像洒了一手月光。这些东西的气味，一直渗透到人的身体里，一直渗透到那潜伏着人类万般恐惧的幽暗的一隅，把周身的血液染成了黑色。截至此时，天空尚无变化，仍把一束束强烈的、金灿灿的阳光，投射到地面上。起初，隐隐约约有一股风从高空吹过，微弱的，然而十分冷峭。站在高山之上，可以听到它的声音。这风声和那气味煞是奇特，它们在你心里播下忧烦和委顿的种子，或者更确切地说，它们把你心底里的旧愁翻了出来，使你感到活在这人世间，就像陷在无际无涯的泥沼里。“我这一辈子活着有什么意思?”人们不禁问自己。“我在与庄稼和树木打交道时，在参加村子里笑语喧天、载歌载舞的节日活动时，曾经得到过快乐。可是现在，我又陷入了愁苦之中。老是愁苦，与以前一样的愁苦!”人们一个个木然地呆着，不知干什么好，心里想，既然已走了下坡路，就听其自然吧。从高山之巅，夕阳之中，飘过来三朵瑰丽的云彩。三朵云彩镶着璀璨夺目的金边，但是渐渐地，它们沉重地跌到了黛青的寒云底下。于是，飞燕呢喃地互相呼唤起来；铁匠撂下手中的铁锤，捻着胡子，走进了咖啡店。站在门槛边的人，探头向外张望一眼，连忙缩进了屋里。家家户户掌上了灯，村子里变得寂然无声。只有在村头栖息惯了的鸟儿叽叽喳喳，它们正在集合，准备飞往他乡。

使那株枫树鲜血淋漓的伤口，日渐蔓延开来。每条村道的两旁，迤逦着两排血红的树木。蕴蓄在地层里的热气渐渐释出，使土地膨胀起来。杨树闪烁着寒冷的然而比阳光更耀眼的火焰。一股股火苗在树篱中蜿蜒扩展。山溪旁挨了霜冻的草地，渐渐变成蓝色。枯萎的秋水仙散发出有硫磺气味的水汽，使草地窒息而死。只有森林还在反抗，它的松杉依然是那样稠密、挺拔。我们都羡慕山林里的人，因为我们的草地边这些柔弱的树木和灌木丛，这些生长在泉水边的白杨，通通变成了火炭，而且这些火炭般的树木颜色日渐暗淡，越来越焦黄，越来越凋零，令人感到一切都行将死亡。村民们纷纷把牧场上的马赶回家，马儿疯狂地摇晃着头，打着响鼻，似乎要撞死在栅栏上！夜幕一降临，雨便淅淅沥沥地下个不停，斜斜的雨点飘进树篱里，钻到树脚下，溅落在枯枝败叶中。雨点扑打着窗户，竟至从窗玻璃的缝隙间溅进了屋里。人们躺在被窝里回忆着往事，抵御秋寒的侵袭，第二天早晨一起来，发现床前积了一大摊水。

隐蔽在树林里的那两座村庄，一座叫圣保迪尔，一座叫弗雷米埃。在这秋雨愁人的日子里，我们只好成天守着火炉，那两座村庄便成了我们向往的地方。在那里，一切都没有变，松树像岗岩一样坚毅。我们遥望着那一派生机盎然、永不凋谢的绿色，心里得到了一点慰藉。一天傍晚，从圣保迪尔来了一位骑马的汉子。马儿蹚着大摊的积水，不紧不慢地走着。这汉子是来请医生的。请过医生，他坐下来喝朗姆酒和咖啡，说山上的两座村庄被蘑菇包围了，那些蘑菇像潮水般涌出来，发出汩汩声。一个个像脓疮一样难看，孢子囊里的粉末四处弥漫，使所有的人家都中了毒。"那种东西，"汉子介绍说，"使女人们莫名其妙地异常兴奋，使男人们对一切厌恶之极。"他还说，大家不得不把科隆贝·卡特兰绑在床上，他呻吟着，口吐白沫，绞着双手，两只眼睛骨碌碌乱转，一个劲地胡言乱语，"连上帝都不敢靠近他的身"。汉子说完，跨上他那匹耕地的高头大马，无精打采地走了。

其后几天里，蘑菇的气味一直飘到了我们这里。其他就没啥好说的了，因为什么也没有发生。什么也没有发生。而我们都渴望看到发生点意外的事情。

罗国林　译

晚秋初冬

〔日本〕德富芦花

一

霜落，朔风乍起。庭中红叶、门前银杏不时飞舞着，白天看起来像掠过书窗的鸟影；晚间扑打着屋檐，虽是晴夜，却使人想起雨景。晨起一看，满庭皆落叶。举目仰望，枫树露出枯瘦的枝头，遍地如彩锦，树梢上还剩下被北风留下的两三片或三四片叶子，在朝阳里闪光。银杏树直到昨天还是一片金色的云，今晨却骨瘦形销了。那残叶好像晚春的黄蝶，这里那里点缀着。

二

这个时节的白昼是静谧的。清晨的霜，傍晚的风，都使人感到寒凉。然而在白天，湛蓝的天空高爽，明净；阳光清澄，美丽。对窗读书，周围悄无人声，虽身居都市，亦觉得异常的幽静。偶尔有物影映在格子门上，开门一望，院子的李树，叶子落了，枝条交错，纵横于蓝天之上。梧桐坠下一片硕大的枯叶，静静躺在地上，在太阳下闪光。

庭院寂静，经霜打过的菊花低着头，将影子布在地上。鸟雀啄含后残留的南天竹的果实，在八角金盘下泛着红光。失去了华美的姿态，使它显得多么寂寥。两三只麻雀飞到院里觅食。廊椽下一只老猫躺着晒太阳。一只苍蝇飞来，在格子门上爬动，发出沙沙的声响。

三

内宅里也很清静。栗、银杏、桑、枫、朴等树木，都落叶了。月夜，满地树影，参差斑驳，任你脚踏，也分不开它们。院内各处，升起了焚烧枯叶的炊烟，茶花飘香的傍晚，阵雨敲打着栗树的落叶，当暮色渐渐暗淡下来的时候，如果是西行[1]，准会

---

[1]西行(1118—1190)，平安末期，镰仓初期著名歌僧。

唱几首歌的。暮雨潇潇，落在过路人的伞盖上，声音骤然加剧，整个世界仿佛尽在雨中了。这一夜，我默然独坐，顾影自怜。

四

月色朦胧的夜晚，踏着白花花的银杏树落叶，站在院中。月光渐渐昏暗，树隙间哗啦哗啦落下两三点水滴——阵雨，刚一这样想，雨早已住了。月亮又出现了。此种情趣向谁叙说?

月光没有了，寒星满天。这时候，我寂然伫立树下，夜气凝聚而不动了。良久，大气稍稍震颤着，头上的枯枝摩擦有声，脚下的落叶沙沙作响。片刻，乃止。月光如霜，布满地面。秋风在如海的天空里咆哮。夜里，人声顿绝，仿佛可以听到一种至高无上的音响。

陈德文　译

冬日漫步

〔美国〕梭罗

风轻轻地低声吹着，吹过百叶窗，吹在窗上，轻软的好像羽毛一般；有时候数声叹息，几乎叫人想起夏季长夜漫漫和风吹动树叶的声音。田鼠已经舒舒服服地在地底下的楼房中睡着了，猫头鹰安坐在沼地深处一棵空心树里面，兔子、松鼠、狐狸都躲在家里安居不动。看家的狗在火炉旁边安静地躺着，牛羊在栏圈里一声不响地站着。大地也睡着了——这不是长眠，这似乎是它辛勤一年以来的第一次安然入睡。时虽半夜，大自然还是不断地忙着，只有街上商店招牌或是木屋的门轴上，偶然轻轻地发出嘎吱的声音，给寂寥的大自然添一些慰藉。茫茫宇宙，在金星和火星之间，只有这些声音表示天地万物还没有全体入睡——我们想起了远处(就在心里头吧？)还有温暖，还有神圣的欢欣和友朋相聚之乐，可是这种境界是天神们互相往来时才能领略，凡人是不胜其荒凉的。天地现在是睡着了，可是空气中还是充满了生机，鹅毛片片，不断地落下，好像有一个北方的五谷女神，正在我们的田亩上撒下无数银色的谷种。

我们也睡着了，一觉醒来，正是冬天的早晨。万籁无声，雪厚厚地堆着，窗槛上像是铺了温暖的棉花；窗格子显得加宽了，玻璃上结了冰纹，光线暗淡而静，更加强了屋内的舒适愉快的感觉。早晨的安静，似乎静在骨子里，我们走到窗口，挑了一处没有冰霜封住的地方，眺望田野的景色；可是我们单是走这几步路，脚下的地板已经在吱吱地响。窗外一幢幢的房子都是白雪盖顶；屋檐下、篱笆上都累累地挂满了雪条；院子里像石笋似站了很多雪柱，雪里藏的是什么东西，我们却看不出来。大树小树四面八方地伸出白色的手臂，指向天空；本来是墙壁篱笆的地方，形状更是奇怪，在昏暗的大地上面，它们向左右延伸，如跳如跃，似乎大自然一夜之间，把田野风景重新设计过，好让人间的画师来临摹。

我们悄悄地拔去了门闩，雪花飘飘，立刻落到屋子里来；走出屋外，寒风迎面扑来，利如刀割。星光已经不这么闪烁光亮，地平线上面笼罩着一层昏昏的铅状的薄雾。东方露出一种奇幻的古铜色的光彩，表示天快要亮了；可是四面的景物，还是模模糊糊，一片幽暗，鬼影幢幢，疑非人间。耳边的声音，也带一种鬼气——鸡啼狗吠，木柴的砍劈声，牛群的低哞声——这一切都好像是阴阳河彼岸冥王的农场里所发出的声音；声音本身并没有特别凄凉之处，只是天色未明，这种种活动显得太庄严了，太神秘了，不像是人间所有的。院子里雪地上，狐狸和水獭所留下的脚印犹新，这使我们想起：即使在冬夜最静寂的时候，自然界生物没有一个钟头不在活动，它们还在雪上留下痕迹。把院子门打开，我们以轻快的脚步，跨上寂寞的乡村公路，雪干而脆，脚踏上去发出破碎的声音；早起的农夫，驾了雪橇，到远处的市场去赶早市；这辆雪橇一夏天都在农夫的门口闲放着，与木屑稻梗为伍，现在可有了用武之地，它的尖锐清晰而刺耳的声音，对于早起赶路的人，也有提神醒脑的作用。农舍窗上虽然积雪很多，但是屋里的农夫已经早把蜡烛点起，烛光孤寂地照射出来，像一颗暗淡的星。树际和雪堆之间，炊烟也是一处一处的从烟囱里往上飞升。

大地冰冻，远处鸡啼狗吠；从各处农舍门口，也不时地传来丁丁劈柴的声音。空气稀薄干寒，只有比较美妙的声音才能传入我们的耳朵，这种声音听来都有一种简短的可是悦耳的颤动；凡是至清至轻的流体，波动总是稍发即止，因为里面粗粒硬块，早就沉到底下去了。声音从地平线的远处传来，都清越明亮，犹如钟声，冬天的空气清明，不像夏天那样的多杂质阻碍，因为声音听来也不像夏天那样的毛糙模糊。脚下的土地，铿锵有声，如叩坚硬的古木；一切乡村间平凡的声音，此刻听来都美妙悦耳；树上的冰条，互相撞击，其声琤琮，如流水，如妙乐。大气里面一点水分都没有，水蒸气不是干化，就是凝结成冰霜的了；空气十分稀薄而似有弹性，人呼吸其中，自觉心旷神怡。天似乎是绷紧了的，往后收缩，人从下上望，很像处身大教堂中，顶上是一块连一块弧状的屋顶；空气中闪光点点，好像有冰晶浮游其间。据在格陵兰住过的人告诉我们说❶，那边结冰的时候，"海就冒烟，像大火燎原一般；而且有一种雾气上升，名叫烟雾；这种烟雾有害健康，伤人皮肤，能使人手脸等处生疮肿胀"。我们这里的寒气，虽然其冷入骨，然而质地清纯可提神，可清肺；我们不能把它认为是冻结的雾，只能认为是仲夏的雾气的结晶，经过寒冬的洗练，越发变得清纯了。

太阳最后总算从远处的林间上升，阳光照处，空中的冰霜都融化，隐隐之中似乎有铙钹伴奏，铙钹每响一次，阳光的威力逐渐增加；时间很快地从黎明变成早晨，早晨也愈来愈老，很快地把西面远处的山头，镀上一层金色。我们匆匆地踏着粉状的干雪前进，因为思想情感更为激动，内心发出一种热力，天气也好像变得像十月小阳春似的温暖。假如我们能改造我们的生活，和大自然更能配合一致，我们也许就无需

---

❶格陵兰——所引的书恐系 Sir John Boss's Narrative of a Second Voyage in Search of a North-West Passage, 1835 年伦敦出版。

畏惧寒暑之侵，我们将同草木走兽一样，认大自然是我们的保姆和良友，她是永远照顾着我们的。

大自然在这个季节，特别显得纯洁，这是使我们觉得最为高兴的。残干枯木，苔痕斑斑的石头和栏杆，秋天的落叶，到现在被大雪掩没，像上面盖了一块干净的手巾。寒风一吹，无孔不入，一切乌烟瘴气都一扫而空，凡是不能坚贞自守的，都无法抵御；因此凡是在寒冷荒僻的地方（例如在高山之顶），我们所能看得见的东西，都是值得我们尊敬的，因为它们有一种坚强的纯朴的性格——一种清教徒式的坚韧。别的东西都寻求隐蔽保护去了，凡是能卓然独立于寒风之中者，一定是天地灵气之所钟，是自然界骨气的表现，它们具有和天神一般的勇敢。空气经过洗涤，呼吸进去特别有劲。空气的清明纯洁，甚至用眼睛都看得出来；我们宁可整天待在户外，不到天黑不回家，我们希望朔风吹过光秃秃的大树一般的吹澈我们的身体，使得我们更能适应寒冬的气候。我们希望借此能从大自然借来一点纯洁坚定的力量，这种力量对于我们是一年四季都有用的。

地层底下有大火，永远不熄，酷寒天气也不能稍减其炎风。大雪虽厚，终究要被它所融化。此火终年如一，所不同者，只是正月里掩盖稍厚，热力难透，七月里掩盖稍薄，热力容易上达而已。在顶冷的日子里，地火流动，其流动所经之处，树边上的雪就融化了。有一种鼠麦，晚秋出芽，入冬长成，它的热力很快就把田里的积雪融化；稞麦田里，就是地火掩盖最薄的地方，我们看见了，心里都会觉得温暖。一到冬天，温暖就成了一切美德的代表；我们也像兔子和知更鸟一样，自然而然的追求温暖；大地已经冰冻，我们就想去看看森林里的温泉，或者是一条不冻的小溪，和在太阳底下闪闪发光的溪里光秃的石头。沼泽池塘里所冒起的蒸汽，我们看来，好像同家里水壶的蒸汽一样的亲爱，一样的有温暖之感。可是哪一种炉火可以比得上冬日的太阳呢？太阳一出，田鼠从墙边钻出来了，小雀也在树林的深处吱吱啁啁地叫起来了。夏天的热一半是地面上热气的反射，冬天的温暖，则直接来自太阳。我们在积雪的山坳里走着，觉得太阳的光线照在背上；地方是很偏僻的了，可是和煦的太阳，始终照顾着我们，我们对于这种特殊恩典，只有感激在心而已。

地火的圣坛，也筑在每一个人的心胸里头；天不论怎么冷，山不论怎么荒凉，旅行的人大衣里面所包的火，比之人家壁炉里的火，更为温暖。一个健康的人，他正好补足季候的缺陷；外面是冬天，他心里就是夏天。人在北方，可是他的心就是南方。禽鸟和昆虫都会迁移到他的心头来居住；他的心里就注着温泉，在他的身边知更鸟和百灵鸟一只一只地飞下来栖息。

森林里的空地上，长满了有一年左右历史的灌木；叶都焦了，枝就枯了，但请看树上的雪是多么美丽！雪像银粉似的堆在上面，姿态万千，形状无穷；冬天是看不见色彩的，但是银株玉叶无穷的形态似乎正可以补救色彩的缺乏。在树干的周围，请注意田鼠细碎的脚印，还有兔子的三角形的脚印。天空清明，好像有弹性的挂在上面；看来夏天的天空，经过坚贞的寒冬加以提炼，加以收缩之后，所有的杂质都被筛到地上，现在的天空是经过净化的了。

夏天里生物茂盛庶类众多，到了冬天，一切区别，就不甚明显，成为混同一体。天似乎也更接近地面。宇宙各种元素并不像以前那么含蓄，也不像以前那么判然分明：水结成冰，雨化为雪，白天只是斯堪第那维亚的黑夜，冬天只是北极的夏天。

现在自然界的生命只有更趋活跃；披有皮毛的兽类虽经酷寒的黑夜，仍旧未被冻死；现在被霜雪掩盖的田野树林里面，仰起头来看日出了：

无食物可寻的旷野里，
棕色的动物纷纷出动。❶

这个星期五的早晨是多么的冷，可是远处的山谷里灰松鼠和兔子还是在那里活泼跳踉。这地方就是我们的寒带，至于我

❶典出英国18世纪诗人汤姆生(James Thomson)的长诗《四季》(*The seasons*)内的《冬季》之章。

们的爱斯基摩人，我们的住居于冰雪之中的人呢？我们不是有我们碎冰的人和伐木的樵夫，还有我们的狐狸、麝鼠和貂鼠吗？

天气虽然寒冷，夏天并没有全部消逝，有些地方我们还可以找到夏天的生活，心里因此可以起一种共鸣。霜封的草原上，我们会发现石蚕幼虫的水底的巢穴，横在溪涧之间。它们的巢穴是小圆筒的，就筑在它们身体的周围。构成的材料是芦苇、树枝、枯草、败叶、贝壳和石子，其形状和颜色都和水底下乱七八糟的垃圾差不多。这种巢穴有时候在水底下的石卵上面漂流；有时候小小的漩涡一起，它们就跟着旋转，被急激的小瀑布冲向下流；它们有时候也被流水很快地带着走，有时候碰到一片草叶的尖端或者一块树根，它们就左右来回的摆动，趑趄不前。不久之后，这些小虫像蚋子或其他昆虫一样，就离开它们的水宅，爬上草茎，在水面上漂荡，然后在水面附近扑扑地飞，或者在晚上把它们短促的生命，葬送在我们的蜡烛火焰之中。在那边小小山凹之中，灌木已经累累结实，红色的浆果同白色的雪地相映成趣。这里你可以看见生命的活跃，千万只脚在雪地上走过的脚印。山凹虽小，太阳照在上面，气概竟也不亚于当年的法国盛世的塞纳河河谷或是罗马盛世的台伯河河谷；我们这些动植物不知失败或恐惧为何物，它们所表现的真正自求生存的勇气，实在是法兰西帝国或罗马帝国所从没有看见过的。在我们这座山坳里，一切都是原始的，但是一切都是质朴单纯，这些动植物所过的是一种健康的生活，有希望的生活，一种为我们城市里所看不到的生活。我们走入树林深处远离人迹，遗世独立，微风过处，树上的雪纷纷落下，那时我们觉得我们的思想是多方面的，远比城市的生活为复杂。我们与各种小鸟为伍，但是它们比之政治与哲学，更能启发我们的思想；假如我们再同那些圣贤豪杰在一起，我们要觉得他们不过是俗物而已。在这静寂的山坳里，溪涧从山坡下流，多折纹的冰和晶状的雪幻出各种色彩，两旁矗立的是虎尾枞和栂树，小河里长的是芦苇和干枯了的野燕麦——在这种地方，我们的生命是更为庄严肃穆，更值得低回思索。

时近中午，太阳的热由四周的山上反射过来，树上的冰条开始融解，流水解冻，琤琮的声音，虽然很轻微，我们也可听见；"五十雀"和鹧鸪非但鸣声可闻，它们也在我们面前飞跃活动。中午的时候，南风一吹，地上雪融，枯草落叶，都呈现在我们的眼前；雪化以后的地上是一无足观，可是地上所发出的一种香气，却使人闻后精神为之一爽，其甘美实不亚于煮肉的香味。

那边有一座樵夫的小屋，樵夫本人不在，但我们也不妨进去看看。冬夜漫长，冬日苦短而多风雪，这种生活真是够那樵夫忍受的。樵夫家居山的南麓，在一片荒野之中，他那个地方，比较有人来往，可算是荒野里文明的象征。到叙利亚和波斯去的游客，站在帕米拉和海克通帕立斯[1]的废墟之前，抚今思昔，他那时候心头的联想，大约同我们现在这个时候差不多。花花草草普通总是逐人迹而生，这里既有人烟，我想鸟应该唱歌，花也已经开放了。梣树在头上作响，胡桃木是樵夫的燃料，含有松脂的松根替他引火；樵夫虽然已去远方，他平常汲水的泉水，还是在山洼里兀自的冒汽，汽还是那么的稀薄，同空气也差不了多少。屋子里有平台一方，上铺松枝稻草，这就是樵夫的床了；这些破碎的碗盏，就是他饮食的器皿。可是今年的冬天，他出门去了，木架子上的京燕的窠还是去年夏天筑在那里的呢。屋子里还有一点柴火的死灰，又好像屋主人离屋不久，灰里搁了一支缺了嘴的烟斗；我们可以想象，他在火上煮了一锅豆子，晚上衔了烟斗，同他唯一的伴侣(假如他有伴侣的话)，谈谈明天的雪可能积得多深(外面正在大雪纷飞)，或者讨论刚才一声怪响是猫头鹰的叫声呢，是树枝的摇摆声呢，还是自己的幻想制造出来的。深夜的时候，他在上床伸展四肢睡觉之前，先到粗大的烟囱底下张望一下，看看外面的风雪停了没有；看见仙后座正明亮地照在他身上，他放心了，很快地就睡着了。

樵夫在屋内留下不少东西，我们根据这些线索，也可推测他的生活情形。这里有木垛一块，我们可以知道他的斧头

[1]帕米拉（Palmyra），罗马帝国后期的大城，在今之叙利亚。海克通帕立斯（Hecatompolis），在今之波斯。

有多么锋利；我们看他劈斫的角度，可以猜想他伐木时是站在哪一边的，还有：他把树劈下来时，人有没有绕树而转，斧头有没有换过手。一块小小的木片上，实在已经写下了樵夫一生的历史；甚至于全世界的历史，也逃不出这方寸之间。这一块小小的纸片，是樵夫用来包糖或是包盐的，或者是用来塞他的枪膛的，可是我们坐在森林里的一段木头上，从这张纸上也可以读出很多文章……这座小屋朝南的一面，屋檐上的融雪正在滴落，松树上山雀吱吱地在叫，屋门周围，阳光普照，和煦温暖，好像特别富于人情味似的。

樵夫离家已经有两个季节，这座简陋的小屋至今仍旧点缀着这里的风景。鸟飞到这里来做窠，林间许多四脚走兽的足迹，你若跟踪追索，你可以发现它们都是走到这里来的。人侵犯了自然，玷污了自然，但是自然一向对此并不介意。伐木丁丁的声音现在偶然还听得到，森林仍旧很高兴的，不存戒心的替斧头发出回声；可是这种声音不常有，有了它的点缀，这里的景致显得更为荒野，天地之间一切元素，似乎正努力把这种声音也化成自然界景色的一部分。

我们沿樵径而上，渐渐地走到山顶；山虽是丘陵，但也相当高，南边的山坡尤为陡峻，我们站在那边，纵目南望，底下广阔的风景——森林、田野、河流，可以一览无遗，一直可以望到远处积雪的山脉。那边有炊烟一缕，冉冉地从林中升起，林里的农舍我们是看不见的，可是它顶上的烟，无异竖起了一面大纛旗。那边下面的气候一定较为温和，因为那边有温泉，温泉所冒出的蒸汽，在树林顶上结成云彩。一个远道来的游客，假如在林中高地，发现了这一股烟，他同那农舍里的主人，自然而然就发生了一种默契。烟慢慢地徐缓地上升，就像树叶所吐出来的蒸汽一样，烟在空中，化成丝丝缕缕，其繁忙正不亚于炉边的主妇。烟中似乎也有字，我们仔细辨读，也可以悟出人生的道理，它所表示的实在远比火热水沸这个简单的事实更为重要，更为亲切。森林任何一处，只要像挂了旗似的露出这种烟柱，那底下就有人家卜居——人类就是这样移民而繁殖的，罗马就是这样创始的，艺术就是这样起源的，大帝国——不论是在美洲的或是亚洲的大草原上——就是这样建立的。

我们现在又下山走去，走到林中湖畔，湖在群山中央的凹处，湖水好像就是从这些山石里压榨而得，又好像是年年树上的落叶浸泡出来的液汁。一眼望去，湖水既无出口，又无入口，可是湖也有它的历史，它的历史就在它起伏的波浪，它岸边的磨光了的石卵，和它周围绵延不绝的松树。它虽然安居不动，可是绝不怠情，真像阿部·穆萨[1]所说的一样："在家安居者天之道也，出外奔波者人之道也。"湖水虽不流通，它的蒸汽上升，却是无远勿届。夏天的时候，湖是大地的水汪汪

[1]穆萨——可能指14世纪西班牙回教国王 Abu Hammu Musa。

的眼睛！大自然胸膛上的一面镜子。森林间一切的罪恶都在这里洗净。万木拱抱，又好像罗马的圆剧场，然而这里所表演的，都是大自然的温柔敦厚的一方面。每一棵树每一条小径都把旅人带到湖的边上来，这里是鸟兽麇集之处，整个地形也是向湖边倾斜的。这里是自然女神的闺房，她每天就坐在这里梳妆。别看她一声不作，可是她多俭省，又多么爱整洁。日出之后，湖水蒸发，湖面上的灰尘也随之一扫而空，湖面也不断以焕然一新的姿态出现；不论每年积集了多少杂质，春天一到，湖水立刻又显得清澈。夏天的时候，微风过处，湖面上似乎奏起一种静静的音乐。可是现在只是一片皑皑白雪，湖水的模样，我们是看不见了；有时候风把浮雪吹开，露出光滑的层冰，干枯的叶子在上面滑来滑去，它们的旅程很有限，可是东转西弯，曲折也很多。这里有一片山毛榉的枯叶，飘荡了好久，刚刚碰到岸上的一块石子——触礁了，可是它还在摇摆不定，似乎随时都可以再度发动的样子，这片树叶，从树上掉下来之后的旅程，我想一个熟练的工程师能够替它计算出来。因为计算用得着的一切因素，例如树叶目前的位置、风的方向、湖面的高度等等，都是很容易推算得出的。这片叶子边缘残缺不齐，筋络也是断缺很多，可是它的旅程，是都写在上面了。

我们身处山野，可是我们想象自己是身处在一座巨宅之中。给冰雪覆盖的湖面，可以算做我们的松木桌子，也可以算做铺了沙的地板。湖边上矗立的树木，又像是农舍的墙壁。冰块碎处，钓鱼线挂了很多，这像是厨房里大规模的准备；雪地上站立的那些人又像是森林里的家具。那些人跟我们的距离约有半哩之遥，我们隔了冰雪望过去，他们的行动模糊不清，所给我们的印象，就同我们在历史书上所读到的亚历山大大帝的功业一般。他们的行动似乎和这里的风景正好配合，其重要性也不亚于征城拓土呢。

我们现在又在树枝交织而成的拱门底下漫步走过；走到森林边缘的时候，我们听到远处河湾里冰块受到潮水冲击，轰然作响，可是这种潮水行动较难以捉摸，并非普通海潮。据我听来，这种声音很奇怪地使我联想到家，它就是我们自己远房贵亲的声音，有震撼心灵的作用。林间湖畔，日光和煦得同夏天仿佛；虽然走了几丈路，只看见一片绿叶，可是自然界的气象是清明而健壮。这里每一个声音都充满了一种神秘的健壮的气息，七月里微风低吹的声音固然如此，正月里树枝的颤动声又何独不然？

黑夜未临以前，我们将穿上冰鞋，在曲折的河面上遨游一番，这样顺流滑冰而下，对于我们这种冬天整日靠着炉边而坐的人，实在富于新奇的刺激，不亚于跟随柏莱或弗兰克林❶等大探险家到冰天雪地里去游历一次。河道曲曲弯弯，一

---

❶柏莱(Sir William E.Parry, 1790—1855)，弗兰克林(Sir John Franklin, 1786—1847)，皆英人，以探险北极著称。

下子在群山中流过，一下子在平整的草地上展开，在松树枝丫交错的地方，河面上又形成了无数的港汊。河在市镇的后面流过，因此我们所看见的景物，都是比较荒野，为平日所不习见的。平常从公路上看去，田野园圃都带一种矫揉造作的姿态，可是在靠河的一面，它们就都比较大方自在，拿真面目给人看了。这里是地球的外界——地球的边缘。一切景物，都显得调和，没有强烈的对比，因此眼睛也就舒服多了。一路下去，农田上的篱笆倒有不少，最后一排篱笆的最后一节障碍，是一枝飘荡着的柳条，至今还保持一点青色；从此以后，就再无樊篱之阻，也不再有道路同我们的冰路交叉了。现在我们所走的路是一条最隐僻最平坦的路，我们如往上游走，不需要爬什么山，只要一层一层地按着广阔的平路走，也可以深入腹地，走入高地草原。河流自高而下，最足以说明顺循自然之理；河流走路好像病人一般，丝毫不用力气。一枚橡果[1]给杯子托着，可以悠悠地循着河道浮游而下，决无颠覆之虞。河里偶然也有小小的瀑布，但是水虽突然滑泻而下，整个风景却并无改变，只是水汽弥漫，水花四溅，把远近游客的注意力都吸引过来了。河流发源之处远在内陆腹地，它跨过好几层广阔而平坦的台阶，或者说，它是沿着一块倾斜度很缓和的平面，浩浩荡荡，流入海洋。地面是不平的，但是河流从一开

---

[1]橡果下部有托，如杯状。

始起，就随着地形的起伏，自然而下，以后不断如此，所以能够畅流无阻。

天地之间，没有一处地方，是人迹永远所不能到的。现在我们走近鱼类的帝国了。我们的脚很快地滑过深不可测的大水，回忆夏天的时候，我们的钓竿也在此引诱过鳕鱼和鲈鱼，河里芦苇成行，宛如长廊一般，那是庄重的梭子鱼潜伏的地方。附近的沼泽地带范围广阔，难以通过，冰鞋虽行动快捷，到此也无能为力，上面好像筑了一千条铁路，到处是阻碍，但是苍鹭曾经在此地涉过水，鹭鸶也在这里栖息过。我们一口气就滑到了麝鼠的公馆——麝鼠是这里资格最老的移民——我们看见它在透明的冰层底下飞也似的钻回河岸上的洞穴里，形状就像一条长毛的鱼。我们不断地向前滑行，很快地就滑过了草原，那地方不久以前"一刈草人曾经磨过镰刀，"[1]我们穿过好几处冻结了的蔓越橘丛，地上野草还是很多。再向前滑去，就到了山鸟、京燕和翠鸟在河的上方筑巢的地方，泥沼中的树上也悬挂着大黄蜂的巢。许多快乐的小鸟纷纷从它们的桦枝和蓟花毛构成的巢里飞出，现在正随着日光飞舞。泥沼外缘的树上，鸟巢很多，形成了一个水上悬空村落，这里是人迹罕至的。树的空心里面，是树鸭孵育子女的地方，有时候它偷偷地溜出去，到远处的沼泽去猎食。

[1]典出自 *Milton`s L`auegro*（《快乐人》）第六十六行。

大自然在冬天成了一架古董柜子，充满了各种干结的标本，完全按照它们天生的次序，排列得井井有条。草原和树林成了一座“植物标本院”。树叶和野草受了空气的压力，无需螺丝钉或胶水之功，形态保持得很完整。这里的鸟巢并不像博物院里一样，挂在假树上面；这里的树虽干枯，仍是真树，鸟在哪里筑的巢，现在还是在哪里。我们现在到草木横生的泥沼里去察看一下，看看赤杨、柳树、枫树吸收了多少和煦的阳光，多少滋润的雨露，现在长得有多高。我们要看看它们的丫枝经过发旺的夏天之后，长得有多长多粗了——不久之后，尚在熟眠中的蓓蕾就要觉醒，“百尺竿头，更上一步”这些树枝快要和天相齐了。

我们有时候在雪中践踏而过，雪太深了我们常常因此找不到河的踪迹；走了几十码之遥，河重复出现，可是似乎改了道，忽焉在左，忽焉在右，大出我们意料。河在冰雪底下，仍旧流着，轰轰然的可是又是模糊不清的发出声音，好像是打鼾，难道河像熊和土拨鼠一样，也会冬眠不成？夏天浩浩荡荡的大川，现在所剩踪迹无多，我们隐隐约约地找寻过去，总是看不见河，只见一片硬化了的冰雪。我们起初总以为一到深冬，河流就会干涸，或者至少在春天解冻以前，它是连底冻结的。事实上，河水并未减少，只是表面上盖了一层冰雪而已。灌注湖泊溪流的千百泉源，冬天里仍是滚滚而流。只有少数离地较近的泉源，它们的出口处也许被冻住了；但是它们流入地下，地底深处的水库因此益形充实。自然界的井泉是在冰霜的下面。夏天百溪水涨，这并不单靠融雪来灌注；刈草的人要解渴，也并不是只有融化了的雪水可以喝。春天山泉解冻，溪水暴涨，这是因为自然界的工作被耽搁了一阵，水变成了冰和雪，冰雪的质地没有水那么圆润，它们不像水那样容易趋向平处流，所以有闯祸的可能。

冰的那一头，在松林和雪掩盖下的丘陵之间，站着一个钓梭子鱼的渔夫。在一个幽静的河港里，他放下他的钓丝，他的双臂插在厚大衣的口袋里面，活像一个芬兰人；他的思想里也闷闷地充满了冰雪和鱼腥味，他自己就是一条无鳍的鱼，跟他的同类之间的不同，只是一在冰上，一在冰下，相隔的距离是可以用英寸来计算的。其人挺然直立，默不作声，四周环绕的是云和雪，简直同河岸上的松树没有分别。在这荒野地方，人在四处呆然木立，即使有动作，也是迟缓而轻易不肯一动的，因为自然界本身就是沉默而稳重的，人到了这里，也把城市里那种轻躁妄动的脾气革除了，别以为这种地方有了人迹，看上去就不大荒野；人在这里，就同怪鸟和麝鼠一样，只是自然界的一部分，据早期航海家的报道，努克泰港[1]和美洲西北海岸一带的土人，周身穿着厚厚的皮衣，见了生人绝不愿意多开口，除非你用一块铁去哄他，才会打开他的

---

[1]努克泰港，在加拿大。

话匣子；这里的人，其沉默几乎也同那些土人仿佛。这里的人是和自然界打成一片的，他的根深入自然，而且比之城市里的人，他的根柢是更为稳固。

我们四处闲逛，现在暮云四合，雪花又断断续续地飘下。雪愈下愈快，远处的东西都模模糊糊地渐渐消失。雪四处落下，树上、田里、河边、湖畔、山上、谷底——没有一个小小的隙缝雪不飘进去的。现在空气变得特别宁静，四足走兽都找地方隐蔽起来了，鸟也栖息不动。声音几乎一点都听不见，比好天气的时候更要静寂，可是悄悄地，渐渐地，山坡、灰色的墙和篱笆、光滑的冰、干枯的树叶，这一切以前没有给雪遮盖住的，现在都埋了起来了，人兽的足迹也一齐丧失。大自然毫不费劲地就恢复了它的统治权，把人为的痕迹一概抹煞。有荷马咏雪的诗为证[1]："冬天雪花落得快而且密。风不吹了，雪不断地下，盖住了高山和丘陵的顶，也盖住了长酸枣树的平原和耕种过的田地；在浪花四起的海湾海岸边上，雪也落着，可是雪落到海里，就一声不响地让海水融化掉了。"雪填满一切缺陷，使万物平等，把万物更深的包在自然的怀抱之中；雪的作用同攀藤差不多，在漫长的夏天里，藤爬上了庙宇的柱顶和堡垒的雉堞；它协助自然的力量，遮掩了人工的建筑。

凶暴的夜风吹过树林，簌簌作响，它警告我们，应该回头

---

[1] 荷马著《伊利亚特》第十二章。

走了。太阳在渐趋猛烈的雪风后面，渐渐西沉，鸟纷纷觅路回巢，牛羊也回到它们的圈栏里去了。

替农夫工作的老牛，垂着头
站着，身上盖满了雪，现在要求
它一天工作的报酬。❶

普通日历书里总把冬天画作一个老人的样子，大衣把周身裹得紧紧的，面对着风雪，可是在我们想象之中，他是一个愉快的樵夫，或者是一个热血的青年，同夏天一样的活泼。风雪之中自有其庄严，其奥妙是以前从来没有发现过的，这种精神把游客的精神也给支撑了起来。冬天绝不跟人开玩笑，它有一种和蔼诚恳的态度。我们在冬天所过的是更为内向的生活。我们的心仍旧是缓和而快乐的，就像大雪之下的农舍一样：门窗半被隐蔽，可是烟囱里面，烟还是很快乐地往上升。房屋里面本来给人以舒服之感，外面风雪大作，把人关在屋里，人因此觉得更为舒服。天气顶冷的日子，我们在壁炉边烤火，从烟囱里面望望外面的天空，心里觉得很满足。我们那时领略炉边的温暖的静趣，静听街上牛羊的低鸣，远处谷仓里在打谷，声音整个下午不停，听见这种声音，我们好像听到

---

❶典出汤姆生的《冬季》。

自己的脉搏在跳动。这种简单而自然的声音，对于我们的精神究竟有些什么影响，一个高明的医生，无疑可以根据这一点来断定我们健康的好坏。我们现在围在炉边所享受的，不是东方式的，而是北方式的闲暇，太阳光中飞舞的尘埃，这正是一个有闲的人所该仔细观察的。

有时候我们的生活严肃得太平凡，太惯适，因此我们的命运不可能是残酷的。且想想：足足有三个月之久，人类的命运总是裹在皮裘里面。何况雪又是那么使人神清气爽，可是希伯来人的那本《圣经》并不认识这点事实。难道宗教都是为热带人士而立？没有一种宗教是供温带寒带人士崇拜的吗？在新英格兰的寒夜，天神对于人类纯是一片厚恩，可怪的是没有一种宗教是记载这一种的慈悲的。我们从来没有替天神唱赞美诗，我们只是觉得天神在发怒，因此厌恨他们。天下最好的《圣经》，所记载的只是一种微薄的信仰。那些圣人所过的也是一种闭塞而严厉的生活。假如真正有勇敢虔诚之士，不妨到美洲的缅因或拉普拉度的森林里来住一年，从初冬起到解冻为止的这一段生活与经验，他假如体会过后，不妨再翻开《圣经》，看看里面所讲的话够不够深刻。

现在，在农夫的火炉边上，漫长的冬夜开始了；人虽局处斗室，然而思想无远弗届，人性本是慈善的，到了这时候对于天下一切有情众生，更非宽大慈悲为怀不可。庄稼早已收割，对于严冬已经有备无患，农夫想到这一点，油然心喜；他现在心平气和的，从闪闪烁烁的玻璃窗往外采望“北极熊的家”❶，现在风暴已过。

圆满的天宇，
无数的世界都展示在我们的眼前，
天明亮刺眼；从北极到南极
披着一件光闪闪的法衣。❷

夏济安 译

❶典出汤姆生的《冬季》。
❷同上。

冬天的邻居们

〔美国〕布罗斯

这个地区的乡村在冬天比起在夏天更像一片荒野，更像一片荒凉的地带。原始的特点出现，城市的特点，文明的特点被掩盖起来或受到否定。你简直分别不出良田和荒土，公园和森林，人工培植的草地和天然的牧场。界线和界限没人理睬；大门和横挡敞开；人对大地放开了手；地契深埋在雪底下；保护得最好的场地也流于无人管理状态；在严寒的压力下所有的野生动物都成了不法之徒，在它们平常出没之处以外的地方游荡。鹧鸪来到果园找嫩芽吃；兔子来到花园和草坪；乌鸦和樫鸟来到垃圾堆和存放玉米的小屋；雪鹀来到草垛和仓前空场上；麻雀偷盗家禽的食粮；松蜡嘴雀从北方飞来把你的枫树上的嫩芽全部吃光；狐狸夜间在你的房屋附近来回觅食；红松鼠在你的粮仓找谷粒，从你的阁楼偷灰胡桃。事实上，冬天像某种大灾难，改变了大部分生物的状况使它们到处飘泊。冬天，像贫穷一样，使我们结识陌生的搭铺的伙伴。

就我来说，我最接近的一个陌生的伙伴是借住在我书房地板下的一只小灰兔。由于它在这里过白天，晚上则外出戏耍，究竟还算不上搭铺的伙伴。大概我打扰它的睡眠的时候要比她打扰我的睡眠的时候多。我认为它在地板底下栖身对我是一种支持——一个沉默的、目光放肆的目击者和支持者；在野性的大自然中一个典型的温和无害的生物。它没有什么智慧可以给我或借给我，但是它的柔软灵活的四只脚，无论它去哪儿触地都软如棉，是值得仿效的。我想通过地板能感到它的善意。我希望它也能感到我的善意。要是我产生什么快乐的想法时，我就以为它的耳朵在抽动，特别是我想到我自动在夜晚放在它的大门口的甜苹果。我不知道前些晚上在狐狸悄悄地跳过附近的篱笆，然后在书房和正屋之间走过时是否碰巧一眼看到了它？人们可以多么清楚地看出来打那儿走过去的不是一只小狗。在足迹上有点偷偷摸摸的意思，它避开正屋，绕着道走，好像以怀疑的眼光看待屋子；它具备狐狸所有的谨慎精细；在每一个脚印上都流露出警惕——要放大胆子，但又不可冒失。假如是一只小狗碰巧从这条路上走来，它跨过小径时就会循着小径走向谷仓去，在附近闻闻有没有骨头的气味；但是这条分明而谨慎的痕迹一直穿过所有别的途径，跟正屋保持五或六杆距离，上了山，越过公路朝一个相邻的农庄走去，可以说一边抬起鼻子，同时眼睛与耳朵十分机警。

冬天引起我兴趣的一个邻居，而且是用他特有的方式给予我支持的是一只小小的红鸮。它的栖居之地是在一棵老苹果树的空心树干里，苹果树刚好长得高出篱笆之上。小红鸮在春夏是否也在那里我不知道，但每到晚秋，以及整个一冬它准在，它的藏身之地被樫鸟和鸲所发现，它们站在树梢尽力高声喊叫半小时左右，宣布这个消息。在一个冬天里它们四次把我从房子里喊出来瞧看这个小妖魔在它的洞里佯装睡着。有时在一棵苹果树里，有时又在另一棵苹果树里。每逢我听到它们的叫声，我就知道我的邻居正受到训斥。鸟儿们轮番往洞内窥视它，同时发出警报。在我的听力所及的范围内，只只樫鸟都要光顾这个地方，它们一来就马上走近这个树干或大树枝上的洞穴，带着急切的热心和兴奋窥视红鸮一眼，然后参加集体的抗议。如果我走近去，它们会匆匆最后看一眼然后抽身飞开，聚精会神地注意我的行动。在我的眼睛习惯了洞内微弱的光线之后一会儿，我通常能辨别出在洞底佯睡的猫头鹰。我说佯睡，因为实际如此。有一天我拿斧头砍进它的巢洞，头一回发现这个秘密。丁丁的斧声和落下的木屑一点也没有扰乱它的假寐。当我伸进一根棍子顶着它的腰部想把他翻过去时，它伸开一只翅膀，不想恢复原状而是躺卧在砍下的木屑和腐朽的碎片中，仿佛是这些东西的一部分，委实需要锐利的目光才能区别出来。直到我抓着一只翅膀把他拉出来，而且是相当粗暴地，它才放弃他装睡或装死的把戏。然后像一个被识破的扒手，忽然变了样子。眼睛睁得大大的，脚爪勾住我的手指，耳朵垂下来，每个动作和表情都在说："放开手，要不发生危险你负责！"发现这一招不管用，它很快又开始"装死"。我给我的书房的木箱加上盖，让它在里面当了一星期俘虏，日夜随时往箱内看看，它表面上酣睡不醒，不过我不时给它活的小鼠吃时，发现它的睡眠挺容易被打断；箱子里忽然产生一阵骚动，一阵微弱短促的尖叫声之后又归于平静。在把它囚禁了一星期后我让它得到自由去充分享受阳光；对它来说明白走哪条路，往哪儿去，都不成问题。

在冬天的暮色里我常常听到它的轻轻的布尔—尔—尔—尔的叫声，非常令人喜欢，像铃铛似的。在静寂的冬夜，那是多么诡秘而使人想起葱茏的树木的声音，跟苍鹰的凄厉的叫声如此不同。但鸮的全部生活方式都是轻悄幽暗的。它的翅膀扑动得悄无声息，羽毛的边缘都带有绒毛。

我的另一位猫头鹰邻居住得更远些，但是比上面那只我们更为经常在一起消磨白天的时光。我每天晚上去邮局的路上都要经过它的城堡。要是在冬天而时间又相当晚，我有相当把握准能看见它站在它的家门口通过眼睛的狭缝打量过往行人。连续四个冬天我观察它。在暮色开始变浓时它就从苹果树洞里爬出来,几乎跟山后升起的月亮同样准时。他坐在洞口,那完全是以灰树皮色的框架和枯木,以及它的保护色构成的画面,对不知道它在那里的人的眼睛,几乎跟隐形差不多。大概我是唯一看穿它的秘密的人。要不是我偶然遇到一次机会,看到它离开老巢突然袭击一只盯住邻近一棵树木的荆棘上的鹡鸰的伯劳,它想把伯劳赶跑而自己去捕食鹡鸰,我注视着这一切。没有抓到猎物它又迅速地回到树洞去了。自那以后我每次走过那条路总要注意它。每到天晚,几十个成群结队和单独的行人经过它身边,但是它不注意他们,他们也不注意它。当我单独走来,停步向他注目时,他把眼睛稍为张大一些,表示好像认识我,然后迅速缩进去,十分离奇古怪地退到它的大门后的阴影里。倘若他在眺望或不在眺望,都需要最好的眼力去判断,因为空洞本身几乎就是他的确切的形象。除非把这一现象整个加以研究,就不能对原因得出更好的答案。猫头鹰相当垂直地站立着,它的正面呈淡淡的斑驳的灰色;它的眼睛眯成一条缝,它的耳羽耷拉下来,嵌埋在羽毛中,整个姿势表现的是沉默,一动不动地等待和观察。倘使暮色下有一只小鼠横过公路或飞快地跑过雪地的表层被他看到,它就会毫不犹豫地飞扑而下。我想鸮已经学会把我跟别的行人区别开来;至少在我停止在它跟前时,它看到自己引起注意，于是如我说过的，有趣地回到洞穴中去了。不论是北美蓝知更鸟、鸸和山雀——也就是在树洞中过夜的鸟类——会不会碰上正打瞌睡的猫头鹰而被抓住，我倒想知道。我的印象是他们通常寻找较小的树洞。某个夏天一棵路旁的老杨树被风刮倒，一根朽枝裂开了，露出一窝羽翼未丰的小猫头鹰以及蓝知更鸟、黄鹂和别的鸣禽的羽毛和翮，充分显示为什么所有的鸟儿都害怕或严责鸮。

在我们这里迅速繁衍的英国家麻雀必然为鸮或其他猛禽提供大量的食物。它们在能找到的最浓密的常绿树，在侧柏，在铁杉篱笆上营巢以迷惑敌人。即使猫头鹰的翅膀那么轻，也不能在偷袭麻雀这样一个栖身之处时不发出声音，从而对他们发出警报。

麻雀逐渐在我周围附近成为最引人注目的冬天的邻居，每天早晨有一大群观望我给母鸡喂食，很快它们也要求得到一份。我鼓励它们做邻居，直到一天在一棵他们最喜欢最经常栖息的李树下的雪地上撒满了果芽的鳞苞。再一检查，我发现树上的幼芽全都给啄掉了——想到我为它们撒下的裂开的玉米，从麻雀这方面而言，这可是极不讲睦邻友好的行为。所以我立即通告它们，我们之间的友好的理解告一段落，并且暗示要狠狠地踢它们一脚。我扔在它们当中的石头，还有跟着他们上天的那一块，都可以看作是拳打脚踢；但这不过是藏在墙角已准备好的猎枪的先声。那群麻雀异常愤怒地离去，好些天之后也没有再来，准是因为非常胆怯。毫无疑问，我们不得不跟麻雀严肃地宣战的时候已经为期不远，旧大陆的居民早就不得不这么办了。然而消灭这批小坏蛋可不容易，在我们这里麻雀是唯一旧大陆的鸟儿。要是我拿起猎枪对准他们，这时我大概会记得《诗篇》曾说道："我看守着，孤零零地在屋顶上像一只麻雀[1]。"说不定这一回忆会使我回心转意。麻雀具备旧世界吃苦耐劳的品性，同时又多产；它们聪明、顽强地生活，不久我们将发现要让麻雀不发展下去将不是小事情。我们本大陆的鸟类大为不同，不那么多产，不那么精明，既不那么放肆顽强，也不那么机灵乖巧，能看出危险或敌意的暗示——总之，不那么世故老练。我们的大部分鸟类基本是野性的，也就是说，没有受到多少文明的熏陶而改变。尤其在冬天，它们成群地飞过我身边，或在我周围飞翔——其中有加拿大麻雀、雪鹀、岸云雀、松蜡嘴雀、金翅雀、雪松鸟。它们啄食果园里的冻苹果、雪松果、槭树芽、花楸树的浆果，朴树和在田野雪地里抬起头的野草的种子，或从牛群的饲料上掉下来的干草种子和远处的干草堆上掉在周围地上的种子；可是它们对人毫不理会，也绝不改变它们的习惯以便利用人在自然中的存在所带来的好处。松蜡嘴雀愿意成群地飞到你的门廊上啄食忍冬花的黑色核果，或在从你的

[1]引自《旧约·诗篇》第102首。

窗口望得到的范围内啄食花楸的浆果，但他们并不认识你；他们看着你如同他们在北方的老家看着一头熊或一头麋鹿一样，既天真又漠不关心，你的房子在他们看来跟一块石壁的壁架没有什么不同。

我在冬天的邻居当中唯一实际上敲我的大门的是鸸和啄木鸟。我的房子覆盖着幼栗树的树皮。我怀疑鸟儿把它误认为一根其大无比的树桩，其中应该藏有肥嫩的蛴螬(其实连一只蠹鱼也没有)，他们响亮的敲打声常常使我确实以为来了访客。我把山核桃坚果的碎片放在树皮的空隙里，以这样的办法来吸引鸸；在窗台上放一根骨头，既吸引鸸也吸引啄木鸟。它们好奇地通过窗户窥视我，把骨头叼走，往往是一根并没有什么油水的骨头。一根钉在窗前几英尺远的一棵树上的骨头引来乌鸦以及较小的小鸟，甚至石板色的雪鹀，一种以种子为食的鸟儿也来啃啃。

似乎认为最有权利吃树上和窗台上的骨头的鸟儿是调皮的绒毛啄木鸟。他是冬季活动的鸟类中最受我欢迎的邻居。我愿把本章剩下的篇幅来专门写它。它的巢只离我的房子几步之遥，筑在一棵苹果树枯朽的粗枝内，那是几个秋天前他自己修建的。我说“他”，因为它头上的红色羽毛表明了性别。我们的鸟类学的作者们似乎并不知道我们的某几种啄木鸟——多半所有的冬天的留鸟——每到秋天都要在树干内凿个空洞过冬，到春天再把它抛弃，大约是为了去找个新巢育雏。就我所观察到的情况来看,这些树洞都是由雄鸟挖成的。雌鸟在何处栖居我不十分清楚,虽然我怀疑她们利用雄鸟在上年遗弃的旧穴。

我指的那只啄木鸟是在四五年前一个秋天头一回在我的苹果树上钻洞的。它就住在这个洞内直到第二年春天,那时候它抛弃了它。这年秋天它在邻近的一根粗枝内挖了一个洞,比上一年稍晚,当完成一半时,雌鸟占用了他的旧巢。我要遗憾地说这使雄鸟极为生气,只要她出现在他面前,他就要赶她。他恶意地追着她飞,驱赶她。十一月一个怪凉的早晨,我从树下经过,听见小建筑师在他的洞里哪邦地敲打,同时又看见受赶的雌鸟蹲在另外一个洞穴的入口,仿佛她很愿意出来。实际上她在哆嗦,大概又冷又怕。我一眼就能理解这个局面,雌鸟害怕露面而遭到雄鸟愤怒的攻击。直到我用手杖轻轻地敲敲树枝,她才探身出来准备逃走,但还没走离苹果树十英尺远,雄鸟就急切地追过来,不到一会儿又把她赶回原地,雌鸟躲在枝丫间避开他。几天之后他用如下的精明方式摆脱掉他那不受欢迎的邻居:凿穿那个树洞,在底部钻一个眼,让光和冷空气透进去,于是我再没有看到雌鸟。我并未当场看到他破坏这个洞穴使它不能再作为栖身之所;但一天早晨我看到此洞在底部给钻穿了,一切情况似乎表明制造这起事端者非他莫属。鸟类中除非在交配季节,多半没有大献殷勤这回事。我经常看到雄啄木鸟把雌啄木鸟从钉在树上的骨头赶跑。如果她跳着绕开，畏畏缩缩地从另一头去叼食，他会马上恶狠狠地对着她冲过去。这时她只好站在他后面等待着他把饭吃完。鸟类中雌鸟的地位有如野蛮部落中妇女的地位，大部分单调乏味的工作落在她头上，受雄性的遗弃是她们注定的命运。

我那头啄木鸟是一个名副其实的蛮汉，但我把他当作邻居尊重。知道他在整个冬天寒冷或刮风下雨的夜晚在自己的窠里温暖舒适地待着，那使我感到满意。要是白天天气不好，不适合到户外来，他也深居简出。如果我想知道他是否在家，我就去敲敲树，倘若他不是太懒或是无动于衷，稍稍迁延一会儿他会把脑袋在离地约十英尺的圆圆的门口露出来，显得好奇地朝下望着我——有时过后我想，是带有几分怨气，仿佛说："我愿意感谢你，别这么经常打搅我。"在日落后，如果我再去访问他，他就不愿再露头，但在离开时我瞥他一眼，可以看到他在里面表现得冷淡而克制。他喜欢睡早觉，尤其是在寒冷而天气恶劣的早晨，在这方面他有点像家禽，有时快到九点我才看见他离开他栖息的树木。另一方面，他却早早回家，如果天气不好，不迟于下午四点。他完全单独生活，在这一点上我不能赞扬他，他的伴侣在哪里我很想知道。

我还在邻近的果园里发现若干只啄木鸟，它们每只都有一个相似的窠，也都过着相似的孤寂生活。其中一只在一根枯枝上挖了一个窠，我伸手可及，它也是在九月做的，但选择的树却不好；这根大枝腐朽得厉害，树洞挖得太大，裂开一个缺口。一块木片在外壁上露出一个洞眼，于是他往纵深掘进去几英寸，头一阶段结束再开始下一步，掘出一个宽大的居室，但是离表层不深，在一个地方只有树皮保护而树枝却有断裂的危险。他再做一次尝试，继续深挖进去一二英寸，这时他改变了主意，工程停止了，我判断这只啄木鸟已经明智地放弃了这棵树。在十一月一个寒冷阴雨的早晨，我经过那里时把两个手指伸进去，惊讶地发现碰到一个温暖柔软的东西，我抽回手指，鸟儿探出身来，显然，其惊异不下于我。那么他还是决定在这根老枝上安家；这个决定他是会有机会懊悔的，因为不久之后，在一个风雨交加的夜晚，树枝断了，掉在地上。

要是枝柯断裂，摇篮会掉下来，
摔坏小宝宝连同摇篮以及一切。

这样的树洞形成一个温暖舒适的家，如果入口是在树枝的下侧，通常也是这样，风雪都无法刮到主人身上去。在十二月下旬，为猎狐的声音所吸引，我越过一个树木森森的高山时，发现在刚下过雪的地上散落着黄色的新木屑，这使我马上联想到啄木鸟。往周遭一望，我立刻看到有一只啄木鸟正在一棵小黄桦树上营巢。这个巢离地约十五英尺，形状圆得仿佛一个指南针。它的位置在树的东侧,可以避免厉害的西风和西北风。由于直径将近有两英寸,它不可能是绒毛啄木鸟而是多毛啄木鸟的作品,要不则是黄腹啄木鸟的作品。他的巢大约是给烈风刮坏了,于是他就另营一个巢。在筑巢时啄木鸟愿意选择干燥、松脆、不那么柔软的树干。他们直线挖进去,然后朝下深入,一边前进一边把通道扩大,在完成时,整个树洞成为深长的梨形。

我们的啄木鸟还有另一个使我感到可爱的特点,还从来没有受到我们的鸟类学家的特别注意,那就是他们在冬天咈咈地敲击的习惯。啄木鸟是不会唱歌的鸟,但他们通通是音乐家;他们使那些粗大的枝柯在春天鼓乐齐鸣。你以为在三月或四月的宁静的早晨,从果园或附近的树林传来的嘹亮铿锵的敲击声只不过是某只鸟儿在那里吃早餐吗?那是绒毛啄木鸟,不过他不是在敲某只蛴螬的大门而是在敲春天的大门,而树木的干枯的粗枝则在他热情的敲打下激动得哆嗦。或许,季节稍后一点,在浓密的森林里或偏远的山间湖畔,这种有节奏的敲击声打破了周围的寂静,开头迅速地接连三下,然后是更响的两下,间隔较长,对敏锐的听觉产生的效果仿佛是最终静寂本身发出的声音——那是否使人想到一种粗犷的音乐表演呢?事实上我们的啄木鸟恰好像皱颈松鸡一样,是具有特色的鼓手,为此目的他们挑选那些特殊的粗枝残株,像鸣禽一样非常需要表现他们的技艺,因此,如果说他们能在一段饱经风霜的枯枝上用嘴吹奏出音乐来，那是不奇怪的。

不多几年前，一只绒毛啄木鸟，可能就是成为现在我的冬天的邻居的那一只，三月上旬就开始在一棵部分腐朽的苹果树上敲打，这棵树位于靠近我的房子的一条狭长的林地上。当早晨还是静悄悄的，天气又温和的时候，在我起身或不到六点半钟之前，我常常透过窗户听到它敲打的声音，他一直活泼起劲地敲到九点或十点，在时间上跟松鸡相似，松鸡多半是在上午啼鸣。啄木鸟的鼓是一根枯枝的残株，约手腕粗细。中间已经腐朽而烂空了，但外壳还坚硬且能引起共鸣。这鸟在原地不动，一次可待一个小时。在敲打的间歇，它用嘴梳理羽毛或侧耳倾听，好像是听取雌鸟或某个对手的回应。在叩打树木枝干时，它的头部运动得多么快速啊！它的嘴如何钻穿表层可以看得出来。如果他想改变音调，这种情况往往发生，它就移动位置，只一二英寸，挪到一个发出更加高亢的音符的节瘤。在我爬到高处观察它的叩击时，他极为恼火。我不知道他就在近处，看来他在附近的一棵树上望着我，这时匆匆飞到邻近的枝柯上，羽毛伸张，厉声大叫，意思很明白，质问我他的敲打跟我有什么关系。我侵犯了他的隐私，亵渎了他的圣地，使他非常生气。几个星期后雌鸟露面了，他确实敲来了一个伴侣；他的殷切反复的征求得到了回应。叩打仍旧没有停止而且像以前同样热烈。倘若通过敲打能得到一个伴侣，那也可以用更多的敲打去笼络和愉悦她；求爱并不因婚姻而结束呀。如果他以前有音乐感，现在当然更是如此。除此之外，为了营巢，育雏，以及伴侣，也需要轻松轻松。这一段时候又来了一只雌鸟，这时两只雌鸟就打起架来。我没有见到她们动手，不过看见一只在当地附近追逐另一只，好几天也不让后者喘息。她显然是要把她从近处赶走。她也时不时短暂地敲打一阵，好像是向她的伴侣报告胜利的喜讯。

并不是每只啄木鸟都有一根特定的干枝供他随时叩击，如我描写的那样。树林里有的是合适的枝柯。在觅食的时候他们差不多到处都可以敲打；然而我相信每只鸟都有他最喜爱的地点，那是他常去的，尤其在早晨如同松鸡的习性一般。在槭树林中的制糖者也许注意到这声音来自同一棵树或他的营帐周围的树木，很有规律。一只在我房子附近的啄木鸟在一根电线杆上敲打了两个季度，他使电线和玻璃绝缘器都为之共鸣。另一只在一个长葡萄架一头的一块薄板上敲打，在宁静的早晨远处都能听到。

我有一位在南方城市的朋友，他告诉我一只红头啄木鸟敲打邻居房子上的避雷针的故事。在某几个季节里差不多每逢晴朗宁静的早晨，他说，就可听到这种叩打的音乐。“他让打击跟刺耳的鸣声交替进行。这种打击乐在凉爽的秋天一般的早晨，效果是非常令人愉快的。”

高洞啄木鸟看来比绒毛啄木鸟敲打得更为随意。他发出长而嘹亮的春天的呼声——菲克——菲克——菲克——菲克，然后在最后一声还没有到达你的耳鼓时即在他的栖木上用嘴开始敲打。我曾经看见他蹲在谷仓的屋脊上叩击。羽冠啄木鸟在我们北美的啄木鸟科中是最大而最富野性的，我没有听到过他们的敲击声，他的敲打应该会产生回声。

在啄木鸟觅食或捕猎隐藏的蛴螬时，他敲击的声音是低沉而无精打采的，只不过在几码内能听到，只有在他敲打枯干老化、树皮脱落的木头时，那才是表示他欢迎春到人间而求偶了。

威尔逊显然是熟悉啄木鸟这种春天的桴鼓声的，但他作了错误的解释。谈到红腹啄木鸟，他说："像这一科的其他种类一样，它这样猛力地在枯木上咚咚地敲打，平静的天气下半英里外都可听到；它侧耳细听为它而惊恐的昆虫的动静。"他主动细听而不是被动地听他的对手的敲击声或是雌鸟短促而娇羞的回应，因为在这类枯枝内没有昆虫。

有一回我看到一只绒毛啄木鸟正敲着，当时一只雌鸟迅速地穿过树木飞落在离他几码处。他顿时停下来，站在原地，表面一动也不动。那只雌鸟，我认为，是回答了他的征友启事。她从一根树枝到另一根树枝地飞来飞去(雌鸟可从头的后部没有深红色斑点认出来)，表面上忙于自己的事情，时不时会羞怯而试探地敲打几下。雄鸟守望她一会儿，坚信她有意思，于是敲起他最活泼的调子，然后再倾听她的反应。当这种原应腼腆然而迅速地传来时，他离开栖木，设法把跟谨慎的雌鸟的关系表现得更亲近一些。这种小小的调情会不会成为婚姻我说不上来。

我们小型的啄木鸟有时候受人指控，说他们损害苹果树和其他果树，但真正的掠夺者很可能是体型更大数量也更多的黄腹啄木鸟。有一个秋天我逮着这帮家伙当中的一只，当时他正在一棵苹果树的粗枝上钻出一长溜小小的井眼，有好几圈，一个在一个之上，环绕着树枝，有的圆周达三分之一英寸。他们明显是用以吮吸柔软的树皮的液汁，有时达到坚硬的本质部分外面的形成层。这样一来树枝的健康和生命力受到严重的损害，常促致它死亡。

在下一个冬天，同一只鸟儿(大概吧)敲打我窗前的一棵槭树，达五六十处；这一天阳光和煦，树汁分泌出来，他在那里消磨了一天大部分时间。他知道树汁什么时候流得最多，守在近旁随时痛饮；在寒冷多云的天气则不露面。他也知道敲打树木的哪一侧，避免北面的背阴处。如果一组井眼枯竭，他会另打一组，非常从容而迅速地钻穿树皮。在天气温暖时，树汁也流得畅，他会照例把甜甜的槭树汁狂饮一顿，蹲在他凿出的井眼旁接连好几个小时，井眼溢满有多快，他啜饮也多快。他品尝的方式温文尔雅，摩弄爱抚，对人颇有启发。他先在树的下端开始，一轮一轮逐渐上移，随着这井眼的充溢在树干上跳上跳下。他满不在乎，从容不迫地从树上跳下来时是反身，尾巴朝外，脑袋朝里。当小眼冻结或他的干渴缓解时，他就竖起羽毛，缩起身子，蹲在树身一侧晒太阳打瞌睡，在不远的一棵苹果树洞里过夜。他显然不是一只老鸟，羽毛还不像成年鸟那样，可是知道在哪棵树上敲打，在树上哪儿敲打。我看到他叩击过附近的几棵槭树，但没有叩击过橡树或栗树。我把一根肥硕的骨头钉在他的树汁钻井旁：绒毛啄木鸟固然一天来好几次进餐；鸸也来，甚至雪鹀偶尔也来品尝，但北美产的一种专吸树汁的小型啄木鸟却碰也不碰，树木的甜甜的汁液对他已足够了。这种啄木鸟在我们周边附近很少，也不在这里育雏，只有在天气较冷的月份不时可遇到那些迷路离群的鸟儿。在春天临近时我见到的那只也离开了。

我必须记一记我树上的邻居的近况；光阴过去一年之后我补充下面的笔记。二月最后的一天是晴朗的，有如春天一般。那天早晨我听到麻雀的第一次啁啾，盘旋的苍鹰的尖厉的第一声呼啸，在七点左右我的小友的第一声敲打。他开始的调子是不稳定的，而且间隔长，但渐渐地热情起来，活泼地连续哪哪地敲。随着季节的暖和他不再待在旧居；我敲门时发现无人在家。是不是他外出玩耍去了呢？我想，春天的刺激在他的血液里起作用了吧！经过一段时候，他的敲打变得稀疏了，最后在四月中旬完全停止。是不是他遇到什么意外事故，或追随他那一族中的迷人精而游荡到新的田野去了呢？

大概是后一个原因吧。在我观察下的另一只啄木鸟也在春天离开了他的冬寓。这好像是他们通常的习惯。鶺鸰、鸸与山雀继承了他们遗弃的树洞,并且为此往往发生争吵。鸸经常在洞中过夜,鶺鸰与山雀在里面营巢。我进一步注意到绒毛啄木鸟在挖洞作巢时,巢的入口要比他的冬居小些,这无疑是为了雏鸟的安全的缘故。

下一个秋天这只绒毛啄木鸟在老苹果树的另一根粗枝上挖了一个洞,但还没来得及完工,大个子的多毛啄木鸟就在那出现。在十一月一个有霜的大清早我听见克里克、克里克的声音。声调里有一种烦躁生气的意味吸引住我的注意。我看见后者飞到绒毛啄木鸟工作的地方,凶狠地降落在他的洞口。树皮木屑在后者的爪下四飞,我还没有完全明白他这么干的目的时他已经把绒毛啄木鸟的利索滚圆的入口处捣毁。他搞出一个大大的粗糙的入口,大得足够他进出。我把他赶走后我喜爱的朋友回来了,只是把他的残破的城堡打量了一会儿,随即飞走。经过在附近徘徊一两天然后一去无踪。大个多毛啄木鸟占有留下的树洞,在里面过夜,但经过我在下一夜强行把他逼出来,他也离开了。离开之前他还捣毁了绒毛啄木鸟和他的伴侣在邻近的一棵树上为在那个夏天育雏而开辟的树洞的入口。我曾经希望那只雌鸟能在里面越冬。

林荇　译

冬天之美

〔法国〕乔治·桑

我从来热爱乡村的冬天。我无法理解富翁们的情趣，他们在一年当中最不适于举行舞会、讲究穿着和奢侈挥霍的季节，将巴黎当作狂欢的场所。大自然在冬天邀请我们到火炉边去享受天伦之乐，而且正是在乡村才能领略这个季节罕见的明朗的阳光。在我国的大都市里，臭气熏天和冻结的烂泥几乎永无干燥之日，看见就令人恶心。在乡下，一片阳光或者刮几小时风就使空气变得清新，使地面干爽。可怜的城市工人对此十分了解，他们滞留在这个垃圾场里，实在是由于无可奈何。我们的富翁们所过的人为的、悖谬的生活，违背大自然的安排，结果毫无生气。英国人比较明智，他们到乡下别墅里去过冬。

在巴黎，人们想象大自然有六个月毫无生机，可是小麦从秋天就开始发芽，而冬天惨淡的阳光——大家惯于这样描写它——是一年之中最灿烂、最辉煌的。当它拨开云雾，当它在严冬傍晚披上闪烁发光的紫红色长袍坠落时，人们几乎无法忍受它那令人炫目的光芒。即使在我们严寒却偏偏不恰当地称为温带的国家里，自然界万物永远不会除掉盛装和失去盎然的生机，广阔的麦田铺上了鲜艳的地毯，而天际低矮的太阳在上面投下了绿宝石的光辉。地面披上了美丽的藓苔。华丽的常春藤涂上了大理石鲜红和金色的斑纹。报春花、紫罗兰和孟加拉玫瑰躲在雪层下面微笑。由于地势的起伏，由于偶然的机缘，还有其他几种花儿躲过严寒幸存下来，而随时使你感到意想不到的欢愉。虽然百灵鸟不见踪影，但有多少喧闹而美丽的鸟儿路过这儿，在河边栖息和休憩！当地面的白雪像璀璨的钻石在阳光下闪闪发光，或者当挂在树梢的冰凌组成神奇的连拱和无法描绘的水晶的花彩时，有什么东西比白雪更加美丽呢？在乡村的漫漫长夜里，大家亲切地聚集一堂，甚至时间似乎也听从我们使唤。由于人们能够沉静下来思索，精神生活变得异常丰富。这样的夜晚，同家人围炉而坐难道不是极大的乐事吗？

程依荣　译

冬

〔法国〕让·吉奥诺

万籁俱寂。不久，响起了冰雪的咔嚓声。好长时间来，山上的森林就静止不动了。它伫立在光秃而广阔的牧场旁边，黝黑的腿陷在雪里，硬邦邦的前额冲着天空；因积雪而变厚的枝丫，鹿角般伸展着。森林在等待。它再也不知道动，不知道呼吸，不知道撩起衣裙，让风儿搔它的腹部。它失去了知觉。树液已从过分枯瘦、过分曝露在严寒中的细枝上退隐，躲藏到下面的树干深处。它蛰伏在那里头，严实地裹着树的皮层，在回想着夏季它满树窜涌的情景哩。偶尔，它还在思念林中的鸟儿，于是，沉甸甸的枝丫可怕地挣扎几下。但是，地面的积雪不断增厚，顺着树干，渐渐地越积越高。一天早晨，森林终于像一头筋疲力尽的梅花鹿，把张着鹿角的头抵到了雪地里。

风不再从地面刮过，因为前面有一堵阴森森的天的墙垣，蓝黑蓝黑的，犹如板障，阻塞了风的道路。人们听见风在山顶上久久地呻吟。它对着峭拔的山崖，悲诉着，哀叹着，试图从山崖的侧面溜过去，因为它还记得那绒毯般的森林和牧场，还记得山间的激流，记得所有的溪涧和掩藏在碧草下的清泉。它还记得，每当它经过时，那些清泉就像春天的猫一般发出啸声；当它载歌载舞地经过时，草地里的百花就在它的脚下欢欣雀跃。

风在天上，在漫天飞雪中继续刮了一段时间。一天夜里，传来它扑打山崖的低沉的声音。那声音，犹如一匹生了病、快要死的马，被孤零零地关在一间窄小的马厩里，不时用蹄子蹬踢一下板壁。

第二天，四野笼罩在深沉的寂静里。而在寂静中，似乎有一种经久不歇的、缥缈的隆隆声。

从我们这里出发，先顺着森林的边缘而行，然后径直进入森林里，立刻就可看见林间空地的亮光。在这白皑皑的一片之中，那个亮点比火焰的核心还要璀璨夺目。一座小屋略略隆起在林间空地的中央。积雪已及屋顶，并且埋住了屋顶，把前面的门也封住了。从树林的缝隙间继续前行，不多一会儿，就开始下坡了，坡下就是峡谷的边缘。整个峡谷，从上到下弥漫着云雾。可得当心啊！云雾紧贴着深渊边缘上的积雪，只不过略灰暗一点，分不清哪是积雪，哪是云雾，哪是实，哪是虚；只见前面迷茫的一片，凝滞不动，宛然是一片没有树木的大平原，一片牧场。殊不知，在这片虚假的牧场下面，是一条五百米深的陡峭的峡谷。谷底有几座村庄，落了叶的白杨，黑魆魆的山毛榉，农机仓库，躺在厚厚的干草上过冬的骡子，站在食槽前的牛，搅拌奶酪的村妇，伫立窗前观望天色的男人，穿着木鞋在雾里奔跑的孩子。四野茫茫，什么也看不见。必须低着头仔细观察，才能分辨出，雪地里隐隐约约有狐狸足印的，形状像玫瑰刺。凡是分辨得出狐狸足印之处，便是积雪；狐狸足印消失之处，便是浮云。狐狸是否跌下悬崖去了呢？或者，它到了悬崖边缘，便回头窜向那棵大杉树，折向穆耶鲁斯几座木头房子那里去了？也许，它蜷缩起身子，钻进了一团浓雾之中，划动着爪子，穿过沼泽般的云雾，向乌布尔峰去了吧？天晓得！狐狸这东西没有什么地方去不了的。四下里静悄悄的，连狐狸的影儿也没有了。一点希望也没有了，不知道那奔跑的、喘息的狐狸是否还活着。那真的仅仅是只狐狸吗？那印在雪地里的足印倒是有四个爪子，一个脚掌；在那一溜足印重新凝冻的边上，可以看到狐狸腿上掉下来的毛。还有，足印的左侧稍微陷得深一点，那是因为，夏季狐狸总是从左边跑下峡谷的，所以它可能一边走，一边怀念地向峡谷里观望呢。是的，看来是这么回事。在这里，真和假总是难以分辨，因为四下里是这样寂静！在这深沉的寂静中，一切都死了。肯定一切都死了,否则不会这么静。不过,这寂静中应该还有种种意想不到的东西活着。为什么没有天生能适应这大雪覆盖的森林,适应这没有风的雪天,适应这严寒的静悄悄的狐狸呢?它们不能腾云而去吗,为什么?你知道吗?谁阻止它们腾云而去呢? 你吗? 这样一想,你心里就有数了。

林间空地的小屋冒出一股浓烟。那是因为看林人可能打开了门,以便让小屋透透气,或者他想看一看能否下到穆耶鲁斯去买面包。往返一趟,这段山路可不近啊。看林人谛听着,连他自己发出的吼声也融会在寂静中了,他什么也没听到。地上和天上没有任何声音。看林人刚才拿起小镜子照了照,发现自己突然苍老了。在山下,他习惯于天天刮胡须。但在这里,他让腮上和嘴上的胡须长得长长的,便于向雪野里张望。刚才他看到,他的络腮胡子呈灰白色,而嘴边金黄色的胡子里也夹杂了一些银须。他思忖,这雪野里,穿雪鞋会陷进去,用滑雪板则太危险。需要看看森林那边的陡坡怎么样。他又思忖,要是套上滑雪板,只需那么两三个俯冲,就到达穆耶鲁斯了。穆耶鲁斯有三座彼此紧挨着的木头房子,一座里住着费尔南·普拉特和兹菲莉娜两口子, 还有雷勒夏鲍洛梅老两口;另一座关着五头奶牛,散发着牛粪味;第三座关着一只山羊,堆放着干草。在第一座房子里,有一张大桌子,一座小锅炉,一把咖啡壶,搁咖啡匙的抽屉一拉开就叮当直响。此外还有大汤勺和炊锅。桌面上布满刀痕,炉子旁边挂着从艾斯帕夏杂货店买来的年历画，上面印着一位美丽的褐发女郎，嘴里叼着一朵玫瑰花。山下真有不少东西啊！看林人套上滑雪板，他要去一饱眼福哩！

当他回转身关门时，无意之中瞧了一眼自己房子里的桌子。桌子上摆着一个小木头人，那是他用一块山毛榉木头正在雕刻的作品，头已经雕刻出来，身子还连在木头上没有成形。是的，那小人儿的头已经雕成，有眼睛、鼻子和嘴；那张嘴仿佛在对主人说：

"穿雪鞋去吧，更安全可靠。"

要是谁的话都听，还能干成什么事情！

罗国林　译

冬日

〔日本〕高滨虚子

今日天气很好，枯柳低垂，没有一丝风。这种小阳春气候持续了好些日子。出外散步，一点不觉寒冷。今天是"七宝会"的忘年俳句集会，因为要到不忍池畔写生，我很早就到池边转悠，走过池水中的小道，偶尔拾得一二佳句记在本子上。刚才来到弁才天菩萨旁的茶馆里，同聚集在店里的会员们闲聊一阵，又独自来到池畔，坐在那儿的长椅上。

坐在这只长椅上，此刻的我，总有一种满心的安堵感。要说那种坐下来的瞬间的心情，仿佛气入丹田，再不为周围的一切而烦恼了。眼前只有云彩、枯树，无拘束亦无恩爱，无家人亦无亲友。这是一种怎样的恬然自适的心境啊！这使我想起一个贫穷的书生刚来东京时的情景，囊中没有几个小钱，一个人在上野公园里踽踽独行，坐到长椅上，以相同的心境面对白云和枯树。

不过由于生理的关系，这阵子腿脚浮肿，容易疲劳，一屁股坐下来，确实有一种得救的轻松之感。

从二等车厢到三等车厢，由剧场的包厢到三等坐席，这些也许有着同样的感受吧？

日比谷公园和上野公园这些长椅的好处，被越来越多的人体验到了。我看到有人将帽子、行李当枕头睡在长椅上，这些人比我的心情更加舒畅，他们把椅子变成个人独享的天地，无忧无虑，无拘无束，一味沉迷于自由的睡眠之中。

我朦胧地思考着这些，觉得自己和万物毫无区别地化为一体了。我又想起自己正在写作的俳句，视线转向了眼前枝条低垂的枯柳和天空飘动的白云。不知不觉，我发现本乡台上方那轮无力的冬天的夕阳已经西斜。

站起身又走了一会儿，我注视着那轮烟霞浓丽的夕阳，一块紫色的美玉正从夕阳近旁蓬勃升起，向太空无限扩展开去，一瞬间又猝然消失了；再定睛一看，又无限度地蔓延而来，西面的天空完全变成了一块巨大的紫玉。

一次，我在科伦坡上陆时曾经遇见过浩瀚的晚霞。热带的晚霞气势磅礴，云层翻滚，金碧辉煌。我不由注目凝视，心想，这其中是否有佛陀圣灵呢？相比起来，这无力的冬日的晚霞之中，既无佛陀也无耶稣，只有紫色的美玉，云谲波诡，浩荡无边。

回首远望，刚才坐过的长椅静静地躺在道路一旁。

陈德文 译

内华达之雪

〔美国〕马克·吐温

我们好像走在一条路上，但又不能证明它是路。我们朝不同方向走去进行测试——整齐的雪堆和它们之间整齐的大街使每个人相信他发现的是真正的路，而别人发现的是假的路。很明显，情况是严重的。我们冻得冰凉，全身发僵，马也困乏不堪。我们决定用山艾树燃起一堆篝火，露营安息，直到天明。这是明智的，因为如果我们走离了正道，风雪又继续下去，我们再前进那就会陷入绝境。

一致认为营火将能拯救我们，现在，我们着手建立它。我们找不到火柴，便尝试轮流用手枪射击取火。这群人中间没有一个以前干过这种活，但这群人中间没有一个人怀疑能够这样干，而且不会遇到任何麻烦——因为这群人中每一个人都多次在书中读到过它，自然而然地相信它，正如同许久以前他们相信书上的一种讹传，说印第安人和迷路的猎人用两根木棒磨擦取火。

在齐膝深的雪地里我们聚成一团，马儿把它们的鼻子凑拢，它们的头向我们低垂着；当鹅毛般的雪片飘落而下把我们变成一群白色的雕像，我们正在进行着重大的试验。我们劈下一些山艾树枝堆在我们用身体遮蔽的一小块干净地方，只花了10或15分钟，一切准备停当，于是停止了谈话，我们的脉搏由于焦虑而跳得缓慢。沃伦道夫拿出他的左轮，扣上扳机朝树枝射去！这是一次空前的绝对的失败。

令人苦恼的事发生了，一个个吓得脸色灰白——马儿丢了！我被指定牵马缰，但正当我专心致志地关注手枪的试验时，不知不觉地放松了缰绳，这些被释放的马便在风暴中走开了。要去追寻它们是无用的，因为在雪地里它们不会发出蹄声，这些牲口即使在两码之内经过也瞧不见它们。我们放弃了它们，不去找它们。我们诅咒这些说谎的书，它们说在遇到我们这样危难的时刻，马儿会留在主人身旁以得到保护。

我们本来就够可怜了；现在我们感到更孤独。我们耐心地劈了更多的木棒，把它们码起来，一再向它们射击，得到的却是失望。显而易见，用手枪点火是一项需要实践和经验的技艺，在深更半夜和大雪纷飞的荒野，不是能取得这项成就的合适地点和合适时间。我们把它放弃，进行其他尝试。每人拿两根木棒在一块擦。半小时后，我们全身凉透，木棒也是如此。我们痛骂印第安人、迷路的猎人和用馊主意欺骗我们的书本，忧愁地想知道下一步该怎么办。在这个关键时刻，巴鲁先生从一个口袋里摸出四根火柴。发现四根金条和这比起来也是微不足道的。很难想象在这种情况下一根火柴是多么好——多么可爱，多么珍贵，而且在人们眼里现出神圣的美丽。这时我们抱着很高的希望搜集木棒；当巴鲁先生准备点燃第一根火柴时，人们的兴趣都集中在他身上，这是文字很难描述的。火柴带着希望燃烧了片刻就熄了。如果这是一个人的生命，也不会带来更多的遗憾。第二根火柴简单地闪亮了一下又灭了。第三根在即将接近成功时被风吹灭。我们靠得更拢，当巴鲁先生在腿上擦我们最后的一线希望时，形成一种焦虑，其中既有欢喜也有痛苦。它点亮了，闪着暗淡的蓝光，然后像花蕾般开放成为烈焰。老绅士慢慢弯下腰，用手遮着它，每颗心都倾向着他——为了这件事，每个人都倾向着他——血液和呼吸都静止不动了。最后火焰接触到木棒了，逐渐点燃它们——停顿了一下——燃得更旺——再停顿一下——它屏息了令人伤心的五秒钟，然后像人一样喘了一口气，熄灭了。

几分钟之内没有一个人说话，这是一种庄严的沉默。甚至风儿也装出一种隐秘的不祥的安静，像落下的雪花一样寂静无哗。一个声调凄惨的对话终于开始了，很快就弄明白我们每个人心中都坚信这是我们一生中的最后一个夜晚了。我曾经希望我是唯一有这种感觉的人。当别人承认他们也有这种信念后，它本身就像是号召了。沃伦道夫说道：

“弟兄们，让我们死在一块。让我们彼此间没有一点隔阂地离开这个世界。让我们忘掉和宽恕既往。我知道你们对我心怀不满，因为我打翻了这条小船，因为我把你们带到雪地里兜圈子——但是我的意图是好的，请原谅我。我坦率地承认，我对巴鲁先生怀有不满，因为他侮辱我，把我叫做‘对数’，我不懂这是一回什么事，但毫无疑问，它在美国是一件不名誉和不体面的事情，它总是挂在我心头，给我以很大伤害——但是让它过去吧；我衷心宽恕巴鲁先生，而且——”

可怜的沃伦道夫忍不住流出了眼泪。不单是他，我也号啕大哭起来，巴鲁先生也哭了。沃伦道夫重新发言，宽恕了我所做的和所说的一些事情。他掏出了一瓶威士忌酒，说不管是死是活，他绝不再饮一滴。他说他放弃了一切生的希望，虽然还没有做好准备，但他打算屈从命运；他希望能够再活一段稍长的时间，不是为了自私的目的，而是为了彻底改变自己的性格，他要去扶助贫困，抚养病残，保证同人民一道防止纵欲的罪过，使得他的生命成为年轻人有益的榜样，最后能留下珍贵的回忆，他没有虚度年华。在结尾，他说他的改造从现在就开始，即使此刻面临死亡，也没有给他时间去扶危济困——说完他就扔掉了那瓶威士忌酒。

巴鲁先生讲了一番大意和这相同的话，而且开始了改造，扔掉那盒陈旧的纸牌，它在洪水泛滥期间曾给我们增添许多乐趣。他说他从来没有赌博，但认为玩纸牌是不道德的和有害的，如果不戒掉它，就不能成为完美无缺的人。“因此，”他继续说道，“在采取这项行动时我已经感到那种精神上的纵情狂欢需要脱胎换骨的改造。”这些滔滔的话语感动了他，还没有一个学识渊博的雄辩家能做到这一点，这位老人悲痛万分地抽泣起来。

我自己讲的话和伙伴讲的差不多，我知道那些激动着他们的感情都是真挚的，发自肺腑的。我们都是真挚的，被深深感动，彼此热诚相待，因为我们已面临死亡，毫无希望，我扔掉烟斗，在这样做时感到摆脱了一桩可憎的罪恶，它好像一个暴君终日骑在我头上作威作福。当我谈话时，想到我可能为这世界做过的好事，以及现在可能做的更多好事，有了这些高尚的目标指导我，如果能够多活几年那将多好啊，当思念及此热泪不禁夺眶而出。我们紧紧依偎在一起，相互用手挽着别人的脖子，等待着昏睡的到来，那是冻死的前奏。

一会儿死亡就悄悄驾临我们头上，于是我们相互作最后的告别。甜美的梦幻绕着我的知觉织着网，雪花则织成一张单子包裹着我的身体。忘却了一切，生命的战斗结束了。

我不知道这种遗忘状态持续了多久，但似乎时间很长。我逐渐恢复了模糊的意识，感到一阵剧痛，然后疼痛遍及全身。我震惊。脑中闪过一个念头，"这是死亡——这是来世。"

我旁边有人挪动了一下，一个带着痛苦的声音说道：

"哪位先生行行好，朝我背后踢一脚吧。"

这是巴鲁——至少这是一个端坐着的蓬头散发的雪的塑像，它具有巴鲁的语音。

在这灰蒙蒙的黎明中我站起来，离我们不到十五步就是驿站的楼房，在一个棚屋下，站着我们的仍然套着鞍系着缰的马匹！

一个拱形的雪堆碎了，沃伦道夫从中出现，我们三人坐在那儿凝视着房屋，一言不发。我们真的没有什么可说的。整个情况是如此痛苦的可笑和丢脸，语言已变得平淡乏味，我们不知从何处说起。

我们心头因得救而来的欢乐被败坏，几乎烟消云散了。我们逐步变得不高兴和沮丧；然后，相互发怒，对自己发怒，对每一件事情发怒。我们心情沉重地拂去身上的雪，不和气地成单行费力地朝马儿走去，把它们卸了鞍，放在驿站圈养。

我一点也没有夸大这次奇怪而荒谬的历险，它准确地发生得几乎和我所描述的一样。在一个暴风雪的深夜，我们孤独无助地在荒野的一个雪堆旁安营，这里距离一个舒适的旅馆不到十五步。

我们分开在驿站坐了两个钟头，回想着那些令人厌恶的事情，神秘已经消失了，现在已经很清楚为什么马儿会离开我们。毫无疑问它们离开我们四分之一分钟就找到了庇护所，它们一定听到了我们的忏悔和悲叹，并为此欢欣。

早餐后我们感到身体好一些，生命的乐趣又回复了。看起来世界再度很明亮，生存对我们和以前一样珍贵。一种不安侵袭着我——对我的影响逐渐增加——不停地困扰我。糟糕！我的复活是不完善的——我想要抽烟！我竭尽全力抵抗，但肉体是虚弱的。我独自走开，跟自己苦斗了一小时。我想起我所作的改造的诺言，说服我自己，责备我自己。然而这一切是徒劳的，不久我发现自己在潜入雪堆之中寻找烟斗。经过一阵搜索后我找到了它，缓步走开躲起来去享受它。我在仓库后停留了一会儿，我问自己如果我的勇敢、强壮、忠实的伙伴们在我堕落中抓住我，我将有什么感受。最后我点燃了烟斗，没有一个人比我当时的所作所为更低劣卑鄙了。我害羞回到我那些可怜的同伴中去。害怕被人发现，我感到离仓库远一点的地方也许更安全，于是我转移到角落里去。当我在一个角落抽烟，沃伦道夫在另一角落手捧酒瓶呷着，在我们之间坐着尚未觉察的巴鲁，正在玩弄着他那陈旧的灰色纸牌。

不能比这更荒谬了。我们握了握手，一致同意再也不提“改造”和“做新生一代的榜样”。

中奥　译

雪

〔加拿大〕法利·莫奈特

人类在幼年时期便已认识到有几种基本力量支配着这个世界。希腊人生活在温暖的海洋岸边,他们认为这些基本元素是火、土、风和水。最初,希腊人的生存空间较为狭小与封闭,他们对第五元素并无认识。

大约在公元前330年,一个名叫皮西亚斯的爱漫游的数学家做了一次奇异的航行,他北行到冰岛并且进入了格陵兰海。在这里他遇到了莹白、凛冽却极为壮观的第五种元素。他回到温暖、蔚蓝的地中海世界后,费尽力气地向国人描绘他所见到的景象。他们断定他是在胡说八道,因为尽管他们有丰富的想象力,却怎么也设想不出这种偶尔薄薄覆盖在诸神居住的山顶上的白色粉末能有什么神奇的伟力。

他们未能认识雪的巨大力量不能完全怪他们。我们这些希腊人的子孙在理解这一现象上也存在着同样的困难。

我们脑子里的雪的图景又是怎么样的呢?

那是蓝黑色的圣诞夜在雪橇铃声伴奏下逐渐进入的一个梦境。

那是我们有急事要赶路偏偏遇上车轮打滑空转这样的尴尬局面。

那是冬夜里一位女士睫毛上倏忽闪现的挑逗的微光。

那是郊区主妇把湿透的雪衣从淌鼻涕的小家伙身上剥下来时那无可奈何的笑容。

那是老人忆起童年打雪仗时迷蒙的眼睛里所泛现的欢乐的异彩。

那是一幅俗气的广告,劝你饮用太阳谷雪堆上的一瓶可口可乐。

那是树冠洁白的森林深处无比寂静时的那份高贵与典雅。

那是滑雪板飞驰时碾压出的轻脆碎裂声,也是摩托雪橇喷出的狺狺拌嘴声。

对我们来说雪就是这些,当然还会有别的相关图景,但它们都仅仅触及这个多面体、万花筒般复杂的物体最最表面的现象。

在我们这个星球上,雪是一只因自身分解而不断再生的不死鸟,它也是银河星系里的一种不消亡的存在。在外层空间某处,一团团无比巨大的雪结晶体与时间一起飘荡,在我们的世界形成前很久便已如此,在地球消失后也不会有变化。即便是最聪明的科学家和眼光最敏锐的天文学家,他们也不得不承认,这些在无垠空间里闪光的结晶体与某个十二月夜晚从静静的天空落到我们手心和脸上的东西,并无任何区别。

雪是在窗玻璃上短暂停留的一个薄片,然而它也是太阳系的一个标识。当宇航员仰眺火星时,他们所见到的是一个单色的红红的球体——它那两个端顶除外,在那里发亮的覆盖物朝半腰地带延伸过去。正像羚羊在暗褐色草原上扭动它白色的臀部一样,火星是用它的雪原反照我们共有的太阳的强光,来向外部世界表明自己的存在的。

地球也何尝不是这样呢。

当第一个星际航行员朝太空深处飞去时,地球往后退缩,我们海洋、陆地的蓝绿色将逐渐消失,但地球隐去前的最后信标将是我们的南北极这两个日光反射器。雪在宇航员远望的眼中将是最后见到的一个元素,雪也将是外来的太空人最先可以瞥见的我们地球上的一个闪光体——如果这些人有可以看东西的眼睛的话。

雪是晶状微末,在星际间简直渺不足道;可是在地球上它却以另一种面貌出现，它成了至尊的提坦[1]。在南方，整个南极洲大陆处在它的绝对控制之下。在北方，它重甸甸地盘踞在山岭峡谷间，而格陵兰这样的次大陆级岛屿实际上完全由它覆盖，因为冰川也无非是雪的另一种形态。

冰川是降雪过程中造成的；雪纤细柔软，几乎没有分量……可是它不断降落却始终没有融化。年复一年，许多个世代，许多个世纪过去，雪还是不断降落。没有分量的东西这时候有了重量。这波浪般起伏的白色弃置物似乎没有变化，可是在它寒冷的深处结晶体变形了；它们的结构起了变化，结合得更紧密了，终于成为黝黑的、光度较小的冰。

在地球最近的地质纪里，有四次，雪这样不断地降落在美洲、欧洲与亚洲大陆的北部。每一次，雪都使几乎半个世界的面貌起了变化。有如复仇女神，一股股足足两英里厚的冰川从中央高处朝外流淌，蹭擦地表，夺去上面的生命与泥土，在原始岩上留下深深的伤痕，简直把地球的石质表皮削去好几百英尺。雪还在降落，轻轻地，始终也不间断，不知多少万吨的海水从大洋里消失，它们被封冻在冰川里；而海洋则从大陆岸边朝后退缩。

在人类认识的自然现象中，没有哪一种在破坏力上能超过冰川。最强烈的地震也无法与之相比。海啸掀起的惊涛骇

---

[1]希腊神话中的神族。

浪在它面前是小巫见大巫。飓风更是不值一提，喷吐烈焰的火山爆发也显得黯然失色。

冰川是雪的宏观形态。然而作为微观形态的雪却又是超凡绝俗的美的象征。人们常说没有两片雪花完全一模一样，事实上的确如此，不管是多少年前落下的还是在遥远的将来会落下的，世界上每一片雪花在结构与形态上都是一个独一无二的创造物。

我知道有这么一个人，他将自己的大半辈子都用在研究这种转瞬即逝的奇迹上。他盖了一座奇特的房屋，装置有恒冻而不是恒温的设备。房子和屋顶上有一个敞开的口子。逢到下雪的白天与黑夜，他就独自呆在这冰冷的屋子里，用预先冻上的玻璃去承接落下的雪花，并赶紧用放大的镜头把它们拍摄下来。对他来说，这变化无穷、永不重复的第五元素就是美的化身，是顶礼膜拜的对象。

我们当中，和他一样拥有这种近乎中世纪狂热的人不多。事实上，现代人已变得麻木不仁，对这第五元素开始抱着一种自相矛盾的态度了。虽然我们会以怀旧的心情忆起童年下雪时的往事，但我们开始越来越讨厌雪了。我们控制不了雪，无法按自己的需要改变它。对我们祖先的自然世界天空有益的雪能在我们建造的机械化世界里产生混乱。降落在纽约、蒙特利尔、芝加哥的一场大雪能使城市陷于瘫痪。在冻结的城市的周遭，它使我们的公路梗阻，火车停驶，飞机停飞，电线、电话线断裂。即便是一场不太大的风雪也会带来巨大的不便——它引起车毁人亡，连殡仪馆老板也因为事情棘手而不想赚这笔钱。

没准我们还会变得更不喜欢雪呢。老人常聊起旧时美好的冬天，什么雪一直堆到屋檐那么高啦，雪橇在齐树巅的雪上滑行啦，这可不完全是无稽之谈。一百年前这样的情况并不稀奇。可是本世纪以来，我们的气候在或升或降的周期性变化中出现了一个变暖的趋势，也可以说是回升（从我们的观点看）。这说不定只是一个短期的变化，紧接着很可能是一个下降的趋势。到那时，在这个结构脆弱的人工世界里，我们这些可怜虫又安在呢？我们还会喜欢雪吗？很可能听到这个词儿我们就会骂不绝口呢。

不过，那样的时刻来临时也还会有人活下来，而且不为这温柔却又无情的降落物所困扰。他们是真正的雪的儿女。

他们只是生活在北半球，因为南半球的雪区——南极洲——不适合人类生存，除非配备有不亚于宇航员那样的全套设备。雪的儿女环绕北极居住。他们是阿留申人、爱斯基摩人、北美的阿萨巴斯卡族印第安人、格陵兰人、拉普人、奈西人、楚克奇人、雅库特人、由迦吉尔人以及欧亚大陆和西伯利亚其他部族的人。

我们这些闭塞在自己的机械时代里的人沾沾自喜，满以为这些人不掌握我们高明的技术，必定是挣扎在生存线上，面临严酷的生存斗争，不会知道何为“人类潜能”。僵死地相信技术能带来健全的生活方式的人也许难以理解，我个人的经验可以证明，这一点对于许多雪的儿女并不适用。在我们从自己的贪欲和妄自尊大出发去干涉他们的事情之前，他们大抵上生活得并不错。也就是说，他们活得心安理得，跟别人和平相处，与环境和谐协调，能舒心地笑，可以尽情地爱，对普通衣食感到知足，从出生到死亡都怀着一种自尊自豪的心态。

那时候，雪是这些民族的盟友。雪是他们的保护神，是帮他们避开严寒的庇护所。爱斯基摩人用雪块垒成整幢住房。当点起简单的动物油脂灯时，室内就有了宜人的温度，尽管风在外面呼啸，水银柱降到零下五十多度。严严实实的雪提供了近乎完美的御寒材料。雪比木材更易于切割，也很容易修削成任何形状。雪搬起来很轻，如果用得恰当也很结实。一座内径二十英尺高十英尺的雪屋两个人在两小时内就能盖成。有特殊需要的爱斯基摩人常建造直径五十英尺的雪屋，而且让好几座连接在一起，这就成了名副其实的雪厦了。

所有的雪的儿女都以这种那种方式把雪用作自己的庇护所。如果他们是住木屋的定居民族，到冬天他们便在屋子四周垒起厚厚的雪墙。有的民族在雪堆里挖个洞，头顶支上鹿皮。只要有足够的雪，最北边的民族很少会受到严寒的侵袭。

雪也使他们的交通系统得以建成。有狗和驯鹿拉的雪橇，还有雪靴与滑雪板，他们几乎任何地方都可以去。整片雪国成了个四通八达的公路网。他们速度也不慢。狗队或驯鹿队一小时能走二十英里，一天走上一百英里是件轻轻松松的事。

雪使人们得以移动，雪又使猎物的行为有所变化，这就保证雪的儿女不至于挨饿——别的方面他们和其他民族条件也差不多。在北冰洋的冰块上，雪的遮掩给了海豹一种虚假的安全感。它们在冰上留了通气孔，上面覆盖了一层薄薄的雪。楚克奇或爱斯基摩族的猎人发现了这样的地方，在一边等待，直到看见一根长齿或树枝刺出，泄露了秘密。于是猎人便狠劲将长矛朝下面看不见的动物刺去。

在有林木的地区，驼鹿、麋鹿被厚厚的积雪“圈”在了几个狭小的地区里，变得跟牛栏里的牛一样易于宰杀。更为重要的是，所有的动物，除了空中飞的和在雪底下活动的以外，莫不在雪面上留下踪迹。初雪将大地覆盖后，从大熊到小野兔，全都变得易受猎人的袭击。

雪的儿女像了解自己一样地熟悉雪。近年来，不少科学家投身于研究这第五种元素，并非出于科学上的兴趣，而是因为我们神经紧张，宁愿来自北方的灾祸快点降临，或是因为担心说不定会打一场雪地大战。科学家投入大量时间与金钱，试着去区别无数种形态的雪花，并给它们起名字。这完全是多此一举。爱斯基摩人用来表达雪的种类与形态的复合词就不下一百多个,拉普人的也不相上下。住在西伯利亚北冰洋边的养驯鹿为生的尤卡吉尔人对雪面瞥上一眼,便能说出表层雪的深度、坚实度以及其中结冰部分的多少。

雪沉甸甸地压在大地上时,这些北方人心里好高兴。他们在秋季欢迎初雪,到春天则为雪的消失感到遗憾。雪是他们的朋友。要是没有雪他们就无法生存,或是——这在他们看来更加糟糕——早就被迫流落南方,挤进我们的行列,为自己也茫然的目的而营营奔逐。

今天,在某个地方,雪正在降落。它可能稀稀拉拉地筛撒在寒冷的沙漠上,将一层白白的粉屑撒向闪米特语系某个游牧民族的黧黑、仰视的脸。对他们来说,这没准是个神谕;反正肯定是个征兆,于是他们感到敬畏,打着寒战,若有所悟。

雪也许正席卷过西伯利亚冰冻的平野或是加拿大的大草原,把夏季的地理标志通通毁去,使弯刀形的雪堆越积越高,堵住了农舍的门窗。在屋子里,人们只好耐心地等待。暴风雪肆虐时,他们休息;暴风雪过后,他们再开始干活。到春天,融化的雪水将滋养黑土里蹿出来的新苗。

在静静的夜晚,大片的雪花也许正飘落在大都市的上空;它在爬行着的汽车的灯光里旋出一个个让人眼花的圆锥体,它掩埋着现代人在大地上留下的伤口,为难看的脓包遮去一些丑。孩子们盼望雪整夜别停，好让早晨没有班车、街车和家里的小轿车送这些小可怜去上学。可是大人却耐心地等着，因为若是还不快点停下，雪就会破坏生存模式为他们制定的错综复杂的设计蓝图。

雪也许正急遽地掠过蜷缩在北极苔原某处山岩下的一堆帐篷。逐渐逐渐地，雪拥抱住一群把鼻子缩在毛茸茸尾巴里睡觉中的狗，直到把它们全都盖住，可它们睡得挺暖和。在帐篷里，男人女人笑了。明天，雪没准会够深够厚，这样他们就可以不用帐篷，雪屋讨人喜欢的圆顶会再次矗立，把冬天变成一段满是愉悦、歌声、闲暇和爱恋的时光。

在某处，雪正在降落。

李文俊　译

割雪的季节

〔日本〕渡边淳一

札幌眼下正是割冰的盛时。不,也许应该说是割雪吧。

今年的札幌,比起历年来雪都下得多。这不,进入二月之后,又忽然下起来了。

成为讽刺的是,往年,一到二月初旬的雪节,雪就下得少,因而引起骚动。自卫队出动卡车,从近郊向真驹内和大通公园的会场里运送雪。

但是,等到雪节刚结束,大雪纷纷而降。今年也是一样。

一月,西高东低的气压分布比较稳定,气候寒冷,雪也少。进入二月,气压分布失衡,大雪就来了。

下雪天气候温和,这就是明证。

我想,雪节如果向后推迟一周,就不用为着雪少而烦恼了。可这样一来，每日下雪不止，游人减少，精心雕制的雪像也有被雪埋没的危险。

老天爷这个对手，有时偏偏闹点别扭哩。

由于雪下得大，今年的札幌，到了四月还是遍地残雪。

当然，市中心和主干道上雪很少。柏油路面露出来了，每有车辆通过，脏污的雪水四处飞溅。现在几乎全干了。

最后一场雪是四月三日，春雪淡淡，立即就化了。

但是，街巷小路和房前屋后还有不少残雪。尤其是朝北的高楼与高楼之间的道路，有的地方堆积着半米到一米深的雪。

初春，用雪铲把雪铲碎，扔到路面上，这工作谓之“割雪”。

这个词儿，当然季语[1]里不会有。

有“割雪灯”之说，这是铁道线上防止积雪的煤油灯。在枕木和枕木之间挖个洞，装上这种灯，点燃煤油。这当然是东京附近用的，在北海道，这样的小油灯是无法防止积雪的，一旦下起来，“割雪灯”立即就被大雪埋没了。

季语总是以关西到东京作为中心，就是没有连北海道都可使用的词儿。

然而，“割雪”一事，对于居住在北国的人来说，既是麻

---

❶日本最短的古典诗——俳句里，一般都有代表季节特征的词语，称“季语”或“季题”。

烦，又是快乐。

马路虽然露出柏油和泥土，街巷到大门还有庭院里，依然积雪满地。将这些雪一点点地砸碎，送到马路上去。

碰到太阳好的日子，大量的雪一下子就化了。

有时候，干燥的路面为积雪所遮盖，雪水横流，可道路上的行人谁也没有怨言。除去一片雪，就增加一片泥土，春天渐次临近了。

半年里一直被大雪封锁的人们，对于雪已经看厌了。他们为白色的部分渐渐减少、黑色的地面渐渐增多而欢呼。

“天气真好啊！”

“可不，真是好天哩！”

割雪的人和行人会高兴地唠上几句。

有的家庭男人认真而又勤劳，割雪作业一旦进行，院子的地面就比别的人家更早地变黑了。相反，男人怠惰而又散漫的人家，庭院和大门口为积雪所封闭，迟迟没有人管。

“街坊邻里都干干净净的，咱家也该尽快割雪啦。”

妻子向懒汉男人诉苦。

初春时节积雪一直掩盖的人家，和夏秋之交杂草丛生的人家，都是一样的邋遢，龌龊。

但是，割雪要远比除雪快乐得多。

除雪，只是对来袭的白色恶魔的临时抵抗，而割雪则是对这个恶魔的最终一战而获胜的宣言。

"怎么样,服输了吧!"

一边说,一边把雪扔到马路上。

不说除雪,而说割雪,也许你觉得奇怪。然而,只能用"割雪"这个词儿。

其道理是,这时候的雪,已经积了半年,重重叠叠,下面已是坚冰。用雪铲铲不碎,只能用鹤嘴锹凿开来。

一个地方打开一道缝儿,就像地图一般豁然而解,现出了令人怀念的黝黑的土地。

下面有易拉罐,有去年丢失的狗颈上的钥匙。

福寿草和水仙吐芽露面了。

窄巷里的积雪更坚硬。表面被泥鞋踩黑了,下面是好几层坚冰。

小巷里的女摊主在割冰,顾客看不下去,也过来帮忙。

好容易露出泥土了,又是一夜大雪,一瞬之间,几天的劳苦又化为乌有。

然而,一天,两天,那些勤于割雪的人家,院中的黑土总是很快苏醒过来,最先迎接着春天。

陈德文 译